CLAUDIA ROMES

Zeit der Pfingstrosen

AF201846

atb aufbau taschenbuch

CLAUDIA ROMES wurde 1984 als Kind eines belgischen Malers in Bonn geboren. Mit neun Jahren begann sie, ihre eigenen Geschichten zu erzählen, und fasste den Entschluss, eines Tages Schriftstellerin zu werden. Nach einigen beruflichen Umwegen widmete sie sich ganz dem Schreiben und lebt heute ihren Traum. Die Autorin wohnt mit ihren zwei Kindern in der Vulkaneifel.

Im Aufbau Taschenbuch sind ihre Romane »Das Geheimnis der Hyazinthen«, »Beethovens Geliebte«, »Die Fabrik der süßen Dinge – Helenes Hoffnung«, »Die Fabrik der süßen Dinge – Helenes Träume« und »Das Wunder der Tannenbäume« erschienen.

Nach einer schmerzhaften Scheidung zieht Katy gemeinsam mit ihrer Tochter ins schottische Aberdeen. Sie soll den demenzkranken Jeff betreuen, der niemanden mehr an sich heranlässt. Immer wieder verschwindet er einfach. Schließlich erfährt Katy, dass er jedes Mal einen kleinen Blumenladen aufsucht, der eine besondere Wirkung auf ihn zu haben scheint. Die Suche nach Antworten führt Katy und Jeffs Neffen Aiden tief in die Vergangenheit des Ortes, und sie erfahren von einer tragischen Liebesbeziehung, die bis heute nachwirkt. Während sie sich langsam näherkommen, gelingt es ihnen Schritt für Schritt, Jeff wieder an seine Erinnerungen heranzuführen.

CLAUDIA ROMES

Zeit der Pfingstrosen

Eine Liebe in Schottland

Roman

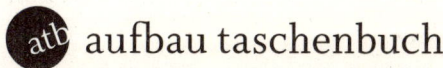

atb aufbau taschenbuch

MIX
Papier | Fördert
gute Waldnutzung
FSC® C083411
FSC
www.fsc.org

ISBN 978-3-7466-3891-1

Aufbau Taschenbuch ist eine Marke der
Aufbau Verlage GmbH & Co. KG

1. Auflage 2025
© Aufbau Verlage GmbH & Co. KG, Berlin 2025
www.aufbau-verlage.de
10969 Berlin, Prinzenstraße 85
Der Verlag behält sich das Text- und Data-Mining nach § 44b UrhG vor,
was hiermit Dritten ohne Zustimmung des Verlages untersagt ist.
Bei Fragen zur Sicherheit unserer Produkte wenden Sie sich bitte an
produktsicherheit@aufbau-verlage.de.
Umschlaggestaltung und Motive www.buerosued.de, München
Satz LVD GmbH, Berlin
Druck und Binden CPI books GmbH, Leck, Germany

Printed in Germany

Für all jene, die sich kümmern.

Die Erinnerung ist das einzige Paradies, aus dem
wir nicht vertrieben werden können.
JEAN PAUL

KAPITEL EINS

Winter, 2016
Katy

N ebel umhüllte die Straße entlang des Hafenbeckens, von
wo aus das Meer leise plätschernd auf sich aufmerksam
machte. Hektisch kurbelte Katy das Autofenster hoch, nachdem die Scheiben nicht mehr beschlagen waren. Das Gebläse
ihres alten Ford Fiesta hatte nichts als Staub und kalte Luft
zutage gefördert. Wieder drosselte sie ihre Geschwindigkeit,
und der Keilriemen machte sich quietschend bemerkbar.
Eigentlich gehörte er längst ausgetauscht, aber der Umzug
war kostspieliger gewesen als geplant. Das Geld für den dringend benötigten Werkstattbesuch hatte sie ins Umzugsunternehmen und in Mabels Leuchtsterne investiert. Letztere hatte
ihre Tochter zur Bedingung gemacht. Katy hatte ihr ein Kinderzimmer versprochen, das nach ihren Wünschen gestaltet war,
woraufhin sich Mabel bereiterklärt hatte, mit nach Footdee
im weit entfernten Aberdeen zu ziehen. Nicht, dass sie eine
Wahl gehabt hätte. Mabel war erst zehn. Ihr Vater hatte kein
Interesse am Sorgerecht gezeigt. Im Gegenteil. Fred hatte stets
seine Arbeit in den Mittelpunkt seines Lebens gestellt und nie
besonders viel Interesse für seine Tochter aufgebracht. Er
hatte also nichts dagegen, dass Katy mit Mabel das Land verließ – was die Sache einfacher machte.

Grummelnd schloss Katy die Hände fester ums Lenkrad
und blickte konzentriert nach vorn. Von jetzt auf gleich hatte

sich der Nebel so verdichtet, dass sie kaum etwas sehen konnte. Unruhig schaute sie auf die Uhr. Zehn vor acht. Sie würden es nicht mehr pünktlich zur Schule schaffen. Und das am ersten Tag!

»Ich will da nicht hin!« Zum wiederholten Mal erinnerte Mabel sie daran, und ihr lautes Stöhnen ließ erahnen, dass sie noch nicht fertig war.

»Schätzchen, wir haben das doch besprochen.« In ihrem Versuch, den dichten Nebelschleier zu durchblicken, klebte Katy mit dem Gesicht förmlich an der Windschutzscheibe. »Es wird dir bestimmt gefallen.«

»Aber ich kenne da niemanden.«

»Das wird sich ändern. Du wirst neue Freunde finden.«

»Ich will keine neuen Freunde. Ich hab schon welche – in Sudbury.«

Katy stieß einen Seufzer aus. Die unbekannte Strecke, das Wetter, Mabels unermüdliches Geplärr. Ihre Nerven lagen jetzt schon blank, und das, obwohl sie ihre Arbeit noch nicht einmal angetreten hatte. Erst am Samstagabend waren sie in der schottischen Hafenstadt angekommen. Nach den Strapazen der vergangenen Monate, dem Kummer und den Existenzsorgen setzte Katy all ihre Hoffnungen in den Tapetenwechsel. Sie war überzeugt, eine andere Umgebung würde es ihnen erleichtern, mit den neuen Lebensumständen zurechtzukommen. In Sudbury erinnerte alles an ihre heile, kleine Familie – auch, wenn es sie nie gegeben hatte. Katy war das mittlerweile klar geworden. In ihrer Ehe hatte sie sich oft einsam und bevormundet gefühlt. Sie war nie wirklich glücklich gewesen und hatte nicht erst seit Freds Affäre das Gefühl gehabt, dass die Beziehung ihr nicht guttat. Für Mabel aber war es schwieriger, das loszulassen,

was sie gewohnt war. Hinzu kam, dass der Umzug aus der englischen Heimat bisher nicht den erhofften Effekt vermuten
ließ. Grund dafür waren hauptsächlich unvorhersehbare Rück-
schläge – Pannen, die Katys Nerven zusätzlich strapazierten
und es ihr erschwerten, sich nie im Ton zu vergreifen. Immerzu
rücksichtsvoll und ruhig zu bleiben. Der Transporter mit ihren
Habseligkeiten steckte irgendwo zwischen Newcastle upon
Tyne und Perth fest. Und obwohl Katy ihre Ankunftszeit per
Mail angekündigt hatte und eine Wohnmöglichkeit im Haus
ihres neuen Patienten im Arbeitsvertrag festgehalten war, hatte
ihnen dort bisher niemand die Tür geöffnet. Gestern Vormit-
tag hatten sie eine geschlagene Stunde vor dem alten Farmhaus
gewartet. Auch unter der Nummer, die sie von der Arbeitsvermittlung bekommen hatte, hatte sich niemand gemeldet, so
dass sie kurzfristig in einer Pension unterkommen mussten.
Etwas, das in ihrem ohnehin schon ausgereizten Budget nicht
eingeplant gewesen war. Inzwischen war Katy deswegen so angespannt, dass sie ständig mit den Zähnen knirschte. Von dem
Abenteuer, als das sie Mabel den Neuanfang verkauft hatte,
hatte sie insgeheim schon genug. Sie kam sich hilflos vor, fühlte
sich in der Schwebe. Katy hatte ihrer Tochter Sicherheit und
ein geregeltes Leben versprochen. Jetzt hatte sie erneut Angst,
ihr nichts davon bieten zu können. Wieder einmal gab es Hür-
den zu überwinden. Mittlerweile war Katy daran gewöhnt,
dass nicht alles glatt lief. Ein Umstand, dem sie einfach nicht
entfliehen konnte.

Quietschend schlitterte der Scheibenwischer hin und her.
Katy biss die Zähne aufeinander. Mabel sollte nicht merken,
dass sie keine Ahnung hatte, ob sie auf dem richtigen Weg
waren – in jedweder Hinsicht.

»Wieso kann ich nicht bei dir und dem alten Mann bleiben?« Mabel platzierte Mausespeck auf ihrem Schoß. Die graue Plüschmaus mit dem notdürftig angenähten Ohr war für sie als Seelentröster unentbehrlich. »Ich könnte dir doch bei der Arbeit helfen.«

»Das ist lieb, Schatz, aber das geht nicht.«

»Er macht sowieso nicht auf.« Mabel blies ihren Atem gegen die Scheibe, dann glitt ihr Finger geräuschvoll quietschend darüber.

»Natürlich macht er auf«, erwiderte Katy, auch wenn sie befürchtete, ihre Tochter könnte recht behalten. »Er oder ein Angehöriger.«

»Wenn er dich nicht reinlässt, fahren wir dann zurück nach Hause?« Mabel spähte hoffnungsvoll zwischen den Vordersitzen hindurch.

»Das geht nicht. Aberdeen ist jetzt unser Zuhause.« Katy schickte ihr einen bedauernden Blick über den Rückspiegel. »Du wirst sehen. Er wird mich reinlassen, und alles wird gut. Wahrscheinlich mussten sie gestern kurz weg.«

»Ich habe ihn gesehen. Er hat uns durchs Fenster beobachtet.«

Katy lief ein eiskalter Schauer über den Rücken. Sie schluckte.

»Der macht nicht auf. Nie im Leben.« Mabel war sich sicher. Ihre Mutter widersprach nicht, denn auch sie hatte den Mann am Fenster gesehen. Es war dumm von ihr zu glauben, Mabel wäre das entgangen. Sie war klüger als viele Erwachsene, denen sie begegnet war. Manchmal machte ihr die Tatsache Angst, dass sie ihrem Alter so weit voraus war, und sie fürchtete sich vor dem Moment, in dem Mabel klar werden würde, dass ihre Mutter auf ganzer Linie versagt hatte. Dass sie ihr Vertrauen in den Falschen gesetzt und deshalb Fehler begangen hatte, die sie mit ausbaden musste. Mit Mitte dreißig hatte Katy einsehen müssen, dass sie ihre Zukunftspläne, ihre Träume und Vorstellungen für einen Mann aufgegeben hatte, dem sie egal war. Genauso hatte es ihre Mutter vor Jahren vorhergesagt, nachdem sie ihr von ihrem Entschluss erzählt hatte, ihr Medizinstudium zugunsten der Familie abzubrechen. Damals hatte Katy nicht damit gerechnet, wie sehr sie ihre Entscheidung bereuen würde. Ihr war, als hätte sie alles an Fred abgetreten: ihr Haus, ihren Studienabschluss, ihren Selbstwert. Sie mochte ihren Job, den Kontakt zu den Patienten und das Gefühl, etwas bewirken zu können. Aber es war die Medizin, für die sie wirklich brannte, nicht die Pflege. Ohne abgeschlossenes Studium war sie nichts weiter als eine überqualifizierte Krankenschwester. Sie hing fest in einem Leben, das anders hätte verlaufen sollen – Gedanken, die sie in letzter Zeit immer wieder völlig unvorhergesehen überkamen.

»Ich will nicht auf dem hässlichen Hof wohnen.« Mabel schimpfte unermüdlich leise vor sich hin. »Und auch nicht bei diesem alten Mann. Der war gruselig.«

Katy seufzte. »Bitte mach es mir nicht so schwer. Wir sind gleich da.« Sie fühlte sich furchtbar, weil sie den Moment kaum abwarten konnte, an dem sie Mabel abgesetzt haben und endlich Stille einkehren würde. So vieles hatte sie in den vergangenen Tagen organisieren und koordinieren müssen. Eigentlich fehlte ihr die Energie, eine neue Arbeit anzugehen. Katy liebte ihre Tochter über alles, aber sie merkte, dass sie weniger Geduld mit ihr hatte als üblich. Sie bemühte sich,

Rituale einzuhalten. So las sie Mabel weiterhin jeden Abend vor, sie gingen spazieren und erkundeten gemeinsam die Natur, die beide so liebten. Doch der gestrige Nachmittag, den sie am Strand verbracht hatten, hatte, trotz der einnehmenden Umgebung, nicht zur Harmonie beigetragen. Es stellte sich heraus, dass es schwerer als angenommen war, Mabel von Aberdeens Vorzügen zu überzeugen, weil sie alles mit dem kleinen Londoner Vorort verglich, in dem sie bisher aufgewachsen war. Trotzdem wollte Katy nicht aufgeben. Ihre Hoffnungen galten einem erfolgreichen ersten Tag. Der Stress würde sich legen, sobald sie endlich angekommen wären, davon war sie überzeugt. Sie an ihrem neuen Arbeitsplatz und Mabel in ihrer neuen Klasse.

Sie bogen in eine Seitenstraße ein. Auch dort hatte sich der Nebel ausgebreitet wie Wasserdampf in einer zu engen Küche. Ab und zu drang das Scheinwerferlicht entgegenkommender Fahrzeuge hindurch.

»Du willst mich nur loswerden. Genauso wie du Dad loswerden wolltest.« Mabels Stimme hatte einen weinerlichen Klang angenommen. Sie wusste genau, wie sie ihre Mutter an einem wunden Punkt erwischte. Und jetzt, da sie kurz davor waren, das Schulgebäude zu erreichen, ließ sie nichts unversucht. Katy biss erneut die Zähne aufeinander, diesmal so fest, dass ihr Kiefer schmerzte. Wie lange würde sie die Wahrheit noch vor ihrer Tochter verbergen können? Mabels Sticheleien streuten Salz in eine offene Wunde. In Momenten wie diesem konnte sich Katy nur mit Mühe davon abhalten, ihr zu sagen, wie die Dinge wirklich standen. Nicht ihre Mum war das Problem gewesen, sondern ihr Dad – der sie durch eine Assistenzärztin ersetzt hatte.

»Ich werde nicht aussteigen«, fügte Mabel nach einer Pause trotzig hinzu. »Und mir ist egal, was du sagst.«

»O doch, das wirst du«, entgegnete Katy gereizt. Sie hatte die Geduld verloren.

»Werd ich nicht«, keifte Mabel zurück.

Für den Bruchteil einer Sekunde schickte Katy ihr einen ermahnenden Blick über den Rückspiegel, doch als sie sich wieder der Straße zuwandte, war es schon zu spät. Die Silhouette einer Person tauchte auf und verschwand im Nebel. Katy bremste so abrupt, dass die Reifen schlitterten. Mabels schriller Schrei wurde von lautem Gepolter durchbrochen, das von etwas ausgelöst wurde, das im Graben neben der Straße landete. Im ersten Augenblick war Katy wie versteinert.

»Mum?« Mabels Schluchzen holte sie aus ihrer Schockstarre. Hastig und mit zitternder Hand schnallte Katy sich ab.

»Geht es dir gut?« Sie sah sich nach ihrer Tochter um. Mabel nickte knapp.

»Bleib im Auto.« Katy stieg aus.

»Hast du ... jemanden totgefahren?« Mabel drückte Mausespeck fester an sich.

»Ich hoffe nicht«, murmelte Katy. Mit wild klopfendem Herzen ging sie um den Wagen herum, dann warf sie einen ängstlichen Blick auf die Fahrbahn. Nichts! Aus dem Straßengraben kam jedoch ein Stöhnen. Wenig später entstieg ein Mann dem Nebel.

»Du meine Güte! Ist Ihnen was passiert?« Katy, erleichtert darüber, dass er offenbar unverletzt war, stützte ihn.

»Mir geht's gut«, sagte er rasch und zog sein Fahrrad aus dem Graben. »Ich konnte mich noch rechtzeitig zur Seite retten.«

»Das tut mir so leid. Ich habe Sie einfach nicht gesehen.«
Der Schock saß Katy noch in den Gliedern.

»Kein Wunder bei diesem Nebel.« Er klemmte sich den
Vorderreifen zwischen die Beine und begradigte seinen Lenker.

»Oh, Mann. Ich war nur kurz abgelenkt. Entschuldigung!
So was ist noch nie vorgekommen. Glauben Sie mir. Für gewöhnlich bin ich eine verantwortungsvolle Autofahrerin. Das
hätte nicht ...«

»Bitte!« Er hob beschwichtigend eine Hand. »Ist ja keinem was passiert.«

»Sind Sie sicher?« Katy betrachtete ihn besorgt von oben
bis unten.

»Ja, ja. Alles bestens.« Prüfend schwang er sich wieder auf
sein Rad.

»Ich habe noch nie jemanden angefahren.« Katy fasste
sich ans Herz, das zurück in seinen normalen Rhythmus finden musste.

»Irgendwann ist immer das erste Mal.« Er lächelte sie beruhigend an. »Aber Sie konnten wirklich nichts dafür. Es war
wohl eher meine Schuld. Ich hätte nicht auf der Straße fahren
dürfen. Nicht bei diesem Wetter.«

Halt suchend stützte Katy einen Arm auf die Motorhaube
und holte tief Luft.

»Sie sind nicht von hier, oder?« Er klaubte seine blaue
Mütze vom Asphalt, die er bei dem Sturz verloren hatte.

»Ist das so offensichtlich?«

»Schon irgendwie.«

»Wir sind gerade hergezogen«, erklärte Katy keuchend.
Lächelnd nickte er. »Zu dieser Jahreszeit ist es so nah am

Hafen für Leute von außerhalb nicht ungefährlich. Es sind schon welche im Wasser gelandet.«

»Dasselbe gilt wohl auch für Leute von innerhalb. Besonders, wenn Sie auf Autofahrer wie mich treffen.«

Er lachte laut. »Na ja, Sie sind wohl eher auf mich getroffen.«

»Touché.«

Für einen Moment standen sie sich still gegenüber, und Katy fielen seine stechend grünen Augen auf. Er musste ungefähr ihr Alter haben.

»Mum?« Mabel reckte ihren Kopf aus dem geöffneten Autofenster. Katy zuckte erschrocken zusammen.

»Ihre Tochter?«, fragte der Mann.

»Ähm, ja. Heute ist ihr erster Tag in der neuen Schule.«

»Oh.«

»Genau. Und ihre Mutter hat es nicht geschafft, sie pünktlich abzuliefern«, murmelte Katy, wütend auf sich selbst.

»Ach, machen Sie sich deswegen keine Sorgen. Die werden das in der Schule verstehen.«

Katy nickte nachdenklich, dann deutete sie auf sein lädiertes Rad. »Kann ich Sie vielleicht irgendwohin mitnehmen?«

Er warf einen kritischen Blick auf ihren Fiesta. »Nein. Danke. Ich fahre gern mit dem Rad.« Er zwinkerte ihr mit einem Auge zu, dann trat er in die Pedale. »Einen schönen Tag noch. Vielleicht sieht man sich wieder.« Er winkte Mabel im Vorbeifahren, die seinen Gruß verunsichert erwiderte.

»Ja. Vielleicht«, rief Katy unbeholfen.

Er streckte seine Hand zur Seite, ohne sich noch einmal nach ihr umzusehen. Kurz darauf verschwand er im Nebel. Katy sprang zurück ins Auto.

»Der war aber nett.« Sie schmiss den Motor an.

»Zum Glück hast du ihn nicht totgefahren.«

Wie wahr, dachte Katy und nickte mit zusammengepressten Lippen. Eine Anklage wegen fahrlässiger Tötung fehlte noch auf ihrer Wie-vermassle-ich-mein-Leben-richtig-Liste.

Mit einer halben Stunde Verspätung erreichten sie schließlich die Schule. Katy übergab Mabel ihrer neuen Lehrerin Mrs Stoga, die einen freundlichen Eindruck machte.

Als Katy anschließend zum Haus ihres Patienten fuhr, war der Nebel dabei, sich zu lichten. Die Sonne kam zum Vorschein. Sie brachte den feinen Schnee am Straßenrand zum Glitzern. Der Anblick hatte eine unerwartet beruhigende Wirkung auf sie, die ihr dabei half, die Geschehnisse der abenteuerlichen morgendlichen Autofahrt zu verarbeiten.

Ohne zu wissen warum, überkam sie neuer Mut, sobald sie ihren Arbeitsplatz erreicht hatte. Tatkräftig richtete sie ihre Kleidung und verstaute die goldene Uhr ihres Großvaters in ihrer Hosentasche. Sie war das Einzige, das von seinem Erbe übrig war. Seine Pflegekosten hatten am Ende alles andere aufgezehrt. Mit den Jahren war sie zu ihrem Glücksbringer geworden, und dank des prägnanten Sekundenzeigers auch zu einem verlässlichen Arbeitsgerät. Eine bessere Schwesternuhr zum Pulsmessen konnte es nicht geben. Sie begleitete sie überallhin.

Noch einmal nahm sie einen tiefen Atemzug. Die eisige Luft erfrischte ihren Geist und vertrieb die letzten Gedanken an den turbulenten Morgen. Entschlossen klingelte sie. Während sie darauf wartete, dass ihr geöffnet wurde, ließ sie ihren Blick umherwandern. Im dichten Efeu, der zu einer Seite die Hauswand bedeckte, tummelten sich zwitschernd Spatzen.

Ein Schaukelstuhl stand unter dem Vordach, daneben war ein Fahrrad gegen die Wand gelehnt. Stirnrunzelnd musterte sie den eingedellten Vorderreifen und die markanten roten Lederbänder, mit denen die Lenkradgriffe umwickelt waren. Ehe sie sich fragen konnte, wie das alles zusammenpasste, öffnete jemand die Tür.

»Guten Mor ...« Katy geriet ins Stocken. Ihr Herzschlag setzte für eine Sekunde aus, denn vor ihr stand der Mann, den sie mit dem Auto erwischt hatte. Perplex schaute sie ihn an. Sie hatte nicht erwartet, ihn so schnell wiederzusehen, und erst recht nicht hier. Peinlich berührt senkte sie den Blick.

»Mrs ... McConnell? Sie ... sind also die ... Krankenschwester.« Er kratzte sich verlegen am Hinterkopf.

»Ja. Überraschung.« Katy versuchte sich an einem Lächeln, aber ihre Augen spielten dabei nicht mit. »Ich hatte keine Ahnung, dass Sie ... na ja ...« Sie schnalzte nervös mit der Zunge. »Ich hoffe, Sie sind jetzt nicht enttäuscht.«

»Enttäuscht?« Er hob die Brauen. »Nein, wieso denn?« Wohlwollend hielt er ihr seine Hand hin. »Wir sind froh, dass Sie da sind. Ich bin Aiden. Mr Craigs Neffe. Eigentlich sein Großneffe. Meine Mutter ist die Tochter von Mr Craigs Bruder. Etwas kompliziert also. Außerdem, wissen Sie ... auf solche Kleinigkeiten legt hier keiner Wert. Verwandt ist verwandt, wie mein Onkel immer so schön sagt.«

»Ich verstehe, Mr Craig.« Zögernd schüttelte Katy ihm die Hand.

»Oh, bitte ... nennen Sie mich einfach Aiden.«

»In Ordnung. Aiden. Dann ... ich bin einfach nur Katy.« Sie lächelte leicht, und er tat es ihr augenblicklich nach. Kurz standen sie still beieinander, ehe Aiden langsam seine Hand aus ihrer löste und sie hineinbat.

»Also gut. Einfach nur Katy. Wir ... hatten dich, oder besser gesagt euch, schon gestern Abend erwartet.« Er schloss die Tür hinter ihr.

»Ja, nun ... Ms Abisi von der Arbeitsvermittlung hatte mir den ersten Februar genannt. Und ich war hier, nur leider hat mir niemand geöffnet.«

»Tatsächlich?«

Sie nickte mürrisch.

»Oh! Dann muss ich mich wohl entschuldigen. Es gab da anscheinend ein kleines Kommunikationsproblem zwischen meinem Onkel und mir. Ich war nur kurz weg. Ich nehme an, es war genau dann ...«

»Schon gut. Das macht nichts.« Katy bemühte sich um ein Lächeln. Aiden musterte sie skeptisch, als spürte er, dass es eine höfliche Lüge war.

»Wo seid ihr jetzt untergebracht?«

»Im Holy Stone.«

»Puh. Gut, dass ihr so kurzfristig ein Zimmer bekommen habt. Und ... entschuldige bitte nochmals, dass ich nicht da war. Mein Onkel tut sich etwas schwer mit Menschen, die er nicht kennt.«

»Schon okay.« Sie winkte verständnisvoll ab.

»Ich fürchte, ich muss dich vorwarnen«, sagte er in gedämpfter Lautstärke. »Mein Onkel ist kein einfacher Mensch. Du bist schon die dritte Pflegerin.«

»So was sagte mir Ms Abisi bereits. Aber ich bin sicher, wir werden gut miteinander auskommen.«

»Äh, ja«, raunte er zaghaft.

Katy ließ aufmerksam ihren Blick schweifen. Ein rostroter Teppichboden lag über knarzenden Dielen. Dunkle Eichenmöbel ließen den Flur schmaler wirken, als er eigentlich war. Aiden sah die ungeöffneten Briefe durch, die auf der Kommode neben der Haustür lagen. Daneben führte eine Treppe ins Obergeschoß, dessen hellblaue Farbe abgeblättert war. Das alte Haus hatte einige Renovierungsarbeiten nötig, aber es versprühte einen gewissen Charme, dem sich Katy nicht entziehen konnte. Und sie kam nicht umhin, sich zu fragen, wie es früher einmal ausgesehen hatte.

»Hast du deine Tochter noch pünktlich in der Schule abgeliefert?« Aiden riss sie aus tiefen Gedanken.

»Ja ... Das ... das habe ich.«

»Sie hat nicht besonders fröhlich ausgesehen. Sicher hatte sie Angst«, sagte er und hob einen Mundwinkel leicht an.

Katy seufzte bitter. »Nun ja. Tatsächlich hat sie sich ziemlich gegen den Schulbesuch gewehrt.«

»Irgendwo neu anzufangen ist nie leicht und kostet immer Überwindung.« Kurz verlor sich sein Blick ins Leere, dann fixierte er sie und lächelte aufbauend. »Und das hat absolut nichts mit dem Alter zu tun.«

Katy schaute weg. Wirkte sie auf ihn etwa ... nervös? Das war sie nicht. Höchstens ein bisschen.

»Soll ich euch mit euren Sachen helfen?«, fragte er.

»Wie?«

»Ihr habt doch sicher Gepäck. Du und ...«

»Mabel«, half sie ihm. »Meine Tochter heißt Mabel.«

Wieder lächelte er. »Wenn du möchtest, helfe ich euch beim Tragen. Das wäre kein Problem.«

»Danke, aber das meiste befindet sich noch auf dem Weg von London hierher. Die Umzugsfirma ruft mich an, sobald sie wissen, wann sie hier sein werden.«

»London«, wiederholte er grübelnd. »Dann seid ihr ganz schön weit weg von zu Hause.«

Sie nickte stoisch. Aiden musterte sie für einen Moment, als wartete er darauf, dass sie ihm den Grund nannte, der sie aus der englischen Hauptstadt in den schottischen Norden gebracht hatte. Doch Katy blieb reserviert. Sie würde nicht über die Vergangenheit sprechen, aus Angst, es würde sie davon abhalten, nach vorne zu schauen.

Ein kehliges Husten durchschnitt ihre Gedankengänge. Auf einmal nahm sie penetranten Tabakgeruch wahr. Dort, wo der Flur endete, hing eine blaue Schwade in der Luft. Katy rümpfte unwillkürlich die Nase.

»Tja, ich bin auch kein Fan.« Aiden machte eine einladende Handbewegung Richtung Wohnzimmer. »Aber wie soll man einem sturen fast Hundertjährigen sagen, er soll mit dem Rauchen aufhören? Nur so viel: Er hält ziemlich gute Gegenargumente bereit.«

Er ging auf den alten Mann zu, der in einem Ohrensessel vor dem Kamin saß, eine dampfende Pfeife im Mundwinkel. Auf seinem Schoß lag, zusammengerollt, eine Katze, der er wie in Trance das strubbelige rote Fell kraulte.

»Onkel Jeff? Ich möchte dir jemanden vorstellen.«

Der Mann hob den Kopf und betrachtete Katy mit schmalen Augen.

»Sie wird von jetzt an für dich da sein.«

»Hallo, Mr Craig.« Katy beugte sich zu ihm hinunter und stellte sich ihm vor. Demonstrativ blickte er an ihr vorbei zu seinem Neffen. »Wie viele willst du eigentlich noch anschleppen?«

»Onkel, bitte sei nett.« Aiden schickte Katy einen beschämten Blick.

»Ich bin sicher, wir werden gut zurechtkommen«, sagte sie.

»Ich nicht.« Mr Craig blies ihr seinen Tabakrauch entgegen. Hüstelnd wedelte Katy mit einer Hand vor ihrem Gesicht.

»Benimm dich, Onkel!«, ermahnte Aiden ihn nachdrücklicher.

»Sonst was?« Mr Craig sah sich nach seinem Neffen um. »Klaust du mir wieder meine Schokolade?«

Aiden fasste sich an die Stirn und schnaufte.

»Ich habe dir deine Schokolade nicht gestohlen«, entgegnete er ruhig.

»Sag Beth, sie soll mir welche bringen.«

Schlagartig wurde Aidens Miene ernst. Für kurze Zeit starrte er schweigend vor sich hin.

»Junge?« Mr Craig klang ungehalten.

Aiden reagierte verzögert auf ihn. »Ich bringe dir die Schokolade.«

»Was ist mit Beth? Wann kommt sie endlich?«

Aiden tätschelte seine Schulter, ohne auf seine Frage zu antworten, dann wandte er sich an Katy. »Am besten zeige ich dir jetzt, wo ihr schlaft.«

Katy nickte knapp und folgte Aiden über den Flur.

»Er hat gute und weniger gute Tage«, erklärte er ihr, während sie die Treppe hochgingen. »Heute ist … kein so guter Tag. Es ist ein Auf und Ab mit ihm.«

Katy nickte erneut. »So was kenne ich. Zuletzt habe ich in einem Heim für Demenzkranke gearbeitet.«

»Dann weißt du ja, was auf dich zukommen kann.« Im oberen Stockwerk angekommen, hielt er inne.

»Ich bin ziemlich sicher, dass mich so leicht nichts mehr überrascht«, antwortete Katy.

»Hm«, machte er, und kurz bildeten seine Lippen eine schmale Linie. Sorgte er sich etwa? Um sie? Katy dachte darüber nach, ihn darauf anzusprechen, ließ jedoch davon ab. Immerhin, so dachte sie, waren seine Zweifel durchaus begründet. Ms Abisi hatte ihr erzählt, dass sich sonst niemand auf die Stelle bei Mr Craig beworben hatte – trotz übertariflicher Bezahlung. Aber ... sie war nicht wie die anderen. Sie würde nicht das Handtuch werfen, nur weil es mal schwierig werden konnte. Katy hatte den wahrscheinlich besten Grund, um zu arbeiten. Ihre Gedanken verselbstständigten sich, schweiften ab zu Mabel. Wie es ihr wohl jetzt in der Schule ging? Für einen Moment verlor sie sich derart in dieser Frage, dass sie es verpasste, zu Aiden aufzuschließen, der bereits am anderen Ende des Flurs war.

»Mir liegt viel an diesem alten Griesgram da unten«, sagte er, schaute sich nach ihr um und wirkte kurz irritiert, als sie auf ihn zugeeilt kam. Katy lächelte entschuldigend. Er räusperte sich. »Ich vermute, nach dieser sympathischen ersten Begegnung gerade wird das wahrscheinlich nicht ganz nachvollziehbar sein.«

»Nun ja, es ist völlig normal, dass Menschen mit diesem Krankheitsbild Fremden gegenüber misstrauisch sind.«

»Ja.« Er seufzte, fuhr sich durchs Haar. »Inzwischen scheint dieses Misstrauen jedoch ein Teil von ihm geworden zu sein. Die übrige Verwandtschaft versteht ihn nicht. Freunde, die er hatte, sind mittlerweile gestorben. Irgendwie ist nur noch er übrig. Ich hatte immer einen guten Draht zu ihm, deshalb war es für mich selbstverständlich, mich um ihn zu kümmern – jetzt, da er jemanden braucht. Ich fühle mich verantwortlich. Ich ... würde ihn auch komplett allein versorgen, aber ... ich muss arbeiten.« Bedauern lag in seinem Blick, als er über seinen Onkel sprach.

»Du wohnst also selbst nicht hier?«

»Nur zeitweise. Ich habe ein Apartment am Hafen. Das erleichtert mir die Arbeitszeiten. Manchmal fahre ich noch in der Nacht mit dem Boot aufs Meer«, erklärte er.

Katy folgte ihm in ein Schlafzimmer. Ein breites Futonbett stand zwischen zwei Sprossenfenstern, durch die das warme Licht der Morgensonne drang. Aufmerksam schaute sie sich um. Die Einrichtung war ein wenig altbacken. Aber die hohe Decke und die holzvertäfelten, weiß gestrichenen Wände strahlten Gemütlichkeit aus.

»Wir können gerne noch etwas ändern, wenn ihr das wollt.« Aiden öffnete die Tür zum angrenzenden Raum, und Katy warf einen Blick hinein. Sofort stach ihr die rosafarbene Tapete ins Auge. Verwundert hob sie die Brauen, denn das Zimmer wirkte frisch renoviert.

»Das war mal ein Abstellraum.« Aiden ging hinein und blieb vor dem weißen Himmelbett stehen. Katy besah sich die blass lilafarbene Bettwäsche und die dazu passenden Kissen in Herzform, die liebevoll darauf drapiert waren.

»Als ich gehört habe, dass die neue Pflegekraft mit ihrer kleinen Tochter einziehen würde, haben wir es ein wenig verschönert«, sagte er. »Ich hoffe, es gefällt euch.«

Gedankenverloren betrachtete Katy auch die sorgfältig ausgesuchten Spitzengardinen.

»Ich denke, Mabel wird es lieben.«

Aiden lächelte erleichtert.

»Und ... das alles hast du ausgesucht?«, fragte sie nach einer Pause.

»Na ja, nicht ganz.« Er zeigte ihr auch das Bad im Obergeschoss, das sie zu ihrer alleinigen Verfügung hatten. »Ich hatte fachkundige Unterstützung.« Er grinste. »Von der wichtigsten Frau in meinem Leben.«

»Ach so.« Katy lächelte dünn. »Dann habt ihr, du und deine Frau, auch Kinder?«

»Oh, nein.« Er schüttelte vehement den Kopf. »Ich bin nicht verheiratet.«

Katy legte ihre Stirn in Falten. »Ich dachte nur, weil ...«

»Da habe ich mich missverständlich ausgedrückt. Es war meine Mutter, die die Möbel und das alles ausgewählt hat.« Er kehrte auf den Flur zurück und versenkte seine Hände in den Hosentaschen.

Katy konnte sich ein leichtes Grinsen nicht verkneifen. Wie charmant, dass er seine Mutter die wichtigste Frau in seinem Leben nannte.

»Das Obergeschoss ist dann jetzt euer Reich«, sagte er und kehrte mit ihr nach unten zurück. »Treppen machen meinem Onkel zu schaffen, deshalb haben wir sein Schlafzimmer schon vor Jahren nach unten verlegt.«

Nachdem er Katy den Rest des Hauses gezeigt hatte, machte er sie mit dem Tagesablauf vertraut. Meist begann Mr Craigs Tag um sieben Uhr am Morgen. Für sie hieß es dann Tabletten richten, gegebenenfalls mörsern, Blutzuckerkontrolle ... Je nach Wert kam das Frühstück noch vor der Morgentoilette. Katy hörte ihm aufmerksam zu. Nichts von alledem konnte sie beeindrucken, erst recht nicht verschrecken. Doch sie merkte Aiden an, dass es für ihn durchaus manchmal stressig war.

»Seit die letzte Pflegekraft aufgehört hat, habe ich meinen Onkel allein versorgt. Ich würde gern mehr für ihn tun, aber ...«

»Das verstehe ich. Er ist bei mir in guten Händen«, sagte Katy.

Er nickte dankbar. »Am Kühlschrank hängt die Nummer seines Hausarztes. Eigentlich hat er einmal im Monat einen festen Termin, sie ist also ... nur für den Notfall.« Seine Erleichterung darüber, dass sie nun da war und ihm die Pflege abnehmen würde, schwang deutlich in seiner Stimme mit. Trotzdem spürte Katy auch ein wenig Angst bei ihm.

»Wie gesagt, ich bin sicher, wir kommen gut zurecht«, wiederholte sie deshalb. Sie glaubte, er brauchte diese erneute Zusicherung. Aiden nickte mit einem leichten Lächeln, dann ging er zu dem Teil über, der sie, neben der Pflege, betraf. Ein Haustürschlüssel lag für sie neben dem Telefon bereit. Sonntags war ihr freier Tag. Außerdem hatte sie an zwei Wochentagen die Nachmittage für sich und ihre Tochter, an denen Mr Craig beim Seniorentreffen oder mit Aiden unterwegs war. Alles schien durchorganisiert zu sein. Katy war sicher: Das würde ihr den Einstieg erleichtern.

»Ich muss jetzt zur Arbeit.« Im Flur schlüpfte Aiden in seine Jacke und stülpte sich die Mütze über den Kopf.

Katy bemerkte das blaue Logo der örtlichen Fischerei darauf. »Dann geht es für dich heute noch aufs Meer?«

Zögerlich sah er an sich hinunter. »Für mich nicht, nein. Aber die Barsche sind zurück. Da gibt es meist viel zu tun. Mit etwas Glück sind sie meinen Kollegen heute Morgen schon zahlreich ins Netz gegangen.«

»Dann drücke ich die Daumen.«

Er schenkte ihr ein strahlendes Lächeln. »Vielen Dank! Alles Wesentliche habe ich aufgeschrieben. Der Zettel hängt ebenfalls am Kühlschrank. Aber ... für den Fall, dass etwas sein sollte ...« Er kritzelte auf einen Notizblock. »Das hier ist meine Handynummer. Ich gehe allerdings davon aus, dass du mich nicht brauchen wirst. Vormittags ist er immer eher träge.«

»Kein Problem.« Katy fühlte sich gut. Sie würde alles im Griff haben. Aiden kehrte noch einmal ins Wohnzimmer zurück. Er trat an seinen Onkel heran, ging vor ihm in die Hocke und schaute ihm direkt ins Gesicht. »Ich muss jetzt los.«

Der alte Mann streckte seine Hand nach ihm aus. Aiden umfasste sie. »Heute Mittag komme ich und esse mit dir. Solange wird sich Katy um dich kümmern, wenn du was brauchst.«

Mr Craigs Augen verengten sich. »Ich brauche nichts«, knurrte er, die Pfeife noch im Mund.

»Natürlich nicht.« Aiden richtete sich auf. »Er nimmt nicht gerne Hilfe an«, erklärte er Katy mit gesenkter Stimme auf dem Weg hinaus.

Sie begleitete ihn zur Tür. Bevor er ging, drehte er sich noch einmal zu ihr um. »Und sag mir ruhig, wenn er dir Ärger macht.«

»Mach dir keine Gedanken. Ich kriege das hin.« Katy setzte ein beruhigendes Lächeln auf.

Aiden presste nickend die Lippen aufeinander. Es war ihm anzusehen, dass er sich sorgte. Aber um wen? Um seinen Onkel oder um sie? Noch konnte sie nicht ganz fassen, dass ihr Arbeitgeber derselbe Mann war, den sie zuvor mit dem Auto angefahren hatte. Katy hatte jemand vollkommen anderes erwartete: älter und unattraktiver. Aiden hingegen wirkte schon fast zu perfekt, um wahr zu sein.

KAPITEL ZWEI

Aberdeen, 1939

Der Himmel war fast durchgängig blau, und die Sonne brachte das Wasser im Hafen zum Funkeln. Jeff stand am Upper Dock. Wie gebannt beobachtete er ein Fischerboot, das hinter dem Wellengang seine Netze einholte. Umschwirrt von laut kreischenden Möwen trieb es mit einer einnehmenden Friedlichkeit auf dem Meer. Jeff war so sehr davon fasziniert, dass er zunächst nicht merkte, dass sein Freund Hamish neben ihn getreten war.

»Woran denkst du schon wieder?« Hamish stieß ihn mit dem Ellenbogen in die Seite.

»An gar nichts«, beteuerte Jeff. »Das Meer ist heute nur ziemlich ruhig.«

Hamish stützte sich gegen das Geländer an der Hafenmauer und zog ausgiebig an seiner Zigarette, dabei folgte er dem Blick seines Freundes auf die offene See. »Verdammt ruhig. Ohne Strömung keine Fische.« Missmutig strich er sich seine grüne Gummischürze glatt, die ihm bis zu den Knien reichte.

»Sie werden kommen«, sagte Jeff. »Sobald sich das Wetter ändert.«

»Na, das hoffe ich. Momentan ist es echt mau.« Hamish schnippte seine Zigarette weg. Wie jeden Morgen war er bereits vor Sonnenaufgang mit seinem Vater aufs Meer hinausgefahren, um Heringe und Makrelen zu fischen. Manchmal begleitete Jeff die beiden – wenn es die Aufgaben auf dem Hof seiner Familie zuließen.

»Fahrt ihr in der Dämmerung wieder raus?«, fragte Jeff.

Hamish nickte knapp. »Wir müssen. Das, was wir bisher rausgeholt haben, lohnt sich kaum auf dem Markt anzubieten.«

Seit über drei Wochen war es ungewöhnlich warm und trocken, außerdem ging kaum Wind. Für Fischer und Landwirte ein Umstand, der nicht zu lange andauern durfte. Für den Jahrmarkt hingegen, der anlässlich des Early May Days am Aberdeen Beach Station machte, schaffte das Wetter beste Bedingungen. In den vergangenen Tagen hatte sich Jeff etwas Geld dazuverdient, indem er den Schaustellern beim Aufbau der Fahrgeschäfte und Buden geholfen hatte. Genau wie Hamish hatte er schon mit zwölf angefangen, sein Taschengeld mit Gelegenheitsjobs aufzubessern. In diesem Jahr war Hamish mit der Fischerei jedoch zu sehr beschäftigt gewesen. Seit sein älterer Bruder Colin der Royal Airforce angehörte, war er für seinen Vater unentbehrlich. Deshalb hatte er eigene Pläne zurückgestellt. Seit einigen Jahren sprach er davon, für eine Weile auf die Orkney-Inseln zu gehen, wo sein Cousin eine Fischerei mit mehreren Schiffen besaß.

»Was ist mit morgen Abend?« Jeff betrachtete ihn von der Seite. »Musst du da nicht auch ...?«

»Morgen Abend arbeite ich nicht«, antwortete Hamish entschieden. »Da habe ich offiziell Ausgang.« Er wandte sich der Promenade zu, an der gerade zwei junge Frauen entlangspazierten. »Und ich denke, ich weiß schon, wie ich den nutzen werde.« Erneut stieß Hamish Jeff an, der sich daraufhin langsam umdrehte.

»Guten Morgen, Ladys«, begrüßte Hamish die Frauen.

»Guten Morgen, Hamish«, antworteten sie wie aus einem Mund, bevor sie kichernd weiterzogen.

»Ich sag's dir, mein Freund«, Hamish starrte den Damen verzückt nach, »morgen Nacht ist die Nacht, in der Martha Broderick in meinen Armen liegen wird.«

Jeff lachte spöttisch. »Na, wenn du das sagst.«

»Wir können ja wetten.«

»Nein. Lieber nicht.« Zu oft hatte er gegen Hamish bereits verloren. Dieser machte kein Geheimnis daraus, dass er für die Tochter des Studienrates schwärmte. Obwohl er in der Stadt ein begehrter Junggeselle war, schien die Tatsache an ihm zu nagen, dass er Martha bisher nicht hatte erobern können. Doch Hamish wäre nicht Hamish, wenn er nicht hartnäckig weiter versuchen würde, bei ihr zu landen. Martha bog mit ihrer Freundin Connie Sampson um die Ecke, und Hamish grinste überheblich. »Zur Hälfte ist sie schon in mich verliebt.«

Jeff klopfte ihm auf die Schulter. »Dann kann ja nicht mehr viel schiefgehen.« Er versenkte die Hände in seine Hosentaschen und schlenderte den South Square hinauf.

Hamish holte ihn ein. »Diese Connie, die wäre doch was für dich.«

»Eher nicht. Nein.«

»Ach, komm schon. Du musst sie beschäftigen, damit ich mit Martha ... na, du weißt schon.«

»Du meinst, falls du es schaffen solltest, dass sie ...«

»Hallo?« Hamish tat bestürzt. »Du hast das doch gerade

miterlebt. Sie hat mich förmlich mit ihren Blicken ausgezogen.«

Jeff unterdrückte einen Lachanfall. »Das hat sie nicht. Tut mir leid, dir das sagen zu müssen.« Wie immer war es seine Aufgabe, ihn auf den Boden zurückzuholen. Die beiden waren seit frühen Kindertagen eng befreundet. Während Jeff eher introvertiert war, mangelte es Hamish nicht an Selbstbewusstsein. Er war ein Hitzkopf, impulsiv und überaus von sich überzeugt – was ein Grund dafür war, dass sich Jeff schon mehr als einmal in eine Schlägerei hatte einmischen müssen, um ihm die Haut zu retten. Eine Tatsache, die Jeffs Vater Angus überhaupt nicht gefiel, weil er befürchtete, Hamishs Unbeherrschtheit könnte auf seinen Sohn abfärben. Für Jeff aber gab es keinen besseren Mann an seiner Seite. Er war froh, einen Freund wie Hamish zu haben, und er würde ihn notfalls gegen die ganze Welt verteidigen. Er wusste, Hamish würde genau dasselbe auch für ihn tun.

»Warte kurz.« Hamish huschte in die Bäckerei, die sich zu Beginn einer engen Kopfsteinpflastergasse befand. Als er wenig später wiederkam, hielt er zwei Bannocks in der Hand.

»Sind noch warm.« Begeistert reichte er Jeff eines der kleinen Fladenbrote. »Oh, ich hab die Marmelade vergessen. Das Wichtigste!« Er sauste zurück in den Laden. Kopfschüttelnd ging Jeff bis zur Mitte der Straße, wo er abrupt stehen blieb. Ein Kleinbus parkte vor einem leer stehenden Geschäft. Dutzende Kisten standen neben dem Eingang. Ein lautes Poltern drang aus dem Innern des Lasters, auf dessen Ladefläche eine junge Frau erschien. Ihre schulterlangen blonden Locken waren mit einem weißen Haarband gebändigt, das in der

Sonne leuchtete. Sie trug eine Kiste, aus der aufgestapelte Blumentöpfe herausragten.

»Ich nehme die für Sie«, schoss es aus Jeff heraus.

Die Frau blickte ihn überrascht über den Rand der Töpfe hinweg an und lächelte. »Oh, das wäre sehr nett.«

Jeff nahm ihr die Kiste ab, unter deren Gewicht er leicht einknickte. Die Frau hielt ihm die Ladentür auf.

»Ziemlich schwer, nicht?« Sie schnaufte durch.

»Überhaupt nicht.« Sein angehaltener Atem überdeckte seine Lüge nur zum Teil. Tatsächlich wog die Kiste um einiges mehr, als er vermutet hatte. Noch dazu war sie schrecklich unhandlich. Ihr gesamtes Gewicht lag einzig auf seinen Unterarmen.

»Bitte, stellen Sie sie hier hin.« Sie deutete auf einen schmalen Tisch. Vorsichtig setzte Jeff die Kiste ab, dann hielt er inne und sah die junge Frau durchdringend an. Mit einem Mal wurde ihm ganz warm. Jemanden wie sie hatte er noch nie gesehen. Ihre Augen hatten die Farbe von Bernstein und waren von dichten dunklen Wimpern umrahmt, ihre Haut war makellos wie die einer Porzellanpuppe. Sie besaß eine so einnehmende Ausstrahlung, dass er nicht anders konnte, als sie unverhohlen anzustarren. Er war wie verzaubert.

»Danke.« Sie lächelte ihn an, und er spürte, wie ihm die Hitze ins Gesicht stieg.

»Sie ... ziehen ... hier ein?« Jeff war von einer merkwürdigen Vorfreude getrieben.

»Ja, meine Eltern haben das Haus vor Kurzem gekauft. Wir eröffnen hier einen Blumenladen.«

Erstaunt hob er die Brauen. »Großartig, das ist ... großartig.« Er fuhr sich nervös durchs Haar. »Ich meine, es ist schön, dass hier wieder ein Geschäft eröffnet wird. Das freut mich.«

»Ach ja?«

»Absolut. Oft bin ich an dem Haus vorbeigekommen und war traurig, dass sich niemand darum kümmert. Es ist ein so ... schönes altes Haus.«

Einen Augenblick lang standen sie sich lächelnd gegenüber.

»Roslyn, kommst du mal?« Ein älterer Mann stieg die schmiedeeiserne Wendeltreppe hinunter, die in den Geschäftsraum führte, und die junge Frau riss sich von ihrem Bewunderer los.

»Sofort, Dad!«

»Kann ich euch noch irgendwie helfen?«, fragte Jeff, in der Hoffnung, seine Begegnung mit ihr in die Länge ziehen zu können.

Unentschlossen zwirbelte sie eine Haarsträhne um ihre Finger, als ihr Vater zu ihnen stieß.

»Wer ist das?« Er musterte Jeff mit skeptischer Miene.

»Nur jemand, der mir netterweise mit einer Kiste geholfen hat.« Ihr Blick ging zurück zu Jeff, der ihr erneut ein Lächeln entlockte.

»Verzeihen Sie, Sir.« Er reichte ihrem Vater die Hand. »Mein Name ist Jeff. Jefferson eigentlich. Jefferson Craig. Ich bin zufällig hier vorbeigekommen.«

»Tom Hazard.« Zögerlich und immer noch skeptisch schüttelte er Jeffs Hand. »Meryl, kommst du mal bitte?«

»Herrje, ich hoffe, das Porzellan hat die Fahrt hierher überstanden.« Eine Frau stieg die Stufen hinunter. Ihre Frisur wurde, wie die von Roslyn, von einem Band gehalten. Auch ihr Haar glich ihrem, jedoch war es von silbrig-weißen Strähnen durchzogen.

»Oh, wir haben Besuch?« Sie stellte sich neben Tom und schaute abwechselnd zu Roslyn und zu Jeff. Dieser zögerte nicht, sich auch ihr vorzustellen. »Hallo, ich bin Jeff.«

»Sehr erfreut, Jeff!« Anders als ihr Mann zeigte sich Meryl Hazard aufgeschlossen ihm gegenüber. Was ihn ermunterte, seine Hilfe erneut anzubieten.

»Es liegt wohl noch eine Menge Arbeit vor Ihnen. Wenn Sie möchten, packe ich mit an.«

»Nicht notwen ...«

Meryl unterbrach ihren Mann sogleich mit einer flinken Handbewegung und bedachte ihn mit einem ermahnenden Blick. »Das wäre wirklich ausgesprochen hilfreich. Wir können tatsächlich etwas Unterstützung gebrauchen. Ist doch so, Tom?« Sie wandte sich erneut an ihren Mann, der hinnehmend grummelte.

»Wunderbar!« Sofort flitzte Jeff hinaus und machte sich daran, die restlichen Kisten von der Ladefläche zu heben.

»Verrätst du mir, was du da machst?«, hörte er Hamish plötzlich hinter sich. Fast hatte er ihn vergessen.

Seelenruhig schleppte Jeff einen Karton an ihm vorbei. »Wonach sieht's denn aus? Ich bin Umzugshelfer.«

»Das sehe ich.« Hamish stopfte sich den Rest seines Bannocks in den Mund. »Aber warum zum Geier machst du das?« Er leckte sich die Marmelade von den Fingern.

Jeff blieb bei ihm stehen. »Darum.« Er wies auf Roslyn, die drinnen auf einer Trittleiter stand und das Schaufenster von dem restlichen Zeitungspapier befreite, mit dem es verklebt worden war.

»Aye. Ein Volltreffer!« Hamish nickte anerkennend. »Was weißt du über sie?«

»Noch nicht viel. Aber das muss ich ändern.«

Hamish ließ einen langen falschen Seufzer hören. »Na, wenn das so ist ...« Er krempelte sich die Hemdsärmel hoch und packte mit an.

Als die Sonne am nächsten Abend über dem Meer unterging und sich der Platz am Hafen füllte, hatte Jeff nur ein Ziel: Er musste Roslyn wiedersehen. Während Hamish für Martha mit dem Luftgewehr Rosen schoss, schaute er sich suchend nach ihr um. Zum wiederholten Mal manövrierte er sich durch die Menge, die sich vor ihm zu teilen schien. Jeff klopfte das Herz bis zum Hals, denn dort, vor dem Zuckerwattestand, war sie. In einem leuchtend gelben Kleid strahlte sie mit den Sternen um die Wette, die sich gerade erst am klaren Himmel zeigten. Unter all den vielen Menschen, die zur Eröffnung des Jahrmarktes gekommen waren, sah er nur Roslyn. Von dem Wunsch erfüllt, wieder in ihrer Nähe zu sein, setzten sich seine Beine von allein in Bewegung, so dass er viel zu spät bemerkte, dass sie in Begleitung war. Abrupt blieb er stehen und wollte sich bereits wieder umdrehen. Doch dafür war es zu spät.

»Jeff!« Sein älterer Bruder winkte hektisch. Jeff schnaufte verdrossen aus, bevor er weiter auf die beiden zuging.

»Peter«, sagte er sichtlich überrascht und durch zusammengebissene Zähne. »Du hast mir gar nicht gesagt, dass du den Jahrmarkt besuchst.«

»Ach, na ja, weißt du ...« Peter deutete mit stolz geschwellter Brust in Roslyns Richtung.

»Hallo, Jeff«, sagte sie freundlich. »Schön, dich zu sehen.«

»Ihr beide kennt euch?« Verunsichert schaute Peter zwischen seinem Bruder und Roslyn hin und her.

»Ja«, antwortete sie. »Ich wusste nicht, dass ihr Brüder seid. Peter und ich, wir …«

» … haben uns schon vor einiger Zeit in der Bank kennengelernt«, beendete Peter ihren Satz. »Ich habe Roslyns Eltern wegen einer Kapitalanlage beraten.«

War ja klar, kommentierte die Stimme in Jeffs Kopf. In dem Versuch, Anerkennung vorzutäuschen, nickte er interessiert. Es sah Peter wieder einmal ähnlich, dass er das Beste an sich reißen wollte, und es stand außer Frage, dass Roslyn das Beste war. In seinen achtzehn Jahren hatte Jeff nie etwas Schöneres gesehen. Etwas, das er mehr begehrt hatte. Die Tatsache, dass sein Bruder sie zuerst entdeckt und für sich eingenommen hatte, war für ihn wie ein Schlag ins Gesicht.

»Entschuldigt.« Mehr brachte er nicht heraus. Jeff ertrug es nicht, die beiden zusammen zu sehen. »Ich habe noch was zu erledigen.« Er wollte nicht, dass einer von ihnen merkte, wie verletzt er war. Wenn es um Peter ging, neigte Jeff dazu, sich unterlegen zu fühlen und ihm das Feld zu überlassen. Das hatte er immer schon getan – aber würde ihm das in diesem Fall möglich sein? Er haderte mit sich. In regelmäßigen Abständen sah er sich nach Roslyn um. In der Vergangenheit hatte Peter immer nur getan, wonach ihm der Kopf stand. Er hatte sich gegen den Wunsch des Vaters gestellt, eines Tages die Farm zu übernehmen, und war stattdessen Banker geworden. Außerdem kandidierte er, als erster Einundzwanzigjähriger, für einen Sitz im Stadtrat, denn sein Ziel war es, eines

Tages in der Politik Fuß zu fassen. Sollte er tatsächlich immer das bekommen, was er wollte? Jeff war es leid zu gönnen. Stur fixierte er Roslyn.

Hamish gesellte sich mit Martha und Connie zu ihm.

»Wir wollten zum Strand runter.« Hamish stellte sich direkt vor Jeff und suchte seinen Blick.

»Dann viel Spaß.« Jeff sah an ihm vorbei.

Connie hakte sich bei ihm unter, doch er ließ nicht von Roslyn und Peter ab.

»Alles okay mit dir?« Hamish wedelte mit der Hand vor seinem Gesicht.

Jeff reckte den Hals, als Roslyn und Peter wieder in ihre Richtung steuerten.

»Und jetzt mal recht freundlich bitte.« Matt Pearson, ein Freund, von Jeffs Vater und Journalist vom *Press and Journal,* richtete seine Kamera auf sie. Wie üblich wurden Schnappschüsse von den Besuchern des Fests gemacht. Anders als in den Jahren zuvor war es Jeff diesmal nicht gelungen, ihm zu entkommen. Stöhnend stützte er die Hände in die Hüften.

»Muss das sein?«

»O Jeff, du enttäuschst mich«, antwortete Matt. »Nach der Frage kommt euer Foto sogar auf die Titelseite.«

»Na, wenn das so ist ...« Hamish setzte sein breitestes Lächeln auf und legte den Arm um Martha. »Hey, Roslyn«, rief er sie, als sie stehen geblieben war, um dem Fotografen zuzusehen.

»Du solltest mit aufs Bild«, sagte er und wandte sich an Matt. »Sie darf doch?«

Matt nickte und stellte das Visier neu ein.

Roslyn lächelte schüchtern, kam dann aber Hamishs Vorschlag nach und stellte sich neben Jeff, der knallrot anlief. Das Blitzlicht leuchtete auf, und der Moment war festgehalten. Jeff öffnete seinen Mund, er wollte etwas zu Roslyn sagen, doch sie wandte sich um und ging Peter hinterher, der ihr nächstes Ziel festgelegt hatte. Jeffs Puls raste, als er erkannte, was sein Bruder vorhatte. Das Fahrgeschäft hatte Jeff mit aufgebaut. Der einzige Zweck dieser Attraktion bestand darin, seine Mitfahrer näher zusammenzubringen. Die Mission war klar. Fahrig riss er Hamish am Ärmel. »Liebestunnel! Sofort!« Er lief voraus. Hamish, Martha und Connie hatten Mühe, ihm nachzukommen.

»Verzeihung!« Jeff drängte sich vor ein älteres Paar. Der Mann schimpfte lautstark.

»Tut uns leid. Ein Notfall.« Hamish zog die kichernde Martha an der Hand hinter sich her. Schnell kauften sie ihre Fahrkarten. Jeff sprintete los, ohne auf sein Wechselgeld zu warten, und sprang in die Gondel hinter Peter und Roslyn. Zu seiner Überraschung gesellte sich Connie zu ihm.

»Wie aufregend das doch ist.« Sie schmiegte sich an Jeff, schmachtete ihn von der Seite an. Er aber ging nicht auf sie ein. Jeff war viel zu beschäftigt damit, Roslyn und Peter nicht aus den Augen zu lassen. Das gedimmte Licht erschwerte ihm jedoch die Überwachung. Verbissen schaute er nach vorn, und sein Puls schnellte in die Höhe. War Peter etwa schon näher an Roslyn herangerückt?

»Wuahh ...« Hamishs Nosferatu-Imitation riss ihn aus seiner Konzentration. Kurz sah er sich missmutig nach seinem Freund um, der ihnen mit Martha in einem übergroßen Blütenblatt folgte. Hamish zuckte unschuldig die Schultern, und Marthas Lachen erfüllte den Tunnel. Die Gondeln verschwanden in der Dunkelheit, und Jeff stierte wieder angestrengt nach vorn.

»Ganz schön romantisch hier, findest du nicht?« Connie rutschte näher an ihn heran. Das Licht flackerte rot vor ihnen auf, und Jeff konnte erkennen, wie sein Bruder den Arm um Roslyn legte. Die Eifersucht hatte ihn so fest im Griff, dass er nicht mehr klar denken konnte. Er sprang auf und kletterte aus der fahrenden Gondel. Geschickt wand er sich unter einer Schar Liebesgötter hindurch, die von der Decke baumelten, und kämpfte sich bis zu Roslyn vor, an deren Gondel er sich festhielt. Im ersten Moment erschrak sie, aber sie beruhigte sich schnell wieder. »Jeff?«

»Sag mal, spinnst du?« Peter funkelte ihn an.

»Ich will dir was zeigen, Roslyn«, sagte Jeff, ohne seinen Bruder zu beachten.

»Jetzt?«

»Ja.«

»Du hast sie doch nicht alle. Verschwinde gefälligst, Jeff. Du benimmst dich lächerlich.« Peter schüttelte verächtlich den Kopf.

»Was meinst du, Roslyn?« Jeff betrachtete sie erwartungsvoll.

»Kann das nicht warten?«, fragte sie, konnte ein Lächeln jedoch nicht zurückhalten.

»Nein. Kann es nicht.« Jeff klang, als ginge es um Leben und Tod.

»Na gut.« Roslyn nickte, dann richtete sie sich auf.

»Du wirst jetzt doch wohl nicht etwa ...« Peter kniete sich auf den Sitz. Schockiert schaute er zu, wie Roslyn mit Jeffs Hilfe ausstieg.

»Ros! Was zur Hölle …« Peter stand ebenfalls auf.

»Hin-se-se-setzen!« Eine tiefe Stimme durchdrang den Tunnel. Auf der anderen Seite der Schienen war ein junger Mann im blauen Overall aufgetaucht. »Aussteigen ve-ve-ve-verboten!«

»Kein Grund zur Sorge, Eddie! Ich bin's nur. Ihr hier ist schlecht geworden.« Jeff deutete mit dem Kinn auf Roslyn, gleichzeitig winkte er ihm entwarnend zu. Sogleich entspannte sich Eddies Miene. Die beiden kannten sich schon seit Jahren. Eddie Sparks war der jüngste Sohn der Schaustellerfamilie, der unter anderem auch der Liebestunnel gehörte.

»Is gut, Je-heff. Aber sa-ag dei-nem Bru-der, er soholl sich wie-der ru-hig hin-setzen.«

»Von dem Stotterer lass ich mir überhaupt nichts sagen«, zischte Peter. »Und du kannst was erleben, Jeff. Du bist so was von …« Sein Schimpfen wurde von einem Ruckeln der Gondel unterbrochen, als diese in eine Kurve bog. Wutschnaubend setzte sich Peter wieder in Fahrtrichtung. Ein Lichtervorhang sorgte schließlich dafür, dass er aus Jeffs und Roslyns Blickfeld verschwand.

»Und … was machen wir jetzt?«, fragte Roslyn, während sie zusammen mit Jeff neben den Schienen wartete, bis alle Gondeln an ihnen vorbeigefahren waren. Hamish spornte seinen Freund mit erhobenem Daumen an.

»Komm.« Jeff nahm Roslyn an der Hand. »Es wird dir gefallen.« Er führte sie die Schienen entlang, zurück bis zum Anfang des Tunnels. Von dort aus reichte eine Metallleiter hinauf. Kurz sah sich Jeff nach Eddie um, doch er war nicht zu sehen. Flink kletterte Jeff die Leiter hoch und bedeutete

Roslyn, ihm zu folgen. Oben war ein schmales Brettergerüst, von wo aus sie die kleine, gewundene Strecke überblicken konnten. Kabel ragten aus einem mit Schaltern versehenen Metallkasten, der am Geländer befestigt war. Unter dem Gerüst befanden sich Scheinwerfer, die auf die Schienen gerichtet waren.

»Bereit?«, fragte Jeff, als Roslyn neben ihm zum Stehen gekommen war.

Sie nickte gespannt. Im nächsten Moment legte Jeff einige der Schalter um. Das Licht wechselte von blau auf lila. Von lila auf grün. Passend zu den Effekten spielte das Lied *You Made Me Love You* von Helen Forrest.

»Ich liebe dieses Lied!« Roslyn drehte sich zu Jeff.

»Dann ... gefällt es dir hier?«, fragte er erwartungsvoll.

»Es ist ... traumhaft.« Sie ließ das Lichterspiel eine Weile auf sich wirken. »Wieso kennst du dich hier so gut aus?«

Er legte die Hände locker auf das Geländer, das sich vor ihnen befand, und zuckte die Schultern. »Na ja, man könnte sagen, ich bin so was wie ein Schaustellergehilfe.«

Sie nickte angetan, doch in ihrem Blick standen auch Fragen.

»Ich liebe den Jahrmarkt«, sagte er weiter. »Seitdem ich ein kleiner Junge war, ist es für mich das Größte, hier zu sein. An keinem anderen Ort kann man die Freude der Menschen in deren Augen so deutlich sehen.«

Roslyn musterte ihn aufmerksam von der Seite.

»Mein Vater wollte mich zuerst nicht herkommen lassen.«

»Wieso nicht?«

»Er meint, es ist nicht richtig, in diesen Zeiten ein Volksfest zu veranstalten. Dad glaubt, dieser Hitler will ein Weltreich erschaffen. Dass er sich Großbritannien einverleiben will.«

»Chamberlain wird das nicht zulassen.« Jeff vertraute in den Premierminister, schluckte aber angesichts der deutschen Bedrohung, die allgegenwärtig war. Die Gefahr hing wie ein Schatten über ihnen allen, weshalb der Stadtrat lange überlegt hatte, ob er den Jahrmarkt stattfinden lassen wollte. Letztlich hatte die Mehrheit dafür gestimmt. Doch nicht alle waren glücklich über diese Entscheidung.

»Es stimmt«, sagte Jeff nach einer Pause. »Vielleicht wird es Krieg geben, und der eine oder andere von uns wird gegen die Deutschen kämpfen müssen, um sie von unserer Küste fernzuhalten und unsere Freiheit zu verteidigen. Und Freiheit bedeutet nichts anderes als Glück. Glück wie dieses, in dem Menschen Trost finden. Es ist für uns alle da, um noch einmal die Sorgen vergessen zu können – auch wenn es nur vorübergehend ist.«

»Ja«, hauchte Roslyn. »Ich glaube, genau so ist es.« Für einen Moment standen sie still beieinander. Erst als das Lied zu Ende war, brach Jeff das Schweigen.

»Früher habe ich jede freie Minute hier verbracht. Das hat meinen Vater ziemlich geärgert.«

»Warum das?«

Er zuckte die Achseln. »Na ja, Jahrmarktbesuche sind teuer.«

Sie lachte. »Also hast du irgendwann angefangen, für deine Besuche zu arbeiten.«

»So ist es.«

»Und dein Bruder?«

»Ehrlich gesagt, wundert es mich, dass er heute überhaupt hier ist. Er hat es nicht so mit ...«

»Mit was?«

»Mit Spaß«, sagte er zögerlich. Er hatte nicht vor, Peter schlecht zu machen, andererseits hielt sein Bruder sich, wenn es um ihn ging, auch nicht unbedingt zurück.

Roslyn wandte sich still den Paaren zu, die unter ihnen durchfuhren – erhellt vom Lichterschauspiel, für das Jeff gesorgt hatte.

»Tut mir leid.« Jeff fuhr sich angespannt durchs Haar. »Das hätte ich nicht sagen sollen. Du warst schließlich mit ihm verabredet.«

Ein Lächeln huschte über ihr Gesicht. »Schon in Ordnung.«

Jeffs Herz klopfte schneller. Sein Blick war auf sie geheftet. Sie, die die Richtige war. Noch nie war er sich so sicher gewesen. Er würde Roslyn Hazard heiraten. Und nur sie!

Gemeinsam sahen sie noch eine Weile zu, wie die Paare unter ihnen herfuhren, und amüsierten sich über die, zum Teil, merkwürdigen Konstellationen. Als sie später den Liebestunnel verließen, war es kühl geworden. Dunkle Wolken verhüllten die Sterne. Wind war vom Meer aufgezogen.

Jeff legte Roslyn seine Jacke um die Schultern, nachdem sie sich fröstelnd die Arme gerieben hatte. Zusammen schlenderten sie anschließend über den Platz. Am Zuckerwattestand trafen sie Hamish und Martha wieder.

»Da seid ihr ja.« Hamish hatte seinen Arm um Marthas Taille gelegt und grinste verschwörerisch. »Wir hatten schon Angst, ihr hättet euch da drinnen verlaufen.«

Jeff hob einen Mundwinkel.

»Meine ich das nur, oder riecht es hier nach Fisch?«, rief jemand hinter Hamish. Gleichzeitig sahen sich alle nach Brad Murdoch um, der ein Arbeitskollege und Freund von Peter war. Es überraschte Jeff also nicht, seinen Bruder bei ihm zu sehen. Dass Connie sich jedoch an Peter geheftet hatte schon, denn eigentlich konnten sich die beiden nicht ausstehen. Connie jedenfalls schien plötzlich vergessen zu haben, dass Peter sie früher immer wegen ihrer roten Haare aufgezogen hatte. Sie kicherte haltlos und schien auch nicht zu merken, dass Peters Miene zornerfüllt war. Am liebsten wäre Jeff auf der Stelle gegangen. Er befürchtete eine Eskalation. Brad und Hamish waren schon immer wie Feuer und Wasser gewesen. Ihre Feindseligkeit war nichts Neues. Er jedoch hatte sich zum ersten Mal gegen Peter aufgelehnt, und nun stand in den Augen seines Bruders eine Wut, die ihm eine Heidenangst einjagte.

»Lass uns gehen, Hamish.« Beschwichtigend fasste Jeff Hamish am Arm. Er wollte vermeiden, dass am Ende alle aufeinander einprügelten – und das vor den Mädchen. Hamish aber riss sich von ihm los. Jeff rollte mit den Augen, als er daraufhin herausfordernd an Brad herantrat.

»Willst du das vielleicht noch mal wiederholen, Murdoch?«

»Da hat wohl jemand Lebertran in den Ohren«, erwiderte Brad lachend. »Von jetzt an spreche ich langsamer. Und lauter. Damit du auch alles verstehst, Fischkopf.«

»Wenn ich du wäre, würde ich die Lauscher-Witze lieber anderen überlassen.« Hamish spielte damit auf Brads Ohren an, die in einem seltsamen Winkel von dessen Kopf abstanden. Wütend machte Brad einen Schritt auf ihn zu. Hamish ballte die Fäuste. Natürlich interessierte es ihn nicht, dass sein Herausforderer ihn um mindestens fünfzehn Zentimeter überragte.

»Lass gut sein.« Jeff fasste seinen Freund erneut besänftigend am Arm, und wieder riss der sich los.

»Was willst du machen, he?« Brad provozierte weiter, und Jeff ahnte, was passieren würde. Vorsorglich schob er Roslyn und Martha sanft hinter sich.

»Wir können das gleich hier und jetzt regeln.« Hamish krempelte sich entschlossen die Ärmel hoch.

Brad lachte ihn aus.

Verhalten stieg auch Peter mit ein. »Mach dir nicht die Hände schmutzig, Brad.«

Während die beiden Streithähne einander anfunkelten, ging Peter um sie herum und nahm Roslyn zur Seite.

»Was sollte das?«, hörte Jeff ihn fragen.

»Lass sie in Ruhe, Pete«, bat er ruhig.

»Ja, lass sie in Ruhe, Pete«, pflichtete Hamish ihm bei. »Du benimmst dich, als wärst du ihr Vater.«

Peter verschränkte die Hände vor der Brust und bedachte ihn mit einem finsteren Blick.

»Halt den Rand, Fischkopf«, knurrte Brad, lechzend nach Aufmerksamkeit.

»Wenigstens sehe ich nicht aus wie eine Ratte«, legte Hamish nach. Im Bruchteil einer Sekunde wechselte Brads Gesichtsfarbe von Kreideweiß zu Glutrot. »Wie war das bitte?« In seinen Augen stand der blanke Zorn.

»Bitte. Lass uns gehen, Hamish.« Martha versuchte, ihn von Brad abzubringen.

»Anscheinend bist du es, der von uns schlecht hört ... du

Ratte.« Hamish amüsierte sich so sehr über seinen Witz, dass er nicht merkte, wie Brad zum Schlag ausholte. Blitzschnell ging Jeff dazwischen. Er wollte Brad zurückhalten, doch es war zu spät. Donnernd traf dessen Faust auf seine Nase. Die Wucht des Schlags riss ihn von den Füßen. Taumelnd fiel er zurück und landete auf dem harten Pflaster.

»Verdammter Mist, Brad!« Peter kam neben ihn und schaute fassungslos auf seinen Bruder herab, der sich die blutende Nase hielt.

»Herrgott!« Zischend wedelte Brad mit seiner Faust. »Was geht der auch dazwischen.«

Roslyn hatte sich mit entsetzter Miene neben Jeff gekniet und reichte ihm ihr Taschentuch.

»Das wird dir noch leidtun, Murdoch!« Hamish preschte auf Brad zu, der wie ein aufgescheuchtes Wiesel die Flucht ergriff. »So ein Versager.« Hamish stemmte lachend die Hände in die Hüften.

Etwas hilflos stand Peter neben seinem Bruder. »Geht's dir gut?« Er reichte ihm seine Hand, aber Jeff schlug sie aus. Stattdessen stemmte er sich allein hoch, das Taschentuch fest auf seine Nase gepresst. »Es geht schon«, meinte er, als Roslyn seine Verletzung näher betrachten wollte.

»Darf ich dich noch nach Hause bringen?«, fragte Peter sie, als wäre nichts passiert. Jeff konnte es nicht glauben.

Roslyn stöhnte genervt.

»Was denn? Du bist jetzt doch nicht etwa sauer auf mich!« Er deutete auf seinen kleinen Bruder, der mit schmerzverzerrtem Gesicht die Nase hochzog. »Ich habe ihn schließlich nicht geschlagen.«

»Aber wir alle wissen, du würdest es gerne«, sagte Hamish.

Roslyn schüttelte verständnislos den Kopf, sie legte einen Arm um Jeff und ließ Peter stehen.

»Hey! Jeff!«, rief er ihnen nach. »Es tut mir leid, okay?«

Jeff ignorierte ihn. Er ging mit Roslyn den Weg zum Strand hinunter. Hamish und Martha schlossen sich ihnen an.

Über dem Meer war die Wolkendecke aufgebrochen. Sterne umgaben funkelnd den Mond, der silbrig und voll auf sie herabschaute.

»Tut es noch sehr weh?« Roslyn nahm neben Jeff auf dem Rand eines kleinen Bootes Platz, das wie festgefahren im feuchten Sand lag.

Jeff schüttelte den Kopf. »Es hat schon aufgehört zu bluten.«

»Das hätte er nicht tun dürfen.« Seufzend beobachtete sie, wie Hamish Martha im flachen Wasser hinterherjagte. Ihr unbeschwertes Lachen steckte sie an.

»So ist Brad nun mal.«

Sie stützte die Hände hinter sich auf, wurde ernst und sah ihn an. »Eigentlich meinte ich deinen Bruder.«

Kurz erwiderte er ihren Blick nachdenklich, dann zuckte er schmunzelnd die Schultern. »Na ja, ich schätze, so ist Peter.« Er widmete sich wieder Hamish und Martha, deren Fangenspiel in diesem Augenblick mit einem Kuss endete.

»Dieser Teufelskerl«, murmelte Jeff ungläubig. »Er hat es geschafft!«

»Was denn?«

»Ach, Hamish, er ... ist schon seit Jahren in Martha verliebt.« Gedankenverloren zerrieb er Sand zwischen seinen Händen.

»Tatsächlich?« Sie sah wieder zu den beiden und lächelte.

»Wie schön! Ich freue mich für ihn. Und für sie. Sie sehen glücklich aus.«

Jeff nickte.

Roslyn betrachtete ihn ratlos von der Seite. »Du bist so anders als dein Bruder.«

»Ist das jetzt gut oder schlecht?« Er war nicht sicher, ob er die Antwort darauf hören wollte. In den Augen der meisten Leute war Peter das Goldkind der Familie. Von ihm hingegen hielten sie nicht viel. Er hatte es weder mit Zahlen noch mit Politik. In der Schule war er nur schlecht zurechtgekommen, den Abschluss hatte er mit Hängen und Würgen geschafft. Was andere über ihn dachten, hatte ihn jedoch nie interessiert. Roslyns Meinung hingegen war ihm wichtig. Noch immer hatte sie ihm nicht geantwortet. Verlegen kratzte er sich an der Nase und verzog daraufhin schmerzerfüllt das Gesicht.

»Das hättest du lassen sollen.« Schmunzelnd legte Roslyn ihre Hand an sein Kinn, um sich seine Nase anzusehen. »Ich denke nicht, dass sie gebrochen ist. Du wirst trotzdem ein paar Tage vorsichtig sein müssen.«

Unvermittelt trafen sich ihre Blicke. Es wurde still zwischen ihnen, und alles um sie herum trat in den Hintergrund. Die Brandung, Marthas und Hamishs Lachen, selbst die Jahrmarktsmusik drang verhaltener zu ihnen. Für gewöhnlich hatte Jeff Probleme damit, Menschen in die Augen zu sehen. Bei Roslyn fiel es ihm jedoch leicht. Es war, als würde sie ihn von seiner Unsicherheit befreien. Wieder schlug sein Herz schneller. Langsam ließ Roslyn ihre Hand von seinem Gesicht sinken. Jeff konnte ihren warmen Atem auf seinen Wangen spüren. Automatisch tastete sich sein Blick über ihre feinen

Züge bis hin zu ihrem Mund. Alles an ihr war perfekt. Und er? Beschämt schaute er zu Boden, versteckte sein blutverschmiertes Gesicht hinter seiner Hand. Er musste ihr wie ein Verlierer vorkommen. Wahrscheinlich war sie nur aus Mitleid mit an den Strand gekommen. Zögerlich sah er wieder auf. Gerade als er sich fragte, was sie wirklich über ihn dachte, verfing sich sein Blick mit ihrem. Roslyn hielt ihm stand. Jeffs Herz klopfte schneller, denn er glaubte, weder Spott noch Bedauern darüber, dem falschen Bruder gefolgt zu sein, in ihren Augen zu erkennen. Konnte es sein? Mochte sie ihn wirklich? Schonungslos durchbrach die Kirchenglocke den Moment. Roslyn sprang auf. »Schon so spät! Mein Vater wird wütend sein.«

»Ich bring dich nach Hause«, sagte Jeff. Roslyn nahm sein Angebot dankend an.

Auf dem Weg blieb es still zwischen ihnen. Immer wieder warfen sie einander schüchterne, vielsagende Blicke zu, aber keiner fand die richtigen Worte für das, was sie an jenem Abend geteilt hatten. Erst als sie vor der Tür des Blumenladens ankamen, brach Jeff das Schweigen. »Wirst du morgen auch auf dem Jahrmarkt sein? Ich meine ... Darf ich dich wiedersehen?« Er hatte nicht zu forsch klingen wollen, hatte sich aber auch nicht zügeln können.

Roslyn ließ seine Jacke von ihren Schultern gleiten und reichte sie ihm.

»Bitte sag Ja!«

Das Licht über dem Laden ging an, und Roslyn eilte zur Tür. Bevor sie hineinging, drehte sie sich noch einmal zu Jeff um und schenkte ihm ein strahlendes Lächeln.

»Soll ich dich abholen?«, fragte er.

»Ähm …« Verunsichert schaute sie sich um, warf einen Blick ins Haus, als fürchtete sie, von ihren Eltern bei etwas Verbotenem ertappt zu werden.

»Oder wir treffen uns vor dem Fahrgeschäft? Dem … Liebestunnel«, schlug Jeff stattdessen vor.

»Ja!«, sagte sie. »Das fände ich schön.« Sie lächelte und ging dann hinein.

Jeffs Herz klopfte wie wild. Für einen Moment starrte er ungläubig auf die Tür, bevor er den Heimweg antrat. Ihm war nach einem Freudensprung zumute, danach, es laut herauszuschreien: Er hatte eine Verabredung mit Roslyn Hazard – dem schönsten Mädchen von ganz Aberdeen. Nie zuvor hatte er etwas mehr entgegengefiebert.

KAPITEL DREI

Katy

Caramel schleckte begierig die Thunfischsauce auf, die auf den Boden neben seinen Napf getropft war. Den Namen des Katers hatte Katy von dessen Halsband abgelesen. Sie musste zugeben, dass er äußerst treffend gewählt worden war – von wem auch immer. Im Licht, das durch das Küchenfenster drang, schimmerte das Fell des wohlgenährten Tiers wie geschmolzener Zucker. Ein wenig belustigt schaute Katy auf Caramel herab, der, während er seinen Fisch in Soße fraß, ein beständiges Schnurren von sich gab. Mittlerweile war sie seit fast einem Monat auf der alten Farm und musste zugeben, dass der verschmuste Kater nicht nur Mabel die Eingewöhnungszeit erträglicher gemacht hatte. Anders als Mr Craig hatte Caramel sie sofort herzlich willkommen geheißen, und sie, an ihrem ersten Tag, wie ein Fremdenführer durch den Garten begleitet. Mit ihm hatten sie die alte Scheune erkundet, Obstbäume und eine große Eiche entdeckt, unter der ein bearbeiteter Stein am Boden festgefroren war. Noch war die Natur unter einer Kälteglocke gefangen. Alles befand sich in einem tiefen Schlaf, doch Katy war überzeugt, dass die Farm im Frühling ein Paradies war. Mit Blumen, ringsumher satten grünen Feldern und Vögeln, die von den hohen Baumkronen sangen.

Es war fast Mittag. Emsig hatte Katy Mr Craigs Pflegeplan abgearbeitet. Sie hatte ihm beim Waschen geholfen, ihn rasiert und umgezogen. Ihm Frühstück gemacht und ihm seine Tabletten verabreicht. Während all dieser Tätigkeiten hatten sie eine Unterhaltung geführt, die recht einseitig gewesen war. Von ihm war höchstens ein energisches »Nein!« gekommen, meist jedoch lediglich ein zurechtweisendes Grummeln.

Die Zeit, in der er ein Nickerchen am Kaminfeuer machte, nutzte Katy, um das Mittagessen vorzubereiten. Am Küchentisch sitzend, studierte sie wieder und wieder die Berichte der Pflegekräfte, die zuvor für ihn tätig gewesen waren. Davon erhoffte sie sich, ihn besser verstehen und einschätzen zu können, wie weit seine Demenz bereits fortgeschritten war. Nichts wies auf eine gravierende Verschlechterung in den letzten Monaten hin. Vielmehr schien es so zu sein, wie Aiden ihr gesagt hatte: Mr Craigs Tagesform schwankte. Mal hatte er gute Tage, dann wieder schlechte. Unwillkürlich warf sie ihm einen Blick aus der Küche zu. Er hatte die Augen geschlossen und atmete ruhig. Für sein hohes Alter hatte er sich gut gehalten. Die wenigen tiefen Falten in seinem Gesicht verliehen ihm eine weise Ausstrahlung. Sicher hatte er so einiges erlebt. Katy mochte die Arbeit mit älteren Menschen auch deshalb, weil sie so viel zu erzählen hatten. Für sie waren sie wahre Hüter der Vergangenheit. Und sie hoffte, dass auch Mr Craig die eine oder andere Geschichte mit ihr teilen würde, sobald er Vertrauen zu ihr gefasst hatte. Wie viel Zeit ihm wohl noch blieb?

Mr Craig litt an Diabetes, der mit Tabletten eingestellt war, und hatte Bluthochdruck. Ihre Vorgängerin hatte in ihren Unterlagen von einem schweren Gichtanfall berichtet. Sie hatte ihm deshalb Süßigkeiten und rotes Fleisch strengstens verboten. Mr Craig hatte daraufhin einen Wutausbruch bekommen, worin sie ihre Kündigung erklärt hatte. Katy würde mit Bedacht vorgehen müssen. Von Verboten hielt sie nicht viel. Ihre Patienten waren allesamt erwachsen und die meisten in einem sehr hohen Alter. Natürlich tat sie nie etwas, das ihren Patienten schadete, aber das richtige Maß in der Ernährung zu finden gehörte für sie zu einer ganzheitlichen Pflege dazu. Und es sprach nichts dagegen, dass Mr Craig ab und zu essen durfte, was er wollte. Ein Stück Schokolade würde ihn nicht umbringen, aber es ihm zu verbieten, würde negative Gefühle auslösen, wie Kritik oder Überforderung, und die galt es bei Demenzkranken zu vermeiden. Katy wusste, dass Angst ein ständiger Begleiter der Krankheit war, die das Leben der Patienten entscheidend prägte.

Katy machte sich daran, Mr Craigs Medikamente für die nächsten Tage vorzubereiten. Während sie die Pillen in die Schieber verteilte, hielt sie auf einmal inne. Sie musste an das letzte Mal denken, an dem sie die Tabletten ihres Großvaters vorbereitet hatte. Vielleicht war es, weil sie an jenem Tag ebenfalls am Küchentisch gesessen hatte, in einem ähnlich stillen Moment, in ihrem Haus in Sudbury. Womöglich aber auch, weil sie so viel Hoffnung in den Wirkstoff gesetzt hatte, der auch Mr Craigs Vergessen eindämmen sollte. Bis zuletzt hatte sie gehofft, ihr Großvater würde wieder zu ihr zurückkommen, aber das war nicht geschehen. Er war gestorben, wenige Wochen bevor Katy erfahren hatte, dass sie ein Kind erwartete. Oft stellte sie sich vor, wie es gewesen wäre, wenn Mabel die Möglichkeit gehabt hätte, ihn kennenzulernen. Grandpa Bo war der gütigste Mann gewesen. Jemand, dem seine Familie über alles gegangen war, obwohl er das am Ende nicht mehr gewusst hatte. Letztendlich war er auch der

Grund, warum sich Katy entschieden hatte, Menschen dabei zu helfen, sich zu erinnern.

Mr Craig gab ein Röcheln von sich. Sofort sprang Katy auf und rannte zu ihm ins Wohnzimmer.

»Mr Craig? Ist alles okay?« Sie beugte sich über ihn, doch er schlief noch, dabei plusterte er bei jedem Ausatmen die Backen auf. Sein Gesicht wirkte verzerrt, als träumte er einen schrecklichen Traum. Vorsichtig legte Katy ihre Hand auf seine, um seinen Puls zu ertasten. Sein Herzschlag ging schnell, aber nicht besorgniserregend. Sie nahm eine Decke von der Sofalehne, legte sie ihm über die Beine und schob auch seine Hände darunter. Mauzend strich Caramel um ihre Waden. Katy nahm ihn hoch, und er schmiegte sich schnurrend an ihre Schulter. Gedankenverloren ließ sie ihren Blick durch das Wohnzimmer schweifen. Antikes Mobiliar, Flaschenschiffe in einer Vitrine und ein aufgebautes Schachspiel auf einem Beistelltisch. Auf dem Kaminsims standen gerahmte Fotos. Auf einem davon erkannte sie Aiden, wie er an einem Flussufer stehend, mit Angelrute in der Hand und auffälliger Zahnspange im Mund, in die Kamera lächelte. Direkt darüber, an der Wand, hing ein ausgestopfter Hechtkopf mit offenen Kiemen und gelb-glasigen Augen. Mabel fürchtete sich vor dem Präparat, und auch Katy musste zugeben, dass es nicht unbedingt einladend wirkte. Offensichtlich traf es Mr Craigs Geschmack und wahrscheinlich auch den von Aiden, dachte Katy und runzelte die Stirn, dann widmete sie sich lieber den beiden Wohnzimmerfenstern, die von Bücherregalen umrahmt waren. Ein Exemplar von Ernest Hemingways *In einem andern Land* erweckte ihr Interesse. Sie setzte den Kater ab und nahm es aus dem Regal. Mit den Fingerspitzen strich sie zunächst über den festen Einband. Es war eine Erstausgabe, vom Autor signiert und mit einem bedeutungsvollen Zitat versehen:

Du kannst nicht von Dir selbst wegkommen,
indem Du von einem Ort zum anderen gehst.

Was für ein Schatz! Als sie hindurchblätterte, fiel etwas aus dem Buch heraus auf den dunklen Teppich, direkt vor ihre Füße. Es war eine rote Blume mit gelbem Blütenstand, so groß, dass sie gerade so auf ihrer Handinnenfläche Platz fand. Katy hielt sie ins Licht und betrachtete sie genauer. Sie stellte fest, dass sie halbiert worden war – wahrscheinlich aufgrund ihrer Größe. Ihr Aussehen erinnerte sie an die Blüte einer Pfingstrose, die zahlreich im Garten ihres Großvaters gewachsen waren. Zwar war sie gepresst und getrocknet, dennoch waren ihre Farben so kräftig, dass sie beinahe lebendig wirkte. Katy drehte sie zwischen Daumen und Zeigefinger. Dabei fragte sie sich, welche Geschichte sie wohl zu erzählen hatte und wie lange sie schon die Zeit in dem geschlossenen Buch überdauerte.

Die Haustür wurde aufgeschlossen, und Katys Herz schlug schlagartig schneller. Sie legte die Blume ins Buch und verstaute es wieder im Regal. Fast hatte sie die Zeit vergessen. Es war schon fast Mittag. Aiden hatte versprochen, sie abzulösen, damit sie Mabel von der Schule abholen konnte, die wegen einer Lehrerkonferenz früher schloss.

»Ganz schön frostig da draußen.« Aiden rieb sich die Hände, als er im Wohnzimmer ankam. »Wie lief's?«

»Gut. Er schläft gerade.«

Aiden ging zu seinem Onkel und musterte ihn kurz.

»Dass du hier bist, hält dich aber nicht zu sehr von der Arbeit ab, oder?«, erkundigte sich Katy vorsichtig.

»Aber nein. Im Moment ist eh wieder weniger zu tun.« Er streckte seine Nase in die Luft. »Mhm, hier riecht es aber gut.«

»Gemüseeintopf«, erklärte Katy. »Bedien dich ruhig. Er steht auf dem Herd.«

»Da sag ich nicht nein. Aber ich denke, ich warte lieber, bis mein Onkel wach ist. Sonst bekomme ich noch Ärger. Merkwürdigerweise vergisst er keine Versprechen.«

Katy lächelte. »Das glaube ich aufs Wort.«

Aiden setzte sich aufs Sofa.

»Ich werde so schnell es geht wieder hier sein«, sagte Katy, während sie in ihren Mantel schlüpfte. Hastig kehrte sie noch einmal ins Wohnzimmer zurück, warf einen besorgten Blick auf Mr Craig und schließlich auf Aiden.

»Mach dir keine Sorgen. Wir kommen klar«, sagte er und lächelte sanft. Katy atmete geräuschvoll aus, nickte und rauschte aus dem Haus.

Auf der Fahrt zur Schule beschäftigten sie tausend Gedanken. Sie fühlte sich gleichermaßen erleichtert und stolz, weil sie die erste Zeit in Aberdeen ohne größere Schwierigkeiten gemeistert hatte. Die Arbeit gefiel ihr. Trotz Mr Craigs Grimmigkeit glaubte sie, dass sie beide Freunde werden konnten. Katy verließ sich dabei ganz auf ihr Gefühl. Sie achtete auf Kleinigkeiten, winzige Details in Gestik und Mimik ihres Patienten. Und die Tatsache, dass sich Mr Craig bisher von ihr betreuen ließ, und das ganz ohne Wutausbruch – deutete sie als gutes Zeichen für die Zukunft. Vielleicht, so dachte sie, würde er auch schon bald ein paar mehr Worte für sie übrig haben.

Der Frühnebel hatte sich aufgelöst, und Katy genoss die Aussicht auf das malerische Hafenbecken mit seinen kleinen und großen Schiffen, darunter das rauschende Meer, das sie zum Schaukeln brachte. All das bestärkte sie zusätzlich. Sie nahm einen tiefen, intensiven Atemzug. Unverhofft überkam sie daraufhin erneut die Gewissheit, dass sie am richtigen Ort war, um neu anzufangen.

Sie parkte in der Nähe des Piers und beschloss, den Rest bis zur Schule zu Fuß zu gehen. Über ihr brach die graue Wolkendecke auf, und Katy reckte ihr Gesicht den Sonnenstrahlen entgegen. Das Schulgebäude aus rotem Backstein war nur zwei Straßen entfernt. Davor hatten sich bereits einige Eltern versammelt. Der Bordstein war zugeparkt, so dass sich Katy zwischen den Autos hindurchschlängeln musste.

Ungeduldig sah sie auf die Uhr. Schon fünf Minuten nach eins. Eine junge Frau schob ihren Kinderwagen näher an sie heran. »Sie kommen sicher gleich«, sagte sie. »Manchmal dauert es ein bisschen länger.«

Katy nickte freundlich.

»In welche Klasse geht Ihr Kind?« Die Frau lehnte sich vorwitzig zu ihr rüber.

»In Mrs Stogas Klasse«, antwortete Katy.

»Ach was.« Sie musterte sie aufmerksam. »Sie sind neu hier, richtig?«

»Das stimmt. Wir sind gerade erst hergezogen.«

»Dachte ich's mir doch. Aus England, wenn ich mich nicht irre?«, erkundigte sie sich in einem leicht abfälligen Ton.

»Sie haben recht, ja.«

»Ich bin Penny Pratt.« Sie reichte ihr die Hand. »Vorsitzende des Elternbeirats. Nennen Sie mich einfach Penny.«

»Katy.« Sie lächelte verhalten.

»Schön, dich kennenzulernen, Katy. Meine kleine Bethany geht in dieselbe Klasse wie deine Tochter. Du fragst dich sicher, woher ich das alles über euch weiß.«

»Äh.« Katy hob rätselnd die Brauen.

»Die gute Mrs Stoga hat den Kindern erzählt, dass sie eine neue Mitschülerin aus England bekommen. Ich bin sicher, sie werden sich alle ganz wunderbar verstehen. Meine Bethany ist Klassensprecherin. Sie weiß genau, was sie will, und ist für alle Kinder ein Vorbild. Tolerant und feinfühlig. Ich weiß gar nicht, von wem sie das hat.« Sie kicherte entzückt.

»Das ist … toll!«

Penny nickte stolz und ungewöhnlich lang, bis aus dem Kinderwagen ein Quengeln zu hören war. Sofort schaukelte sie den Wagen. »Unser kleiner Simon hier bekommt seine ersten Zähnchen.«

Katy warf einen zögerlichen Blick hinein. Ein pausbäckiger kleiner Junge schaute ihr mit großen Augen entgegen. »Er ist ein Schatz.« Sie musste daran denken, wie Mabel in seinem Alter gewesen war. Inzwischen kam es ihr vor, als wäre es eine Ewigkeit her.

»Ja, das ist er. Er und seine vier Geschwister. Hast du noch weitere Kinder, Katy?«

»Ich? Ähm … Nein.«

Penny schaute missmutig an ihr herunter. »Das klingt aber nicht so, als wärst du mit diesem Umstand zufrieden.«

»Na ja …«

Penny winkte ab. »Das kann sich ja alles noch ändern.«

»Eher nicht. Jedenfalls ... nicht in nächster Zeit.«

»Was denn?« Mit einem Mal wurde sie todernst und schaukelte den Kinderwagen roboterhaft weiter. »Ist dein Mann etwa auch dieser Ansicht?«

»Es gibt nur ... nur Mabel und mich.« Das zu sagen fiel Katy noch immer nicht leicht.

Penny sog geräuschvoll Luft durch die Vorderzähne, dann legte sie ihr eine Hand auf den Arm.

»Wie schrecklich! Mein Beileid. Wie ist es passiert? Ein Unfall? Bitte sag jetzt nicht, er war schwer krank.«

»Oh! Er ist nicht ... er ist nicht gestorben«, stellte Katy schnell klar – auch wenn es sich manchmal anfühlte, als wäre es so. »Wir haben uns getrennt.«

»Ah!« Kurz vertiefte sich die Falte zwischen Pennys Augen. »Na dann ...« Mehr hatte sie dazu offenbar nicht zu sagen. Für Katy wurde die Situation zunehmend unangenehm.

Das Kindergeschrei, das nun vom Pausenhof zu hören war, glich einem Befreiungsschlag. Nur wenig später strömte eine ganze Heerschar an Kindern aus dem breiten Tor vor der Schule. Aus einer größeren Traube löste sich eine Gruppe, von der ein Kind vornweg rannte. Katy blieb fast das Herz stehen. Es war Mabel.

»Hey«, schrie sie, doch sie kam nicht gegen den Tumult an, den die Schulglocke ausgelöst hatte. Sie nahm die Verfolgung auf, rannte die Hafenstraße entlang, hinein in eine enge Kopfsteinpflastergasse, wo sie die Kinder aus den Augen verlor. Oberhalb der Passage stützte sie die Hände auf die Knie, atmete durch und sah sich dabei suchend um. Das Herz schlug ihr bis zum Hals. Was war da los? Wo konnte Mabel nur sein? Katy erfasste eine ungezügelte Wut auf die Jungen, die es augenscheinlich auf ihre Tochter abgesehen hatten. »Wenn ich die in die Finger kriege«, murmelte sie japsend. Sie fuhr herum, auf der Suche nach irgendeinem Hinweis. Da fiel ihr das Geschäft auf, vor dem sie stand. Ein Blumenladen mit ausladender Fensterfront zu beiden Seiten der Tür. Die roten und weißen Christsterne im Schaufenster boten einen herrlichen Anblick. Bunte Papiersterne baumelten in unterschiedlicher Länge von der Decke. Hinter einer Reihe Tigerorchideen sah sie Mabel. Sofort stürmte sie in den Laden. Das hektische Aufreißen der Tür brachte die Glocke darüber zum Bimmeln.

»Mum!« Mabel fiel ihrer Mutter in die Arme.

»Was war denn los, Schatz?« Katy strich ihr das braune Haar zurück und sah ihr ins Gesicht. Mabels Augen verrieten, dass sie geweint hatte.

»Ich geh da nie wieder hin!« Sie hielt ihre Mutter ganz fest. Erneut kullerten Tränen über ihre Wangen.

Katy tauschte einen besorgten Blick mit der älteren Frau, die zu ihnen gekommen war. »Entschuldigen Sie bitte.«

»Also ich wüsste nicht, was es da zu entschuldigen gäbe.« Die Frau lächelte sanft.

»Ich werde wohl mit den Eltern der Jungs sprechen müssen, die dich gejagt haben, Mabel. Nachdem du mir erzählt hast, wie es dazu gekommen ist.« Katy hob Mabels Kinn sanft an, um ihr ins Gesicht sehen zu können.

»Tun Sie das. Das wirkt manchmal wahre Wunder«, meinte die Frau. »Trotz der Umstände freut es mich, dass mein Geschäft für Mabel eine Zuflucht sein konnte. Mitunter führt das Schicksal die Dinge zusammen. Ich hoffe doch, du kommst mich nun öfter besuchen.« Sie lächelte Mabel an. Diese zog die Nase hoch und nickte.

»Mabel fühlt sich von Blumen magisch angezogen«, sagte Katy.

»Oh, ist das so?« Die Frau beugte sich zu ihr hinunter. Mabel nickte erneut.

»Na, da haben wir wohl eine Gemeinsamkeit.«

Katy trocknete Mabels Tränen mit einem Taschentuch, dann sah sie sich um. »Sie haben ein ausgesprochen schönes Geschäft.«

»Finden Sie? Nun, ich freue mich, dass es Ihnen gefällt. Es ist seit vielen Jahren in Familienbesitz«, erklärte die Frau. »Sie sind neu in der Stadt?«

»Ja.« Katy presste die Lippen aufeinander.

»Ah, ich verstehe.« Die Frau betrachtete sie kurz aufmerksam, dann nahm sie zwei weiße Rosen aus einer breiten Vase, die sie an Katy und Mabel verteilte.

»Wofür sind die?« Katy tauschte einen überraschten Blick mit Mabel.

»Für den Neuanfang«, sagte die Frau wie selbstverständlich.

»Danke!« Katy war von ihrer Freundlichkeit überwältigt. Es tat gut, so viel Herzlichkeit zu erfahren. »Mrs ...?«

»Bitte, nennen Sie mich Maggie.«

»Danke, Maggie«, sagte Mabel, als sie zur Tür gingen.

»Und denk dran, mich wieder zu besuchen«, erinnerte Maggie Mabel.

Sie nickte winkend, dann folgte sie ihrer Mutter aus dem Geschäft.

»Willst du mir jetzt erzählen, was in der Schule passiert ist?«, fragte Katy auf dem Weg zum Auto.

»Ich will nicht drüber reden.« Mabel roch an ihrer Blume, drehte sie in ihrer Hand und betrachtete sie mit verklärtem Gesichtsausdruck. Fast war es, als hätte der Besuch im Blumenladen das vorangegange Ereignis ausgelöscht. Die Erfahrung hatte Katy jedoch gezeigt, dass es in Wahrheit nicht so einfach war. Als sie im Wagen saßen, sprach sie sie deshalb erneut an.

»Wenn ich das für dich klären soll, musst du mir sagen, was los war.« Katy drehte sich auf dem Fahrersitz zu Mabel um.

Mabel verschränkte die Arme vor sich und schaute stur geradeaus.

»Na schön.« Katy wandte sich schnaufend nach vorn. Es belastete sie, dass ihre Tochter sie nicht an sich heranließ. Mabel war es schon immer schwergefallen, Gefühle zu zeigen, doch seitdem ihre Eltern getrennte Wege gingen, war sie noch unnahbarer als zuvor. Die meiste Zeit konnte Katy nur raten, was in ihr vorging. Ein Umstand, der ihr die Erziehung nicht gerade leicht machte.

»Okay.« Katy schnallte sich an. »Ich werde morgen mit deiner Lehrerin reden.«

»Nein. Bitte nicht!« Mabel war in die Lücke zwischen den Vordersitzen geschnellt. Sie wirkte fast ... panisch. »Ich will keine Petze sein.«

»Das wärst du nicht. Mabel, diese Jungs haben dich quer durch die Stadt gejagt.«

Sie stöhnte leise, und Katy ahnte, dass mehr dahintersteckte. »Du hast ihnen doch keinen Grund gegeben, oder?«

Mabel wich ihrem Blick aus. Katy ließ die Hände in ihren Schoß fallen. In Mabels alter Schule hatte es immer wieder Probleme gegeben, weil sie Lehrer mit lästigen Fragen bombardiert und Mitschüler korrigiert hatte. Manchmal war ihre Art fälschlicherweise als Provokation verstanden worden. Dabei war sie nur ehrlich und wissbegierig. Zudem hatte ihr Vater ihr eingetrichtert, dass sie in allem die Beste zu sein hatte. Katy versuchte dagegenzuhalten, ihr zu vermitteln, dass das nicht notwendig war. Doch Mabel schien immer noch zu glauben, dass ihr Vater endlich stolz auf sie wäre, wenn sie sich nur bemühte. Dass er sich Zeit für sie nehmen würde. Ein Trugschluss, der Katy in der Seele wehtat. Seit sie in Aberdeen waren, hatte er sich nicht einmal nach seiner Tochter erkundigt. Mabel glaubte, dass er wie üblich viel arbeitete. Sie schien in ständiger Erwartung zu sein, dass ihr Vater sie besuchen oder sie zu sich holen würde, sobald es sein Terminkalender erlaubte. Katy brach es fast das Herz, denn sie wusste, das würde nicht passieren. Sie brachte es aber auch nicht über sich, Mabel die Wahrheit zu sagen, weil sie fürchtete, sie wäre gerade nicht in der Lage, sie zu verkraften. Katy schnaufte leise aus, schluckte und bemühte sich dann um einen besonders feinfühligen Ton.

»Kriegst du es wieder hingebogen?«

Mabel zuckte die Schultern, dann ließ sie Mausespeck auf ihrem Schoß hopsen, der im Auto auf ihre Rückkehr gewartet hatte.

Katy griff seufzend nach ihrer Hand und drückte sie leicht. Die Hilflosigkeit, die sie empfand, ließ sie schlucken. Doch sie wusste, sie konnte Mabel nicht immer und überall beschützen.

Als sie wenig später zurück auf Mr Craigs Hof waren, war Mabel ihre Nervosität anzusehen. Noch hatte sie sich nicht an das alte Farmhaus und noch viel weniger an Mr Craig gewöhnt. Jeder Tag, seit ihrer Ankunft, war deshalb auch ein neuer Versuch, Mabel an die außergewöhnlichen Umstände zu gewöhnen, die Katys Arbeit mit sich brachten. Mabels Gesicht war gegen ihre Stoffmaus gepresst, als könnte sie sich dahinter verstecken. Katy nahm sie an die Hand und zog sie sanft ins Wohnzimmer. Mr Craig saß in einem hohen Lehnstuhl am Esstisch.

»Da seid ihr ja.« Aiden kam aus der Küche auf sie zu.

Er lächelte freundlich. »Hallo, Mabel.«

Sie brachte keinen Ton heraus, stattdessen schaute sie hilfesuchend zu ihrer Mutter. Diese strich ihr beruhigend übers Haar. »Ist schon gut, Mabel. Das ist doch Aiden. Mr Craigs Neffe. Du hast ihn schon ein paar Mal kurz gesehen.«

Kurz traf es gut. Wann immer Aiden in den vergangenen Wochen seinen Großonkel besucht hatte, war Mabel in ihrem Zimmer verschwunden und erst wieder herausgekommen, als er gegangen war. Zum ersten Mal besah sie sich ihn nun genauer.

»Sind Sie nicht der Mann auf dem Fahrrad?« Mabels Spitzfindigkeit ließ Katy erröten. Plötzlich schien Mabels Scheu verflogen. »Den Mum umgefahren hat?«

Mr Craig, der bis dahin still vor sich hin gestarrt hatte, schenkte ihr einen verwunderten Blick.

Katy räusperte sich verlegen.

Aiden lachte. »Du hast recht. Genau der bin ich.«

»Sie hatten Glück«, fuhr Mabel trocken fort. »Normalerweise fährt sie viel schneller. Erst recht, wenn sie im Stress ist.«

Er lachte lauter.

Katy merkte, wie ihr die Hitze erneut in die Wangen stieg.

Unauffällig tätschelte sie Mabel die Schulter. »Du weißt, dass das nicht wahr ist.«

Mabel drehte Mausespeck mit einem verschmitzten Grinsen in der Hand.

»Dann will ich das mal glauben.« Aiden zwinkerte ihr mit einem Auge zu.

»Mabel, möchtest du Mr Craig nicht auch Guten Tag sagen?« Katy schob ihre Tochter sanft vor sich, die plötzlich wieder mucksmäuschenstill geworden war. Mr Craig richtete seinen Blick erneut auf Mabel. Seine buschigen weißen Brauen senkten sich über seine Augen, die weit wurden. Sein Atem ging schneller. Mabel schluckte hörbar. Als er seine Hand nach ihr ausstreckte, verschwand sie quiekend hinter ihrer Mutter.

Katy beruhigte sie. »Ist schon okay.«

Aiden nahm stattdessen die Hand seines Onkels. »Er ist ganz harmlos. Du brauchst keine Angst zu haben«, versicherte er Mabel, die sich langsam wieder hinter ihrer Mutter vorgewagt hatte. Mr Craig gab ein übel nehmendes Brummen von sich, schaute sie aber immer noch an. Es war, als hätte Mabels Anwesenheit ihn aus einem tiefen Schlaf geholt.

KAPITEL VIER

Aberdeen, 1939

Jeff hatte vor langer Zeit aufgehört, sich seinem Bruder anzuvertrauen. Die Jahre der Kindheit, in denen sie wie Pech und Schwefel zusammengehalten hatten, waren vorbei. Peters Ignoranz, wenn es um die Gefühle anderer ging, hatte einen Keil zwischen sie getrieben, so dass sich Jeff seinem Freund Hamish weitaus näher fühlte. Manchmal bedauerte er das. An diesem Morgen aber war alles anders. Zum ersten Mal hatte sich etwas zu Jeffs Gunsten entwickelt. Die Genugtuung, die er deshalb empfand, ließ ihn grinsen, als Peter an den Frühstückstisch kam. Still nahm er ihm gegenüber Platz.

»Morgen, Junge.« Sein Vater schaute kurz von seiner Zeitung auf.

Jeff wich Peters Blick aus. Unbeteiligt stocherte er mit der Gabel in seinem Rührei.

»Vielleicht kannst du uns ja sagen, was gestern Abend bei deinem Bruder los war.« Seufzend setzte Isabell Craig ihrem ältesten Sohn einen dampfenden Kaffeebecher vor, anschließend betrachtete sie Jeff besorgt. Trotz ihrer Nachfragen hatte er sich bisher nicht zu seinem geschwollenen Nasenbein geäußert.

»Sicher war das wieder die Schuld von diesem Porter-Spross«, zischelte sein Vater. »Macht immer nur Ärger. Eines Tages bringt der ihn noch richtig in Schwierigkeiten.«

»Es war nicht Hamishs Schuld! Er konnte nichts dafür.«
Jeff erntete ungläubige Blicke von seinen Eltern für die Verteidigung seines Freundes. Sein Bruder hielt sich zurück. Unschuldig schlürfte Peter seinen Kaffee. Jeff machte das fast wahnsinnig.

Als Jeff sich mit dem Fahrrad auf den Weg in die Stadt machte, holte Peter ihn mit dem Pick-up seines Vaters ein. Den Ellenbogen lässig auf dem offenen Autofenster aufliegend, fuhr er Schritttempo neben Jeff.

»Ich weiß nicht, was das gestern Abend sollte, aber wenn du ernsthaft glaubst, dass du Chancen bei Roslyn Hazard hast, dann liegst du falsch.«

Jeff radelte schweigend weiter. Ihm war klar gewesen, dass Peter ihm eine Belehrung nicht ersparen würde. So war er nun mal. Er sah sich immer im Recht und blendete dabei gerne wesentliche Tatsachen aus. So wie die, dass sich Roslyn nur allzu leicht von ihm hatte abbringen lassen. Daran erinnerte Jeff ihn jedoch nicht. Er würde es ohnehin nicht hören wollen. Stattdessen trat er kräftiger in die Pedale.

»Ich habe ihre Eltern kennengelernt«, sagte Peter. »Sie ist nicht deine Liga. Es ist besser, wenn du sie ganz schnell vergisst. Und sag Hamish, er soll sich in nächster Zeit lieber von Brad fernhalten. Ich habe ihn gebeten, die Sache auf sich beruhen zu lassen, aber er lässt nicht mit sich reden.«

»Ich kann Hamish nicht vorschreiben, was er zu tun hat.«
Peter stöhnte bedauernd. »Ich mein's nur gut.«

»Sicher«, stieß Jeff leise aus. Das war, was Peter alle glauben machen wollte. In Wahrheit war er aber stets nur auf seinen eigenen Vorteil aus.

»Wie du meinst.« Der Staub, den die Reifen des Pick-ups aufwirbelten, als Peter endlich davonrauschte, hing noch eine Weile in der Luft. Jeff hatte nur ein Kopfschütteln für seinen Bruder übrig. Er radelte schneller und erreichte den Hafen gerade noch pünktlich. Das Führerhaus der Maria Stuart tauchte aus dem Nebel auf, der das Wasser verhüllte, als sich Jeff dem Boot näherte. Vom Vordeck aus winkte Hamish ihm überschwänglich zu. Gekonnt warf er ihm das Seil rüber.

»Herrlicher Morgen, was?«

Jeff befestigte es am Anleger. »Na, du bist ja gut gelaunt.«

»Genau wie du, mein Freund, oder?« Hamish sprang vom Boot, legte Jeff eine Hand auf die Schulter und lächelte geheimnisvoll.

»Ein Wunder ist passiert, Mann.«

»Das einzige Wunder hier ist, dass ihr zwei es pünktlich zur Arbeit geschafft habt. Ich hätte wetten können, ich müsste heute allein den Fang ausladen.« Hamishs Vater hatte einen Fuß auf den Bootsrand gesetzt und grinste breit. Die beiden Freunde taten es ihm nach.

»Guten Morgen, Mr Porter«, sagte Jeff überfreundlich.

»Viel Schlaf hatte ich nicht.« Hamish zuckte die Achseln.

»Nein. Ich auch nicht.« Jeff dachte an Roslyn, daran, wie nah er ihr am gestrigen Abend gekommen war, und ein warmes Gefühl stieg in ihm auf.

»Was ist mit deiner Nase passiert, Jeff?«, fragte Mr Porter. »Die leuchtet ja bis hier hin.«

»Och, das ist nichts. Mich ... hat ein Pferd getreten.« Jeff knetete verlegen seinen Nacken.

»Aye. Die Art von Pferden kenne ich.« Er lachte.

Einen Moment standen Jeff und Hamish einfach nur da. In

Gedanken versunken, sahen sie zu, wie die Möwen über sie hinwegflogen. Die Sonne brach durch die Wolken und löste allmählich den Nebel auf.

»Schön, dass es euch erwischt hat.« Ächzend zog Mr Porter die mit dem fangfrischen Fisch gefüllten Kisten vom Deck zu sich heran. »Mein Ernst, das freut mich wirklich. Aber ... die Fische verladen sich nicht von allein.«

»Verzeihung, Mr Porter.« Jeff begann, die Kisten von ihm anzunehmen. Er wusste selbst nicht, was mit ihm los war. So wie jetzt gerade hatte er sich noch nie gefühlt. Dinge wie Schlaf oder Essen waren belanglos geworden. Es war allein der Gedanke an Roslyn, der ihn funktionieren ließ. Die Aussicht auf ein Wiedersehen mit ihr verlieh ihm Energie. Er trug die Kisten mit den blauhäutig glänzenden Makrelen auf die Lade-fläche des Lieferbusses, den Hamish rückwärts an den Anle-ger rangiert hatte. Doch der erfolgreiche Fang, den Hamish und sein Vater eingebracht hatten, kam nicht zur Sprache. Ebenso wenig wie der drohende Krieg, der sie für gewöhnlich beschäftigte. Alles verblasste vor dem Herzklopfen der beiden Freunde.

»Ist es ernst zwischen dir und Martha?«, fragte Jeff Hamish, als dieser die Ladeklappe hinter der letzten Kiste schloss.

»Ernster geht's nicht. Mann, was soll ich sagen? Ich bin verliebt.« Er strahlte. »Und was ist mit dir? Wann trefft ihr euch wieder? Du und Roslyn?«

»Heute Abend.« Jeff biss sich auf die Unterlippe. »Um ehrlich zu sein, ich bin ziemlich nervös. Es ist für uns die erste richtige Verabredung. Was, wenn ich etwas Dummes mache oder sage?«

Hamish klopfte ihm auf die Schulter. »Das wird. Vertrau mir.«

Jeff nickte, aber er blieb auch unsicher. Für ihn hatte noch nie so viel auf dem Spiel gestanden. Er wollte unbedingt alles richtig machen, Roslyn gefallen und auch ihrer Familie.

Am Abend tauchte die untergehende Sonne den Himmel über dem Hafen von Aberdeen in leuchtend rote Farben. Jeff wartete vor dem Liebestunnel, hauchte in seine Hand, um seinen Atem zu überprüfen, und strich sich zum wiederholten Mal das Haar zurück. Am Sonntag waren mehr Menschen zusammengekommen, um das Feuerwerk zu sehen, das, wie jedes Jahr, zum Abschluss des Festes veranstaltet wurde. Mit steigender Nervosität spähte Jeff zwischen der Menge hindurch. Er war überpünktlich, weil er es zu Hause nicht mehr ausgehalten hatte. Ungeduldig wippte er mit der Fußspitze. Ob es Roslyn ähnlich ging? Peter stand mit Brad und ein paar anderen jungen Kollegen aus der Bank vor dem Riesenrad. Sie tranken Bier, lachten, pöbelten. Allesamt wirkten sie, als hätten sie nicht eben erst mit dem Trinken begonnen. Einer von ihnen zerschmetterte amüsiert seine Flasche auf dem Pflaster. Die Leute machten einen großen Bogen um die Scherben und um die Gruppe. In Jeff stieg ein mulmiges Gefühl auf, und er dachte, dass es vielleicht doch besser gewesen wäre, wenn er Peters Warnung an Hamish weitergegeben hätte. Instinktiv duckte er sich weg, sobald sein Bruder in seine Richtung sah. Als er sich wieder aufrichtete, bewegten sich seine Eltern geradewegs auf ihn zu. Seine Mutter wirkte ausgelassen und fröhlich. Sie hatte sich bei seinem Vater untergehakt, der das feierliche Treiben mit kritischer Miene beäugte.

»Schön, dass ihr da seid«, sagte Jeff.

»Was für ein herrlicher Abend! Und doch war es gar nicht so leicht, deinen Vater herzubewegen.« Schmunzelnd tätschelte Isabell ihrem Mann den Arm.

»Diese Vergeudung von Geldern«, murrte Angus daraufhin. »Als hätten wir es nicht an anderen Stellen nötiger.«

Jeff versuchte, seinen Vater gnädig zu stimmen.

»Dad. Es ist doch nur einmal im Jahr.«

»Das du darüber hinwegsiehst, wundert mich nicht«, entgegnete er kopfschüttelnd. Die Enttäuschung, die er für seinen jüngsten Sohn empfand, stand ihm förmlich ins Gesicht geschrieben. Jeff lief es eiskalt den Rücken herunter.

»Aber bei deinem Bruder«, sagte sein Vater weiter. »Also was ihn angeht, da wundert es mich doch sehr. Andererseits ... er wird schon einen guten Grund haben hier zu sein.«

Jeff knirschte verdrossen mit den Zähnen, und sein Blick glitt zu Peter, der immer noch vor dem Riesenrad stand. In seinem dunklen Zweireiher und mit dem penibel zurückgekämmten Haar erinnerte er ihn an eine Spinne – lauernd auf Beute. Innerlich verdrehte Jeff die Augen. Am liebsten hätte er seinen Vater daran erinnert, dass Peter längst nicht immer vertretbare Gründe für sein Handeln hatte, sah jedoch davon ab. Es nützte ohnehin nichts. Peter konnte tun und lassen, was er wollte. In den Augen des Vaters blieb er dennoch immer der Vorzeigesohn.

»Gerade sind wir Hamish begegnet.« Isabell riss Jeff aus seinen Überlegungen. »Er war mit Martha bei der Schiffsschaukel. Was für ein hübsches Paar die beiden doch abgeben.«

»Du weißt sehr gut, dass Nathan Broderick die Beziehung nicht dulden wird. Sobald er davon erfährt, wird Schluss sein«, erwiderte Angus übellaunig. Isabell wurde ernst. Jeff verachtete seinen Vater dafür, dass er es stets schaffte, ihren Optimismus zu ersticken. Er hatte genug. »Warum bist du nur immer so?«

»Was meinst du?« Angus sah ihn auffordernd an.

»So ... negativ.«

»Negativ?« Sein Vater hob die Brauen, dann spannten sich seine Gesichtszüge an. »Ich bin realistisch, Jefferson. Ich wünschte wirklich, du hättest etwas mehr von mir und weniger von diesem träumerischen Gehabe. Das hast du von deiner Mutter.«

Sein abwertender Ton brachte Jeff dazu, seine Hände zu Fäusten zu ballen. Er stopfte sie tief in seine Hosentaschen, um nicht in Versuchung zu geraten, konnte sich aber nur schwer zurückhalten.

»Komm ... da hinten ist der Vikar. Wir müssen ihn begrüßen.« Isabell zog ihren Mann weiter, und Jeff war dankbar dafür, dass seine Mutter wie üblich die Situation im richtigen Moment entschärft hatte.

Eine Weile streifte er allein über den Jahrmarkt, den Liebestunnel ständig im Blick. Ungeduldig schaute er auf die Uhr. Hatte Roslyn es sich anders überlegt? Der Gedanke daran schnürte ihm die Kehle zu. Suchend ging er die anderen Stände und Fahrgeschäfte ab. Womöglich hatte sie den genauen Treffpunkt vergessen, oder er hatte sie verpasst, weil seine Eltern ihn zu lange abgelenkt hatten. Er grübelte, wie viele Minuten inzwischen vergangen waren. Hatten sie überhaupt eine Uhrzeit ausgemacht? Jeff war sich nicht mehr sicher. Zu schnell war am gestrigen Abend alles gegangen. Zu aufgedreht war er gewesen. Angespannt strich er sich das Haar zurück, während er versuchte, sich an jedes Detail seiner Unterhaltung mit Roslyn zu erinnern. Aus sicherer Distanz beobachtete er seinen Bruder, wie er sich mit seinem Vater unterhielt und das Gelände anschließend verließ. Die Zeit verrann zäh, und das Warten brachte Jeff fast um den Verstand. Eine Stunde verging, dann zwei, drei ... Ohne eine Spur von Roslyn. Hatte sie ihn etwa versetzt? Jeff hielt es nicht länger aus. Frustriert entfernte er sich vom Volksfest und spazierte am Hafen entlang. Die Hände in seinen Hosentaschen vergraben, kickte er einen Stein vor sich her. Mit jedem Tritt entlud sich ein wenig mehr seine Enttäuschung darüber, dass Roslyn nicht gekommen war. Wahrscheinlich hatte Peter recht, dachte er. Sie war nicht seine Liga. Bestimmt hatte sie ihn gestern nur nicht kränken wollen, als sie ihm gesagt hatte, sie würde kommen.

Die Fischerboote schliefen unter einem sternenklaren Himmelszelt. Das Licht der ufernahen Laternen spiegelte sich im ruhigen Wasser der Bucht. Dort, auf der etwa kniehohen Mauer, saß Hamish und rauchte genüsslich eine Zigarette. Jeff blieb bei ihm stehen und schnaufte resigniert aus.

»Ich habe dich gesucht. Wo warst du denn?«, fragte er. Als Hamish nicht antwortete, schob er nach: »Und ... wo ist Martha?«

»Die musste nach Hause. Ihre Eltern haben sie abgeholt.« Hamish seufzte betrübt und ohne seinen Freund anzusehen.

Jeff stemmte die Hände in die Hüften. »Wieso?«

»Na ... Du weißt, warum.« Hamish lallte. Er schnippte seine Zigarette weg und nahm dann einen kräftigen Schluck aus der Whiskyflasche, die neben ihm auf der Mauer stand.

»Hast du dich betrunken?« Jeff ahnte, dass die Frage überflüssig war.

»Ich fange gerade erst an.« Unbeholfen führte Hamish erneut die Flasche an seine Lippen und wischte sich anschließend mit dem Ärmel über den Mund.

»Das mit Martha ist bestimmt nicht so, wie du denkst.«

Hamish nickte matt, dann zuckte er die Schultern. »Was ist mit deiner Herzensdame?« Er blickte demonstrativ an ihm vorbei. »Wo is' sie?«

Jeff atmete hörbar aus.

Hamish zog einen Mundwinkel nach oben. »Hey, bis zum Feuerwerk ist es noch was hin. Sie kommt bestimmt. Du solltest wieder zum Jahrmarkt gehen. Nicht, dass du sie verpasst.«

Jeff überlegte kurz und nickte. »Gut, aber vorher bringe ich dich nach Hause.«

»Kommt überhaupt nich' infrage.« Hamish stieß sich von der Mauer ab und warf dabei die Flasche herunter. Klirrend zerschellte sie auf dem Boden. »Huch.« Er wankte auf Jeff zu und fiel in dessen Arme. »Also ich könnte jetzt ein Bier vertragen.«

»Du bekommst einen Kaffee.« Jeff stützte Hamish, während sie gemeinsam die verlassen wirkende Hafengasse durchquerten. Es schien, als wäre ganz Aberdeen auf dem Volksfest. Das Pflaster glänzte noch vom Regen, der am Tag gefallen war. Auf halber Höhe stoppte Hamish plötzlich. »Scheiße!«

Jeff richtete den Blick nach vorn, von wo aus ihnen vier Männer entgegenkamen. Sobald sie aus dem Schatten der Häuser getreten waren, erkannte er das Problem. »Wir sollten abhauen«, sagte er leise beim Anblick von Brad und seinem Gefolge.

»Auf keinen Fall!« Hamish riss sich strauchelnd von ihm los. »Ich lauf vor niemandem davon.«

»Tolle Idee. Du kannst kaum alleine stehen.« Jeff bekam es mit der Angst zu tun. Normalerweise war Hamish Brad gewachsen. Er war flink, ausdauernd und durch die harte Arbeit auf dem Fischkutter kräftig – wertvolle Verteidigungsmechanismen, die ihm der Whisky genommen hatte.

»Lass uns verschwinden!«, sagte Jeff wieder. Aber Hamish rührte sich nicht vom Fleck.

»Na, wen haben wir denn da?« Brad kam mit einem bösartigen Lächeln auf sie zu. Links und rechts von ihm positionierten sich seine Begleiter. »Ehrlich gesagt, ich hatte gehofft, wir würden uns heute über den Weg laufen. Hast wohl Sehnsucht nach mir gehabt, Fischkopf.«

»Träum weiter«, erwiderte Hamish schleppend.

»Wo ist denn deine kleine Freundin hin? Hat es ihr zu sehr nach Aal gestunken?« Brad amüsierte sich prächtig über seinen Witz. Seine Kumpel stiegen lauthals lachend mit ein. Hamish, der sonst nie um eine Antwort verlegen war, blieb stumm.

»Oh, habe ich etwa ins Schwarze getroffen?« Brad stichelte weiter und Jeff konnte sehen, wie der Zorn in den Augen seines Freundes aufflammte.

»Lass dich nicht provozieren.« Er hielt Hamish an den Schultern fest, was Brad nur noch mehr anzuspornen schien.

»Du weißt, du würdest ihren gesellschaftlichen Abstieg bedeuten. Sie scheint allerdings leicht zu haben zu sein. Wenn sie sich mit einem stinkenden Fischer wie dir einlässt.«

Jeff stöhnte innerlich. Er wusste, Brad hatte das Fass zum Überlaufen gebracht. Angeführt von einem bedrohlichen Angriffsschrei stürzte sich Hamish auf seinen Widersacher. Ihm gehörte der erste Schlag. Überrascht von seiner Kraft wich Brad zurück. Aber nur kurz. Schon verpasste er Hamish einen Kinnhaken, und auch seine Freunde mischten mit. Als hätten sie nur darauf gewartet, prügelten sie auf Hamish ein. Auch Jeff blieb nicht verschont.

»Aufhören!« Sein Versuch zu schlichten brachte ihm einen Fausthieb in den Magen ein. Er krümmte sich stöhnend, schnappte wie ein Ertrinkender nach Luft. Einem weiteren Schlag entging er nur knapp, indem er sich duckte, anschließend erwischte er seinen Angreifer mitten auf die Nase.

»Ihr Raufbolde!« Der erzürnt klingende Schrei eines Mannes durchzog die Nacht und brachte die Meute schließlich auseinander. Jeff taumelte zurück. Im fahlen Licht der Straßenlaterne oberhalb der Gasse stand Tom Hazard. Etwas weiter hinter ihm hatte seine Frau ihren Arm schützend um Roslyn gelegt.

»Weg hier!« Brad spuckte Blut direkt neben Jeffs Füße, dann suchten er und seine Kumpel das Weite. Für einen Moment standen sich Jeff, Hamish und die Hazards schockiert gegenüber.

Zaghaft näherte sich Jeff ihnen, einen Arm noch über seinen schmerzenden Bauch gelegt. Er wollte etwas sagen, fand aber nicht die richtigen Worte, um zu erklären, was soeben geschehen war und warum.

»Ich schlage vor, Sie gehen jetzt nach Hause!« Tom Hazard drohte ihm mit erhobenem Zeigefinger. Er machte kehrt. Kurz sah Roslyn Jeff bedauernd an, bevor sie ihr Vater an den Schultern herumdrehte. »Wir gehen!«, sagte er donnernd, und die Familie verschwand in der Nacht. Jeff war wie erstarrt.

»Was für ein Mist! Auch das noch.« Hamish wischte sich mit dem Hemdärmel das Blut von der Lippe. »Ich glaube, dieser Dreckskerl hat mir 'nen Zahn ausgeschlagen.«

Langsam löste sich Jeff aus seiner Starre und kümmerte sich um seinen Freund.

»Geht's?«, fragte er.

»Wird schon wieder«, zischte Hamish. »Ich hab doch gesagt, sie würde noch kommen.« Er lächelte gequält.

»Aye.« Jeff zog die Nase hoch. »Nur dass ihr Vater jetzt eine ziemlich schlechte Meinung von mir hat.«

»Ach, Unsinn. Es war nicht deine Schuld. Du warst nur zur falschen Zeit am falschen Ort.«

Jeff nickte deprimiert. Zur falschen Zeit am falschen Ort -dafür hatte er ein Talent.

»Du hättest am Jahrmarkt auf sie warten sollen«, murmelte Hamish, als Jeff ihn fünf Minuten später am Fischerhaus seines Vaters ablieferte.

»Mag sein. Ja. Aber ... Dann wärst du jetzt vielleicht tot.«

Hamish lachte kurz auf. »Ach, ich bin nicht so leicht totzukriegen. Aber danke, dass du da warst.«

Jeff klopfte seinem Freund auf die Schulter. »Meld dich morgen. Immerhin muss ich wissen, ob du noch lebst.«

»Wird schon.« Hamish lächelte müde, dann schloss er die Tür hinter sich.

Jeff kehrte zum Fest zurück. In der Hoffnung, die Hazards dort zu treffen. Er wollte ihnen unbedingt erklären, dass er die Prügelei nicht begonnen hatte. Dass er nur hatte schlichten wollen. Inzwischen hatten sich die Besucher am Hafen versammelt, um das Feuerwerk anzusehen. Erste Raketen schossen durch die Luft, entzündeten sich über dem Pier und wurden zu funkensprühenden Sternen. Die Menge jubelte begeistert. Jeff schlängelte sich an den staunenden Leuten vorbei. Sein Herz polterte im Takt der Feuerwerkskörper, die über ihnen explodierten. Ihm wurde klar, dass sich Roslyn nicht unter diesen Menschen befand. Sie war nicht da. Ein einziger unbedachter Moment hatte gereicht, um einen schlechten Eindruck bei ihren Eltern zu hinterlassen.

Funken regneten auf die Bucht. Mit einem leisen Zischen erloschen die glühenden Teilchen, sobald sie auf die Wasseroberfläche trafen. Jeff machte sich auf den Heimweg. Er hatte große Hoffnungen in den Abend gesetzt. Nun waren sie erloschen wie das Feuerwerk, das eben noch den Nachthimmel erhellt hatte.

Die Wochen vergingen zäh. Jeff verrichtete seine Arbeiten auf dem Hof. Er versorgte die Schweine, Kühe und Pferde, ehe die Sonne aufging. Er mistete die Ställe aus, brachte das Heu ein und reparierte, was zu reparieren war, denn auf einem so großen Hof wie dem seiner Eltern ging immer etwas kaputt. Regelmäßig unterstützte er Mr Parish in dessen Kolonialwarenladen, daneben half er Hamish und seinem Vater, die Kisten mit Makrelen und Langusten zu verladen. Die Fische schienen endgültig in die Bucht zurückgekehrt zu sein. Das Wetter war beständiger geworden, und der Sommer verwöhnte die Stadt mit zahllosen Sonnenstunden.

Anfang September wurde die Sorglosigkeit der Menschen jedoch von beunruhigenden Nachrichten aus dem Westen getrübt. Deutschland war in Polen einmarschiert. Hitlers Weigerung, die Kriegshandlung sofort zu beenden, hatte zur Folge, dass Großbritannien zusammen mit Frankreich

Deutschland den Krieg erklärte. Nach nur zwei Jahrzehnten war der Frieden erneut Geschichte, und in Aberdeen meldeten sich die ersten Freiwilligen, um gegen die Tyrannei in den Kampf zu ziehen. Niemand konnte sagen, wie weit der Krieg nach Großbritannien hineinreichen würde. Es war diese erschreckende Ungewissheit und die Vergänglichkeit des Lebens, die sich darin widerspiegelte, die Jeffs Bedürfnis verstärkte, Roslyn endlich wiederzusehen. Seit jenem Abend im Mai waren sie sich nicht mehr begegnet. Zeitweise hatte er geglaubt, die Arbeit könnte ihm Ablenkung verschaffen, aber dem war nicht so. Manchmal trieb ihn eine innere Stimme zum Blumenladen, die ihn drängte, Roslyn aufzusuchen. Doch er schaffte es nie hineinzugehen. Was, wenn sie mich nicht sehen will? wiederholte sein von Skepsis vergifteter Verstand, jedes Mal, sobald er kurz davor war, das Geschäft zu betreten. Jeff fühlte sich gefangen in einer endlosen Spirale aus Vorurteilen, die ihn seit seiner Kindheit überschatteten. Und ein Teil von ihm riet ihm, sich ihnen zu ergeben und die Tatsache endlich zu akzeptieren, dass er ein Niemand war. Ein armer, tölpelhafter Bauernsohn, der eine Frau wie Roslyn nicht verdiente.

KAPITEL FÜNF

Katy

Eigentlich hatte Katy gehofft, in Aberdeen wieder mehr Schlaf zu finden, doch die Nächte im neuen Haus waren für sie ebenso wenig erholsam wie die zuletzt in Sudbury. Immer noch wurde sie von Zukunftsängsten heimgesucht. Mit der Dunkelheit und Ruhe überfielen sie die Schatten der Enttäuschungen, die sie erlebt hatte. Sie zwangen Katy, Situationen wieder und wieder im Geiste durchzuspielen, und hielten sie vom Schlafen ab. Manchmal war es so schlimm, dass sie am liebsten abtauchen wollte. Dann stellte sie sich vor, ihr Bett wäre ein tiefer Ozean, in dem sie ihren Sorgen und dem Druck, dem sie ausgesetzt war, entkam. Sie tauchte dann einfach hinab, bis zum weit entfernten Grund.

In der letzten Nacht war sie zweimal aufgestanden, um sich zu vergewissern, ob es Mabel gut ging. Ob sie noch da war. An die Stille musste sie sich immer noch gewöhnen. In diesem abgelegenen Teil von Aberdeen gab es keinerlei Verkehrslärm. Ganz anders als in Sudbury, wo alle paar Minuten ein Auto an ihrer Wohnung vorbeigerauscht war. Aber hier: nichts. Keine Geräusche. Nur das Knarren alter Holzdielen und das Ticken der Standuhr, die sich unten neben der Treppe befand. Mit einer absurden Intensität drängte sich das Ticken Nacht für Nacht in ihr Bewusstsein. Gespenstisch, störend, nervtötend. Alles wirkte weiter und irgendwie bedeutender als in ihrer Wohnung im Londoner Vorort. Sogar die Luft, die sie einatmete, schien tiefer in ihre Lunge einzudringen.

Einmal war Katy, von einer inneren Unruhe getrieben, hinuntergegangen, um bei Mr Craig nach dem Rechten zu sehen. Der alte Mann hatte friedlich in seinem Bett gelegen. Eine aufkommende Panikattacke hatte sie mit einem Schluck kaltem Wasser in den Griff bekommen. »Ruhig«, hatte sie sich selbst gesagt und ihr polterndes Herz besänftigt, indem sie sich in Erinnerung gerufen hatte, warum sie hergekommen war: In London hatte es keine Zukunft mehr für sie gegeben. Fred war ihre Welt gewesen. Es waren seine Freunde, seine Familie, die sie in den vergangenen Jahren umgeben hatten. Menschen, die sich nach der Trennung uneingeschränkt zu ihm bekannt hatten. Sie selbst hatte niemanden mehr gehabt, der für sie da gewesen war. Ihrem Mann war es gelungen, alle davon zu überzeugen, dass er das Opfer und sie schuld am Ehe-Aus war. Sie habe ihn ja nicht ausreichend unterstützt, dabei hatte sie nichts anderes getan. Erst da war ihr langsam klar geworden, wie sehr sie ihr Leben nach ihrem Ehemann ausgerichtet hatte. Nach und nach hatte sie seinetwegen Menschen von sich weggeschoben, weil er weder mit ihrem Freundeskreis noch mit ihrer Mutter zurechtgekommen war. Er hatte ihr eingeredet, diese Menschen seien nicht gut für sie, und sie hatte ihm irgendwann geglaubt. Katy hatte nicht einmal gemerkt, dass er sie langsam isoliert und damit von sich abhängig gemacht hatte. Mittlerweile kam Katy sich unendlich dumm vor, weil sie sich von ihm manipulieren hatte lassen. Sie hatte sogar ihrer besten Freundin Sarah, mit der sie sich in Exeter ein Zimmer geteilt hatte, den Rücken gekehrt. Sarah hatte Fred vor Jahren schon durchschaut gehabt und sie vor ihm gewarnt. Fred wusste das. Sarahs Gespür und deren Ehrlichkeit behagten ihm nicht. Irgendwann verlangte er von Katy, sie solle sich zwischen ihm und Sarah entscheiden. Zu dem Zeitpunkt wollte Katy ihn auf keinen Fall verlieren. Sie glaubte tatsächlich, dass er der Mann ihres Lebens wäre, obwohl er sie unter Druck setzte, so sehr, dass Katy den Kontakt zu Sarah schließlich abbrach – ein schrecklicher Fehler, wie sich am Ende herausgestellt hatte. Nach der Trennung blieb ihr einzig ihre Mutter, bei der sie mit Mabel kurzfristig unterkam. Doch die erinnerte sie ständig daran, dass sie sie gewarnt hatte, dass die Ehe nicht halten würde. Katy hielt es bei ihr nicht lange aus. Ihr Selbstwert war bereits am Boden, und sie konnte unmöglich zulassen, dass ihre Mutter ihn weiterhin nach unten drückte. Sogar Mabel entgingen die ständigen Sticheleien der Großmutter gegen ihre Mutter nicht. Sie verunsicherten sie. Eine Weile sah Katy jedoch keinen Ausweg aus ihrer Situation, keine Perspektive. Bis zu dem Morgen, an dem sie am Küchentisch in der Zeitung die Stellen durchsah und dabei auf eine Arbeit in Aberdeen stieß. Noch immer glaubte sie daran, dass es kein Zufall war, dass Grandpas Uhr aus ihrer Hemdtasche, genau neben der Anzeige auf die Zeitung gefallen war. Katys Großvater hatte stets davon geträumt, sich in Schottland niederzulassen. Er hatte Aberdeen ein paar Mal in seiner Jugend besucht und sich in die Landschaft verliebt, von der er Katy immer wieder vorgeschwärmt hatte. Er hatte immer gesagt, dass nichts umsonst passiere. Dass es so etwas wie Zufälle nicht gäbe. Obwohl Katy eigentlich nicht an Vorsehung glaubte, hatte ihr die Möglichkeit, dass er ihr ein Zeichen gegeben hatte, in diesem Augenblick Trost gespendet. Sie hatte sich berufen gefühlt. Und wann immer sie zweifelte, holte sie sich diesen Moment wieder heran.

Am Morgen stand Katy am Küchenfenster und beobachtete, wie die aufgehende Sonne den Himmel rot färbte. Zu sehen, dass es bereits wieder früher hell wurde, ließ sie voll Vorfreude an den nahenden Frühling denken. Erst vor wenigen Tagen hatten sie und Mabel in den Blumenbeeten vor der Veranda zarte Pflanzen entdeckt. Sie konnte es kaum erwarten zu erfahren, wie der Garten aussehen würde, sobald die Natur erblühte. Katy hatte sich vorgenommen, dafür zu sorgen, der Farm zu der einstigen Gemütlichkeit zu verhelfen, von der Aiden ihr erzählt hatte. Er ließ ihr freie Hand, was Blumenschmuck und Dekoration anging. Als sie mit ihm über ihre Pläne gesprochen hatte, sich Haus und Hof anzunehmen, hatte er begeistert gewirkt und ihr seine Unterstützung zugesichert.

Das gurgelnde Geräusch der alten Kaffeemaschine, die heißes Wasser in den Filter pumpte, holte Katy aus dem ungeahnt friedvollen Moment. Es gab nicht viel, was sie vermisste, ihr Vollautomat, den sie in Sudbury zurückgelassen hatte, gehörte aber dazu. Nach einigen kläglichen Versuchen, einen genießbaren Kaffee aufzubrühen, war sie über ihren Schatten gesprungen und hatte Aiden gebeten, ihr zu zeigen, wie das mit der Filtermaschine richtig funktionierte. Geduldig hatte er sie daraufhin in die Kunst des Filterkaffee-Machens eingeführt: ein gehäufter Esslöffel Kaffeepulver auf zwei Tassen.

Katy war sich so dumm vorgekommen, weil sie auf seine Anweisung angewiesen gewesen war. Sie hatte ihm erklären wollen, wieso sie sich mit derlei Gerätschaften nicht auskannte, aber Aiden hatte nur abgewinkt und mit einem Lächeln gemeint, es sei doch okay. Überhaupt schien ihn keine ihrer Fragen aus der Ruhe bringen zu können, und auch sonst nichts. Jemanden wie ihn hatte sie noch nicht kennengelernt. Manchmal ertappte sie sich sogar dabei, wie sie in seiner Gegenwart ruhiger wurde. Er hatte so etwas Selbstloses und Wohltuendes an sich – etwas, das sie nicht erklären konnte.

Sie nahm eine Packung Cornflakes aus dem Schrank und rückte sich einen Stuhl an Mr Craig heran, der teilnahmslos am Frühstückstisch saß.

Mabel schlurfte zu ihnen in die Küche. Katy begrüßte sie mit einem Lächeln. »Morgen, Schätzchen. Hast du gut geschlafen?«

Mürrisch zuckte sie die Schultern, dann zupfte sie an ihrem knielangen grün-karierten Rock, der Teil der neuen Schuluniform war. »Dieses doofe Ding!« Begleitet von einem Seufzer nahm sie gegenüber von Mr Craig Platz.

»Du siehst hübsch aus.« Katy gab Cornflakes und Milch in eine Schüssel und schob sie ihr hin.

»Ach ja? Ich fühl mich aber bescheuert.« Mabel rührte mit dem Löffel ihr Frühstück um. »Und übrigens: Ich will nicht in die Schule!«

»Ist wieder irgendetwas passiert?«

Mabel schüttelte den Kopf. »Nein. Es ist nur langweilig.«

»Wer weiß, vielleicht wird es heute etwas weniger langweilig.« Katy reichte Mr Craig einzeln die Tabletten. Gehorsam, aber verlangsamt spülte er sie mit einem Schluck Wasser hinunter.

»Glaub ich nicht!« Mabels Antwort verleitete Mr Craig dazu, sie anzusehen.

»Wie wäre es erst mal mit, guten Morgen, Mabel?«, forderte Katy sie sanft auf, Mr Craig zu begrüßen.

»Guten Morgen, Mabel«, sagte sie daraufhin artig.

»Wie nett.« Katy schnaufte.

Mabel schob sich einen gehäuften Löffel Cornflakes in den Mund und grinste mit vollen Backen.

»Wir müssen uns beeilen«, sagte Katy mit Blick auf die Küchenuhr. »Ich bring dich zur Haltestelle.«

Eilig stopfte Katy ihr die Brotdose in die Schultasche.

Mabels skeptischer Blick glitt zu Mr Craig, der sich seine Kaffeetasse herangezogen hatte und bereits wacher wirkte. »Kommt Aiden heute?«, fragte sie.

»Ich glaube nicht.« Katy huschte in den Flur, wo sie in ihre Stiefel schlüpfte.

»Wieso nicht?«

»Nun ... Ich schätze, er muss arbeiten.« Katy winkte Mabel zu sich und hielt ihr die Jacke hin. Sie stülpte ihr die Mütze über den Kopf.

Widerwillig schulterte Mabel ihren Rucksack.

»Ich bin sofort wieder da«, sagte Katy zu Mr Craig. Unbeeindruckt nippte er an seinem Kaffee und schaute vor sich hin, als wäre sie gar nicht da.

Hastig warf sich Katy Mantel und Schal über und zog die Haustür hinter sich zu. Draußen schlug ihr kühler Wind entgegen, und sie nahm einen tiefen Atemzug.

»Ich will nicht in die Schule.« Trotzig schnaufte Mabel aus.

»Sieh nur. Die Engel backen Plätzchen.« Katy deutete hinauf zum rosaroten Himmelsspektakel, das sich über ihnen zeigte.

Mabel gab ein Brummen von sich. »Das hast du mir erzählt, da war ich vier.«

»Ja, und?«

»Ich weiß jetzt, dass das Quatsch ist. Das hat mit den Sonnenstrahlen zu tun, die sich in den Luftschichten brechen, bevor sie bei uns ankommen.«

»Woher hast du das denn?«

»Dad hat's mir mal erklärt. Er findet es doof, wenn man Märchen erzählt.«

»Ach ja?« Katy biss unmerklich die Zähne aufeinander. Freds Pragmatismus hatte so manchen Zauber verfliegen lassen. Deswegen hatten er und Katy sich häufig gestritten. Sie war der Ansicht, dass es neben der Wissenschaft auch wichtig war, Mabel Raum für ihre Vorstellungskraft zu lassen. Das hatte er nie verstanden. Seufzend strich Katy Mabel über den Kopf. Ihr Haar war füllig und wirkte genau wie ihres immer irgendwie ungekämmt. Jedes Mal, wenn Katy Mabel in die blauen Augen schaute, war es, als erblickte sie im Spiegel die jüngere Version von sich selbst. Das Kind, das sie einst gewesen war. Sie wollte Mabel gerade sagen, dass es bei den backenden Engeln nicht um Tatsachen, sondern um eine schöne Idee ging, doch da machte diese sich von ihrer Berührung los. Die aufwallende Enttäuschung verbarg Katy hinter einem dünnen Lächeln.

Die Bushaltestelle am Ende der Straße, die zum Hof führte, war mit einem Schild gekennzeichnet, das schief in der Erde steckte. Darunter diente ein alter Baumstamm als Sitzmöglichkeit. Feine Tautropfen im Moos, das darauf gewachsen war, glitzerten im langsam aufkommenden Tageslicht.

Ein brummendes Motorengeräusch ließ Katy zur Straße

hinunterschauen. Im nächsten Moment bog der Bus um die Kurve. Zischend hielt er bei ihnen an.

»Das wird ein toller Tag«, sagte Katy.

Mabel zog einen Mundwinkel zur Seite, nickte aber.

»Ich hab dich lieb!« Katy schenkte ihr ein ermutigendes Lächeln.

Mabel nickte abermals, dann stieg sie ein. Der Bus setzte sich in Bewegung, fuhr dem Sonnenaufgang entgegen und verschwand mit ihr hinter der Anhöhe.

Als Katy ins Haus zurückkehrte, saß Mr Craig vor seiner inzwischen leeren Kaffeetasse, dabei starrte er apathisch vor sich hin. Sie schenkte ihm nach, vergewisserte sich, dass der Kaffee nicht zu heiß war, und kehrte dann in den Flur zurück, um ihren Mantel aufzuhängen. Auf dem Anrufbeantworter, der auf der Anrichte neben dem Garderobenständer stand, blinkte das Nachrichtensymbol. Katy drückte die Wiedergabetaste.

»Guten Morgen, Katy. Aiden hier. Ich bin heute länger unterwegs. Könntest du bitte in die Apotheke fahren und das Rezept für Onkel Jeff einlösen? Es hängt an der Pinnwand. Das wäre klasse. Danke!«

Seine Nachricht endete mit einem grellen Piepton. Katy nahm das Rezept und verstaute es in ihrer Handtasche.

»Sieht so aus, als würden wir heute einen Ausflug machen, Mr Craig. Sie könnten mir ein bisschen die Stadt zeigen. Was halten Sie davon?« Vorsichtig nahm sie ihm die Tasse aus der Hand, die er fest umklammert hielt. Nach dem Aufstehen neigte er zur Lethargie. Was aber vermutlich weniger mit seinen Hirnveränderungen als mit den Schlafmedikamenten zu tun hatte, die er bekam. Einige seiner Tabletten konnten die

Demenz-Symptome verstärken. Ein Übel, das leider unumgänglich war. Katy hoffte, dass der Ausflug ihrem Patienten dabei helfen würde, munter zu werden. Sie räumte den Tisch ab, spülte das Geschirr und legte einen Korb Wäsche zusammen, machte einen Sheperds Pie und sorgte mit Thunfischpastete und einer sauberen Katzentoilette für Caramels Wohlbefinden. Mit viel Einfühlungsvermögen bereitete sie Mr Craig nach dem Mittagessen auf den Ausflug vor. Sie half ihm, warme Sachen anzuziehen, und überprüfte noch einmal seinen Zuckerwert. Da es das erste Mal war, dass sie mit ihm in die Stadt fuhr, plante sie etwas mehr Zeit für alles ein. Auf keinen Fall sollte er sich gehetzt oder zu etwas gedrängt fühlen. Katy war leicht nervös. Sie hatte Respekt davor, mit Mr Craig seine gewohnte Umgebung zu verlassen. Immerhin war unmöglich abzusehen, wie er darauf reagieren würde. Bisher aber hatte er sich von ihr völlig unkompliziert behandeln und leiten lassen, was Katy Sicherheit gab, und was Aiden anging, so schien er überhaupt keine Bedenken zu haben. Katy hatte alles durchgerechnet. Mit etwas Glück würde sie es sogar schaffen, Mabel von der Schule abzuholen – was diese bestimmt freuen würde.

»Es ist heute noch etwas kühl«, sagte sie, während sie Mr Craigs Pantoffeln gegen festes Schuhwerk eintauschte. »Aber der Himmel sieht danach aus, als würde die Sonne bald rauskommen. Können Sie aufstehen?«

Er hob den Kopf und betrachtete sie finster. »Selbstverständlich kann ich. Was denken Sie denn?«, entgegnete er mit einer geistigen Klarheit, die Katy aufatmen ließ.

»Ah, prima. Da sind Sie ja wieder. Wie schön, Ihre Stimme zu hören.«

»Was reden Sie da? Wo soll ich denn bitte gewesen sein?«
Er hievte sich aus dem Stuhl und marschierte in den Flur, wo
er die Schublade der Anrichte aufriss und darin kramte.

Katy ging zu ihm.

»Meine Geldbörse, wo ist sie?«, fragte er ungehalten.

»Oh, äh, das weiß ich nicht. Aber ich werde Ihren Neffen
fragen.«

»Meinen was?«

»Ihren Neffen. Aiden«, erklärte sie freundlich.

Er dachte angestrengt nach.

»Sollen wir?« Katy begleitete ihn vor die Tür. Anstandslos
ließ er sich von ihr zu ihrem Wagen führen und nahm auf dem
Beifahrersitz Platz.

»Was ist das denn für ein hässliches Auto?«, fragte er, sobald Katy sich ans Steuer gesetzt hatte.

»Das ist ein Ford. Und er ist nicht hässlich.«

»Hm, amerikanische Motoren«, grummelte er. »Die Ka-
rosserie ist nichts wert. Rostet viel zu schnell. Ich hatte mal
einen Bentley. Das war noch Qualität.«

»Glaub ich Ihnen gerne.« Katy wischte mit einem Tuch
über die beschlagene Scheibe, bevor sie den Schlüssel im
Zündschloss drehte.

»Komm schon!«, murmelte sie nervös, als anstelle eines
startenden Motors nur ein Klacken zu hören war. Ungeduldig
klopfte sie mit der flachen Hand gegen das Lenkrad und
drehte den Schlüssel erneut um, diesmal mit mehr Gefühl –
aber ohne Erfolg.

»Ich sag's ja. Tut, was er will, Ihr kleiner Ami«, knurrte Mr
Craig. Katy bedachte ihn mit einem argwöhnischen Blick. Es
war fast so, als hätte er das Problem heraufbeschworen. Aber

diese Startschwierigkeiten hatte ihr Auto ab und an. Bisher hatte es sich mit etwas Geduld und Fürsorge aber noch immer irgendwie starten lassen. »Komm schon, Baby«, flüsterte Katy ihrem Wagen zu.

Mr Craig plusterte die Backen auf. »Sie wissen, dass das nur eine Maschine ist?«

Sie ging nicht auf ihn ein. Mit aller Ruhe, die sie aufbringen konnte, drehte sie den Schlüssel noch einmal um. Erleichtert atmete sie durch, als der Motor endlich aufheulte. »Danke!«

»Es ist die Batterie«, sagte Mr Craig. »Sie brauchen eine neue.«

»Woher wissen Sie das?« Katy hob irritiert die Brauen.

»Ein Freund von mir ist Mechaniker. Halten Sie nachher bei seiner Werkstatt an.«

Katy konnte ein Lächeln nicht zurückhalten, weil sie endlich mit dem wahren Mr Craig Bekanntschaft machte. Und der kannte sich offenbar auch noch mit Autos aus.

Sie rollten auf die Straße, an einem kleinen Waldstück vorbei, dann die Küste entlang. Mr Craig erzählte ihr von der langen Tradition des Fischereiwesens in Aberdeen, berichtete von den Gezeitenströmen und wie sich Schlechtwetterfronten auf die Dorsche auswirkten. Mitunter brauchte er länger, um einen Satz zu beenden. Manchmal half ihm Katy dabei, das richtige Wort zu finden. Die Unterhaltung, die mit ihm noch möglich war, überraschte sie jedoch positiv. Sie wusste aber auch, wie schnell die Fähigkeit zu sprechen wieder verloren gehen konnte, und dass sie manchmal überhaupt nicht mehr zurückkehrte. Auf kurz oder lang passierte das den meisten Demenzkranken.

»Die nächste links.« Mr Craig deutete zu einer Querstraße hin, nachdem der Hafen in Sichtweite gekommen war. Sie lag noch vor dem Ortsschild. Neugierig folgte Katy seiner Anweisung. Die Fahrbahn war schlecht geteert. Sie fuhren durch Schlaglöcher, die das Auto zum Ruckeln brachten, vorbei an leer stehenden Lagerhallen.

»Halten Sie da vorne an!« Mr Craigs Blick richtete sich auf ein von einem Bauzaun umgebenes Gelände. Aus den dahinterliegenden Mauerresten ragte ein junger Baum hervor. Es sah aus, als wäre das Gebäude, das hier einmal gestanden hatte, schon vor Langem abgerissen worden.

»Ich ... verstehe das nicht.« Ratlosigkeit stand in Mr Craigs Augen, und Katy ahnte, dass er sich in der Vergangenheit verirrt hatte.

»Ich war erst gestern hier ...« Er klang vollkommen aufgelöst.

»Wir fahren zum Hafen.« Katy berührte ihn sanft am Arm, dann wendete sie. Mr Craig atmete schwer. Er hatte sich noch nicht beruhigt. Sie versuchte, ihn abzulenken. »Der Bentley. Welche Farbe hatte er?«

»Blau. Metallicblau«, antwortete er leicht verzögert.

»Eine schöne Farbe!«, sagte Katy und lächelte erleichtert. Die Tatsache, dass er ihr dieses Detail nennen konnte, verriet ihr, dass sein Verstand noch arbeitete – wenn er auch in einer anderen, längst vergangenen Zeit festhing.

KAPITEL SECHS

Aberdeen, Oktober 1939

Seit einem halben Jahr half Jeff im Gemischtwarenladen in der Altstadt aus. Der Inhaber Mr Parish war ein Freund der Familie Craig und bat Jeff immer dann um Unterstützung, wenn er Lieferungen aus Übersee erwartete. Schwere Pakete, darunter Mehl, Zucker und Kaffee, konnte er mit seinen vierundsechzig Jahren nicht mehr allein stemmen. Sein Rücken machte ihm zu schaffen, doch er dachte nicht daran, das Geschäft aufzugeben, das er sich aufgebaut hatte. Jeff bewunderte ihn für seinen Eifer.

»Ich muss noch mal kurz weg.« Mr Parish strich sein graues Jackett glatt, sobald Jeff durch die Tür getreten war. »Du kommst doch zurecht?«

»Sicher.« Jeff musterte Mr Parish irritiert. Dort, wo sonst eine braune Baskenmütze saß, befand sich ein akkurater Mittelscheitel, der Parishs hohe Stirn betonte.

Jeff hob belustigt die Brauen. Hatte er etwa eine Verabredung? Durch die Glastür sah er zu, wie Mr Parish über die Straße und danach in Richtung St. Machar's Kirche eilte. Gähnend streckte er die Arme zu den Seiten aus und massierte seine rechte Schulter. An diesem Morgen war Jeff wieder einmal vor Sonnenaufgang aufgestanden, um seine Arbeiten auf dem Hof zu erledigen. Sein Vater hatte diese Bedingung an ihn gestellt. Der Bauernhof der Familie hatte immer Vorrang.

Im Grunde hatte er Jeffs Zukunft dadurch längst festgelegt. Er sollte als Farmer das Land bestellen, das seit Generationen den Craigs gehörte. Peter hatte seine Berufswahl getroffen. Für den Vater war klar, dass Jeff in seine Fußstapfen treten würde. Er wurde nicht gefragt, es war beschlossen. In Wahrheit hatte Jeff aber nicht das Gefühl, schon wissen zu müssen, was er mit seinem Leben anstellen wollte. Noch hatte er nichts von der Welt gesehen. Er war der festen Überzeugung, dass sich seine Bestimmung eines Tages zeigen würde. Vielleicht würde er dann Farmer werden. Vielleicht aber auch etwas ganz anderes.

Routiniert sortierte er Konserven in die Regale, holte Mehlsäcke aus dem Lagerraum und zählte die vom Vortag übrig gebliebenen Eier. Als die Türglocke läutete, schaute er auf.

Mrs Hazard trat an die Theke und lächelte freundlich. »Jeff, richtig?«

»Ja, genau.« Er schluckte mühsam, während er unwillkürlich an ihr vorbei zur Tür sah. Aber die Hoffnung, Roslyn könnte ihre Mutter begleiten, zerschlug sich.

»Ich wusste gar nicht, dass du hier arbeitest«, sagte Mrs Hazard.

»Nur aushilfsweise.« Er biss sich auf die Unterlippe.

Sie nickte immer noch lächelnd.

»Was darf es sein, Mrs Hazard?« Jeff räusperte sich, wischte seine mehlbeschmutzten Hände an der Schürze ab und trat hinter die Kasse.

»Zucker. Ein halbes Pfund bitte.« Sie kramte ihre Geldbörse aus der kleinen Ledertasche, die sie bei sich hatte.

Jeff wog die richtige Menge ab und verpackte sie sorgfältig für Mrs Hazard. Sein Kopf bombardierte ihn pausenlos mit

Fragen. Wie wirkte er jetzt auf sie? Professionell? Fleißig? Hatte sie das mit der Schlägerei inzwischen vergessen? Eher nicht, dachte er, als sie ihm das Geld auf den Tisch legte und sich zum Gehen wandte.

»Sagen Sie, wie geht es Ihrer Familie?«, fragte Jeff geradeheraus. »Haben Sie sich mittlerweile eingewöhnt?«

Sie drehte sich noch einmal um. »Danke, ja. Wir können nicht klagen«, antwortete sie und fügte nach einer kurzen Unterbrechung hinzu: »Roslyn hat die Spaziergänge am Meer für sich entdeckt. Am späten Nachmittag ist sie immer am Strand.«

Jeffs Herz schlug schneller.

»Es war schön, dich wiederzusehen, Jeff.«

Ihm wurde ganz heiß, denn sie hatte ehrlich geklungen. Mit einem sanften Lächeln verabschiedete sie sich und verschwand zur Tür hinaus.

Jeff stand für wenige Sekunden still. Er gab sich die Zeit zu verarbeiten, was sie ihm soeben verraten hatte. Zweifellos hatte sie ihn aufgefordert, Roslyn zu treffen. Mit einem Mal fühlte sich sein Herz wieder leichter an. Mrs Hazard hatte ihm etwas gegeben, auf das er sich freuen konnte: eine mögliche Begegnung mit Roslyn!

Als Mr Parish gegen Mittag in den Laden zurückkehrte, schien er ebenso beschwingt wie Jeff. Strahlend erzählte er ihm davon, wie sehr er die Bekanntschaft zu Mrs Schumer genoss, die seit Jahren eine gute Kundin und wie er verwitwet war. Beim Nachmittagstee im Gemeindesaal waren sie sich mehrfach begegnet. In der vergangenen Woche war der Funke dann endgültig übergesprungen. Jeff wusste genau, wie er sich fühlte. Also vertraute er sich ihm an. Niemand kannte die Leute in der Stadt besser. Über Roslyns Familie wusste Mr Parish zu berichten, dass sie von der Insel Skye nach Aberdeen gekommen war und dass Mr Hazard im Großen Krieg gedient hatte.

»Er scheint ein stolzer Mann zu sein«, sagte er, während sie die Mittagsruhe bei einer Partie Schach in der kleinen Küche, die zum Laden gehörte, verbrachten. »Er lässt sich nicht so leicht zufriedenstellen. So viel ist sicher.«

»Aye. Da scheint er genau wie mein Dad zu sein.« Jeff wusste nicht, warum er das gesagt hatte. Er versuchte, seine Aussage mit einem Lächeln zu überspielen, aber Parish ließ sich nicht blenden.

»Dein Vater liebt dich, Jeff. Und er ist stolz auf dich. Er kann es nur nicht zeigen. Ich kenne niemanden, der fleißiger ist als du. Dessen muss er sich einfach bewusst sein.«

Schmunzelnd brachte Jeff seinen Turm gefährlich nah an Parishs König heran, und Parish nickte anerkennend.

»Du wirst sehen. Das mit Mr Hazard wird sich wieder einrenken. Wenn Roslyn und du einander mögt, wüsste ich nicht, was zwischen euch kommen sollte.«

Jeff dachte nach. Im Grunde war er sich nicht einmal sicher, ob sie das wollte. Er klammerte sich an diesen einen Abend auf dem Jahrmarkt, der inzwischen Monate zurücklag. Doch Jeff widersprach Mr Parish nicht. Zu wohltuend und gut gemeint waren seine Worte.

»Schachmatt.« Jeffs Bauer schlug Parishs König.

Der alte Mann lächelte beeindruckt, denn seine Lehrstunden hatten sich bezahlt gemacht. In Jeff hatte er mittlerweile einen würdigen Gegner.

Die Sonne schien von einem fast vollständig blauen Himmel auf den Strand herab. Es war ein milder Spätsommertag. Jeff stapfte durch den Sand. Eine Gruppe Kinder suchte bei den Wellenbrechern nach Muscheln, daneben hatte ein Fischer seine Angel ausgeworfen. Seinem Gefühl folgend, ging Jeff den Strand in Richtung Pier ab. Er durchstreifte eine Möwenschar, die sich im aalglatten feuchten Sand ausruhte. Kreischend hob ein Vogel nach dem anderen ab. Nachdem sie sich zu allen Seiten zerstreut hatten, gaben sie den Blick auf einen Felsvorsprung frei. Die Wellen brachen sich am schmalen, von der Natur erschaffenen Steg aus Gestein. Darauf stand Roslyn. Sie schaute aufs weite Meer hinaus und wirkte dabei ganz versunken. Jeffs Herz schlug mit einem Mal so schnell, als wäre er gerade mit Hamish um die Wette gerannt. Er war wie gefangen. Roslyn erinnerte ihn an die Statue einer griechischen Göttin, die er einmal in einem Magazin in Parishs Laden gesehen hatte. Sie war ... vollkommen.

Für einen Moment bewunderte er sie aus der Ferne. Ergriffen, regungslos. Ihr Blick glitt zu ihm, und ihr Lächeln brachte sein Herz zum Toben. Er winkte, gleichzeitig verselbstständigten sich seine Füße. Flink kletterte er die Steine hinauf bis zu ihr.

»Hallo.« Er stellte sich befangen neben sie.

»Hallo, Jeff.« Roslyn strich sich das Haar aus dem Gesicht. So nah am Wasser wehte der Wind kräftiger.

»Deine Mum hat mir gesagt, dass du hier sein würdest.« Jeff wartete geduldig ihre Reaktion ab. Schmunzelnd wandte sie ihren Blick wieder dem Meer zu und nickte.

»Du gehst also gerne spazieren?«

Sie nickte abermals.

»So ein Zufall.« Seine Stimme zitterte leicht vor Nervosität. »Ich nämlich auch. Vielleicht erlaubst du mir, dich ... zu begleiten?«

»Das fände ich wirklich schön.« Roslyn schaute ihn an und lächelte mit den Augen.

Jeffs Herz schlug noch schneller. Er half ihr, vom Felsvorsprung hinunterzukommen. Sie standen im Sand, hielten die Hand des anderen aber weiterhin fest. Erst als ihnen ein älteres Paar entgegenkam, lösten sie sich voneinander. Jeff schluckte, um seine Unsicherheit zu bändigen. Eine Weile gingen sie still nebeneinander, dicht am Wasser entlang.

Jeff hatte die Hände hinter seinem Rücken verschränkt und schaute verlegen auf seine Schuhe. »Wegen der Nacht, in der das Feuerwerk stattfand. Was das angeht ... Da bin ich dir noch eine Erklärung schuldig.«

»Ich war zu spät!«, sagte sie und seufzte reumütig. »Meine Eltern haben darauf bestanden, dass wir gemeinsam zum Fest gehen.«

»Ja, das dachte ich mir schon. Aber das meine ich nicht. Die Sache mit der Prügelei ... es war nicht das, wonach es ausgesehen hat.«

»Aber das weiß ich doch, Jeff!«

»Tat-sächlich?« Verwundert sah er sie an.

Sie nickte hastig.

»Wenn ich fragen darf: Warum bist du dir so sicher?«

Sie zuckte die Schultern. »Nun ja, ich glaube einfach nicht, dass du dich gerne prügelst. Dafür bist du nicht der Typ. Ich bin sicher, du bist nur dazwischengegangen. Mal wieder.« Sie schaute ihn an und lachte leise, als wüsste sie es mit Sicherheit.

»Ja. Genau so war's.« Jeff blinzelte irritiert. Es war bemerkenswert, wie gut sie ihn bereits kannte.

»Und ... dein Vater? Was glaubt er?«, fragte er nach einer Pause.

»Ach, er neigt dazu überzureagieren, wenn er Gewalt sieht. Was seltsam ist. Man würde meinen, dass er als Colonel raue Sitten gewöhnt ist.«

»Er ist beim Militär?«

»Nicht mehr. Er hat es aufgegeben. Jetzt ist er Blumenhändler.«

»Oh, das ist ein ... ziemlicher Unterschied«, befand Jeff nachdenklich.

»In der Tat. Gartenarbeit war immer sein Hobby. Mum hat ihn überredet, möglichst viel Abstand zwischen sich und sein altes Leben zu bringen. Obwohl er damit manchmal übertreibt. Er nennt sich selbst mittlerweile Pazifist. Ich habe versucht, ihm zu erklären, dass es nur eine harmlose Rangelei bei euch gewesen ist. Ich meine, auf Skye waren die Jungs ja nicht anders. Das weiß er selbst gut genug. Aber er wollte davon nichts wissen. Er kann so unendlich stur sein. Besonders, wenn es um mich geht.«

»Denkst du, es wäre angebracht, dass ich mich bei ihm entschuldige?«

»Aber du hast doch gar nichts getan.«

Er zuckte die Schultern.

»Obwohl ... Möglicherweise könnte es helfen«, antwortete sie einen tiefen Atemzug später. »Aber ... warte damit noch. In einem günstigen Moment werde ich ihn bitten, dir eine Chance zu geben. Solange sehen wir uns beim Spazieren. Begegnen uns zufällig am Strand.« Sie hob eine Muschel auf und hielt sie gegen das Sonnenlicht. Im Inneren der Schale schimmerte türkisblaues Perlmutt. Mit einem zufriedenen Lächeln auf den Lippen verstaute sie ihren Fund in der Jackentasche.

»Du sammelst Strandgut.« Es war keine Frage, sondern eine Feststellung.

Roslyn grinste ertappt. »Es gibt so viel Schönes um uns herum. Ich kann nicht anders, als nach einem Schatz Ausschau zu halten. Da bin ich zwanghaft veranlagt.«

»Genau wie ich«, sagte er und beobachtete verliebt, wie sie mit der Fußspitze einen Kreis in den nassen Sand malte.

Sie spazierten weiter dicht am Wasser entlang. Möwen zogen kreischend über sie hinweg. Sie landeten im Sinkflug hinter dem Wellengang, wo ein kleines Fischerboot schaukelte. Roslyn zog ihre Schuhe aus und ließ ihre Füße von der Gischt umspülen. Kurz schauderte sie sichtbar, als das Wasser ihre nackten Knöchel streifte.

»Ist es nicht kalt?«, fragte Jeff.

Roslyn schüttelte den Kopf. »Es ist genau richtig.« Sie raffte ihren Rock bis zu den Knien und sprang über die seichten Wellen hinweg. Strahlend drehte sie sich daraufhin zu Jeff um. »Worauf wartest du noch?«

Er streifte seine Schuhe ebenfalls ab, warf sie in den Sand und sprang über die ersten Wellen hinweg. Das Meer war eiskalt, doch er erzitterte nicht. Weder als seine Hosenbeine nass wurden, noch als ihn eine hohe Welle erwischte und das Wasser bis zu seiner Hüfte reichte. Roslyns Anblick wärmte ihn. Er fühlte nichts weiter als Glück. Lachend jagten sie einander durch das flache Wasser, ahmten das Geplärr der Möwen nach, die drängelnd die Netze der Fischer belagerten. Jeff hatte sich schon lange nicht mehr so wohlgefühlt und derart amüsiert. Bei ihr war er frei und unbeschwert. Er fühlte sich verstanden. An Roslyns Seite war Jeff wie sie: vollkommen, und seine Zukunft nahm Gestalt an, so dass er eine Vorstellung davon bekam, was für eine Art Mann er sein würde.

KAPITEL SIEBEN

Katy

E s ist traumhaft hier.« Katys Blick war bewundernd auf das Hafenbecken mit seinen großen und kleinen Fischerbooten gerichtet. Darüber hatte sich der Himmel aufgeklart, was eine weite, unverstellte Sicht aufs Wasser ermöglichte. Die Sonne schien warm auf sie herab, es ging kaum Wind. Katy nahm einen tiefen, belebenden Atemzug. »Das ist also Aberdeens Frühling.«

Mr Craig nickte und zog an seiner Pfeife. Die Rast an der Promenade war genau das Richtige gewesen, um ihn von der nicht mehr vorhandenen Werkstatt abzulenken. Das Meer schien ihn zu erden. Wissen, das Katy auch in Zukunft nützlich sein konnte.

Abwägend schaute sie sich nach der Apotheke um, die keine dreihundert Meter von ihnen entfernt lag, dann wieder zu Mr Craig, der entspannt kleine Tabakrauchkreise in die Luft blies.

»Ich muss schnell ein Rezept einlösen.« Sie zeigte mit dem Finger hinter sich Richtung Apotheke. »Möchten Sie … mitkommen?«

»Nein«, sagte er entschieden und paffte genüsslich weiter.

Katy nickte zögerlich. Momentan hatte sie nicht das Gefühl, dass sein Zustand so schnell umschlagen würde, und sie entschied sich, ihrem Gefühl zu vertrauen. »In Ordnung. Dann warten Sie bitte hier. Ich bin sofort wieder da.«

Mr Craig gab ein Brummen von sich, das sie als Einverständnis deutete. Bevormundung wollte sie ihm ersparen. Er sollte sich nicht wieder aufregen. Für den Augenblick machte er nicht den Eindruck, als würde er sich vom Fleck rühren. Trotzdem würde sie sich beeilen. Sie lief zur anderen Seite der Promenade und nahm die drei Stufen der Apotheke mit einem einzigen großen Schritt. Bevor sie hineinging, sah sie sich nochmals um. Mr Craig saß noch dort, wo sie ihn verlassen hatte. Schnell ging sie durch die Tür. Drinnen stieß sie beinahe mit jemandem zusammen. »Verzeihung«, sagte sie, ohne darauf zu achten, wer es war.

»Katy! Wie schön, dich wiederzusehen.« Penny Pratt stand vor ihr, eine Packung Windeln unter dem Arm.

»Hallo. Ja, das finde ich auch«, antwortete sie ungeduldig und manövrierte sich sogleich an ihr vorbei zur Theke, wo sie der Angestellten das Rezept vorlegte.

»Hast es wohl eilig?« Penny war ihr gefolgt.

»Ja. Ziemlich sogar. Tut mir leid«, antwortete Katy.

Penny gab ein Seufzen von sich. »Sag mal, ich habe mich gefragt, ob du nicht Lust hättest, unserem Förderverein beizutreten. Wir treffen uns einmal die Woche nachmittags. Jeder bringt mal etwas mit. Kuchen oder Kekse. Wir sitzen gemütlich beieinander und reden darüber, wie wir unsere Stadt zu einem besseren Ort machen können. Wie klingt das für dich?«

Katy zuckte unschlüssig die Achseln. »Also ... nachmittags muss ich leider arbeiten. Und wenn mal nicht, dann geht Mabel für mich immer vor. Sie braucht mich momentan noch sehr.«

Die Apothekerin reichte ihr eine Packung Risperidon.

»Danke«, sagte Katy und wandte sich zur Tür.

»Na ja … Du kannst ja auch etwas später dazukommen. Oder du bringst Mabel einfach mit. Bethany würde sich bestimmt freuen.« Penny war wie ihr Schatten.

Kurz dachte Katy nach. Bisher hatte sie nicht den Eindruck, dass sich die Mädchen besonders gut verstanden. Mabel hatte ihr erzählt, dass Bethany und ihre Freundinnen noch nicht ein Wort mit ihr gewechselt hatte. Bei einer Gruppenarbeit hatten sie sie nicht dabeihaben wollen, so dass Mabel am Ende allein an einem Kunstplakat gearbeitet hatte. Damit hatte Bethany nicht unbedingt Sympathiepunkte gesammelt – weder bei Mabel noch bei ihr.

»Ich denke eher nicht«, antwortete Katy deshalb und bediente sich einer Höflichkeitslüge. »Unser Zeitplan ist sehr eng.«

»Ein Jammer!«, stieß Penny wenig verständnisvoll aus und ging ihr auf dem Bürgersteig nach. »Wir könnten uns auch bei dir treffen, wann immer du Zeit hast, natürlich.«

»Ich weiß nicht, ob das so gut wäre. Wir wohnen momentan bei meinem Arbeitgeber.«

»Ach ja? Wo denn?«

»Auf der Craig-Farm. Ich muss jetzt wirklich weiter …«

»Ah, verstehe. In Aidens Auftrag also«, sagte sie. »Oh, bitte bestell ihm doch liebe Grüße von mir. Er soll sich mal wieder blicken lassen.«

»Ich werd's ihm ausrichten. Bis dann, Penny.« Endlich hatte sie sie abgehängt und lief zurück zur Sitzbank. Erschrocken hielt sie auf halber Strecke inne. Ihr Herz klopfte wie verrückt, und sie bereute ihren Vertrauensvorschuss, denn die Bank war verwaist.

»So ein Mist!« Innerlich weiterfluchend, schaute sie sich nach Mr Craig um. Das konnte doch nicht sein. Gerade war er doch noch da gewesen! Wie schnell konnte jemand in seinem Alter verschwinden? Wut stieg in ihr auf. Auf sich selbst, nicht auf ihn, den keine Schuld traf. Was hatte sie sich nur dabei gedacht? Ein absoluter Anfängerfehler. Sie wurde nicht müde, in Gedanken über sich selbst zu schimpfen, während sie hastig die Promenade ablief. Zutiefst besorgt schickte sie ihren Blick den menschenleeren Strand entlang. Nichts. Wo konnte er nur in so kurzer Zeit hin sein?

»Mr Craig?«, rief sie energisch, dann rannte sie zurück zur Apotheke.

»Haben Sie einen alten Mann gesehen?«, fragte sie eine Passantin, die ihren Hund an der Leine ausführte. Sie beschrieb ihn ihr näher, doch die Frau schüttelte nur den Kopf. In Katy stieg Panik auf. Warum war sie so naiv gewesen? Sie kannte ihren Patienten noch nicht lange genug, um ihn richtig einschätzen zu können. Sie war sicher: Früher wäre ihr das nicht passiert. Sie war ... unvorsichtig und unkonzentriert. Wenn Mr Craig ihretwegen etwas zustoßen sollte, würde sie sich das nie verzeihen. Mittlerweile war es fast Nachmittag, und Katy saß die Zeit im Nacken. Frustriert rieb sie sich die Stirn. Sie hatte doch auch Mabel abholen wollen. Kurz dachte sie nach, welchen Weg sie nun einschlagen sollte. In Sichtweite war Mr Craig jedenfalls nicht, und die Schule lag nur eine Querstraße entfernt. Vielleicht, so dachte sie, würde sie ihn auf dem Weg dorthin finden. Ihr Puls ging haltlos. Sie war zerrissen zwischen dem Verantwortungsgefühl gegenüber Mr Craig und ihrer Tochter. Zum ersten Mal überkamen sie Zweifel, ob sie ihrem Job überhaupt gerecht wurde. War es für sie, nach der Trennung, womöglich doch zu früh gewesen, wieder zu arbeiten? Unermüdlich hielt sie nach Mr Craig Ausschau. Sie hatte keine Ahnung, wo er hingegangen sein könnte. Abgesehen davon kannte sie sich in Aberdeen noch nicht richtig aus. Zähneknirschend zückte Katy ihr Handy. Sekundenlang starrte sie auf Aidens Nummer, während sie vor dem Schulgebäude darauf wartete, dass die Glocke das Ende des Unterrichts ankündigte. Mit zittriger Hand drückte sie auf *Anrufen*.

»Hallo?«, meldete sich Aiden.

»Hallo. Hier ist Katy.«

»Katy! Was gibt es denn?« Er klang so freundlich, dass sie es kaum über sich brachte, ihm zu sagen, warum sie anrief.

Mühevoll schluckte sie den Kloß hinunter, der sich in ihrer Kehle festgesetzt hatte. »Es gibt ein Problem.«

»Ja?«

»Ich war in der Apotheke. Dein Onkel wollte nicht mitkommen, er hat auf einer Bank warten wollen. Aber ... jetzt ist er weg. Und ... ich kann ihn nirgendwo finden.«

»Du ... Du hast meinen Onkel verloren?«

Stille.

»Katy?«, fragte Aiden, nachdem sie immer noch nichts gesagt hatte.

»Ja. Ähm ... So sieht es leider aus. Ich habe ihn wohl verloren.« Sie hatte Mühe, die Worte zu formulieren. Nichts, was sie gesagt hatte, hatte sich je merkwürdiger angehört.

Wieder trat Stille ein, dann hörte Katy, wie er scharf Luft einsog.

»Es tut mir so leid!«, sagte sie und seufzte matt.

»Wo bist du jetzt?«, fragte er in einem undurchsichtigen Ton.

»Ich stehe an der Schule. Ich hatte gehofft, er wäre vielleicht hier in der Gegend. Mabel hat gleich Schluss. Dann werde ich mit ihr zusammen weitersuchen. Aber ich weiß nicht, wo ich hingehen soll. Vielleicht kennst du einen Ort, an den dein Onkel gerne geht?«

»Bleib am besten, wo du bist. Ich komme.« Er legte auf.

Katy verstaute ihr Handy in der Jackentasche und schüttelte fast unmerklich den Kopf. Hatte er wütend geklungen? Aufgewühlt? Dass sie ihn hatte anrufen müssen, würde sie sich nie verzeihen. Immerhin hatte er sie eingestellt, um entlastet zu werden. Am liebsten wäre sie in einem Loch im Boden versunken. Katy hing noch ihren Gedanken nach, als die Schulglocke erklang. Sie hatte Mr Craig verkannt, vor allem aber hatte sie offenbar ihren Weitblick verloren. Innerlich ließ sie die Situation am Hafen noch einmal Revue passieren. Hatte sie eine Desorientiertheit übersehen, oder hatte er sich aus Sturheit ihrer Anweisung, auf sie zu warten, widersetzt? Jemand umklammerte ihre Taille, und Katy schreckte zusammen.

»Ich bin so froh, dass du da bist.« Mabel drückte sich an sie.

»Überraschung!«, sagte Katy, doch die Freude fehlte in ihrer Stimme. Sie rang sich ein Lächeln ab und nahm Mabel an die Hand. Zusammen wechselten sie die Straßenseite.

»Wie war es heute?«, fragte Katy.

»Ganz okay. Wir haben etwas über Delfine gelernt. Hier gibt es welche. Halten wir mal nach ihnen Ausschau?« Mabel sah sie aus großen braunen Augen an.

»Ja. Das ... machen wir bald.« Katy winkte Aiden zu sich, der gerade aus seinem Auto stieg.

»Was macht der hier?«, fragte Mabel.

»Er wird uns helfen, Mr Craig zu finden«, antwortete sie, ohne sie anzusehen.

»Du hast den alten Mann verloren?«

»Ich ... hab ihn nicht verloren.« Katy schluckte schwer. »Er ist ... nur nicht da.«

Mabel zog ratlos die Nase kraus.

»Es tut mir so unendlich leid ...«, sagte Katy erneut, als Aiden ihnen entgegenkam.

Gefasst strich er sich das kinnlange dunkle Haar zurück und setzte seine Mütze auf. »Schon okay«, sagte er ruhig.

Katy hob leicht irritiert die Brauen, denn in Anbetracht der Situation wirkte er ungewöhnlich ruhig.

»Zuletzt war er auf einer Bank am Hafen. Gegenüber der Apotheke. Auf mich hat er einen klaren Eindruck gemacht. Wir haben uns auf der Fahrt hierher über Autos unterhalten. Er wollte mir zeigen, wo ich eine neue Batterie für meinen Fiesta bekomme.«

»Dann hat er dich über die York Street geführt?«

»Ja. Ich glaube, so hieß sie. Eine recht verlassene Gegend. Er sagte, sein Freund habe da eine Werkstatt.«

Er nickte bedächtig. »Hatte er. Ja. Die gibt es aber seit gut dreißig Jahren nicht mehr.«

»So was dachte ich mir schon. Ich wollte ihn nicht triggern.«

»Du kannst nichts dafür. Das ist auch nicht das erste Mal, dass so etwas passiert«, sagte Aiden. »Autos erinnern ihn an seinen Freund mit der Werkstatt. Wenn uns das Mehl ausgeht, schickt er mich zum Gemischtwarenladen, den es früher gab. Es ist schwer für ihn, immer wieder aufs Neue feststellen zu müssen, dass sich vieles verändert hat.«

»Ja. Natürlich.« Katys Schuldgefühle ließen sich durch seine Aussage kaum mildern. *Sie* war die Fachkraft. Sie wusste, dass man einen Realitätsschock bei einem Demenzkranken unter allen Umständen vermeiden sollte. Noch war sie sich nicht sicher, ob es einfach dumm oder noch dazu grob fahrlässig gewesen war, ihn allein zu lassen.

»Ich helfe euch suchen.« Mabel schenkte erst ihrer Mutter, dann Aiden ein Lächeln.

Aiden erwiderte es. »Er ist bestimmt nicht weit weg. Wahrscheinlich ist er hier irgendwo. Kommt ganz drauf an, wonach ihm gerade der Sinn stand. Das kann man bei ihm nie wissen. Es wird das Beste sein, wenn wir uns aufteilen. Ich nehme mir die Hafenpubs und den Strand vor, und ihr beide sucht in den Gassen, die von der Innenstadt zur Bucht führen. Das alles hier war früher sein Gebiet. Hier hat er sein ganzes Leben verbracht.«

»In Ordnung.« Katy ging mit Mabel zur Apotheke zurück und von dort aus in eine urige Gasse. Schmale, hohe Häuser reihten sich hier aneinander. Farbige Türen und Fassaden hellten den ansonsten eher dunklen Ortsteil auf. Mabel lief vorweg. Katy gelang es kaum, Schritt zu halten. Keuchend stützte sie ihre Hände auf die Knie. Als sie sich umsah, erkannte Katy die Gasse wieder, in die sie gekommen waren, und ihr wurde klar, dass Mabel sie nicht zufällig hergeführt hatte.

»Lass uns Maggie fragen.« Mabel rannte schnurstracks auf den Blumenladen zu, der für sie schon einmal eine Zuflucht gewesen war. Die kleine Glocke oberhalb der Tür kündigte die beiden an. Drinnen strömte ihnen ein herrlicher Blütenduft entgegen. Es roch intensiv nach Rosen, Lavendel, Minze und ... Orangen. Die betörenden Aromen wirkten sich beruhigend auf Katys Herzschlag aus. Bevor sie darüber nachdenken konnte, warum das so war, öffnete sich die Tür zwischen Theke und Treppe und Maggie betrat den Geschäftsraum. Hinter ihr kam Mr Craig.

»Sie hat ihn gefunden!«, rief Mabel.

»Nun ja ... Er hat wohl eher mich gefunden«, erwiderte Maggie. »Er stand urplötzlich im Gewächshaus.«

»Mr Craig. Da sind Sie ja. Gott sei Dank!« Katy schlug sich erleichtert mit der Hand auf die Brust, dann wandte sie sich an Maggie. »Dass er Ihnen Umstände gemacht hat, tut mir leid.«

»Ach, das hat er nicht. Wir kennen uns. Ich bin seine Nichte.«

»Das erklärt, warum er hergekommen ist.« Katy dachte laut, anschließend ging sie mit einem beruhigenden Lächeln auf ihn zu. »Mr Craig, Sie hätten mir doch einfach sagen können, wohin sie wollen. Dann wären wir zusammen hergekommen.«

Er winkte mürrisch ab.

Katy ersparte ihm Vorwürfe. Sie wären sinnlos, womöglich kontraindiziert. Höchstwahrscheinlich konnte er sich schon jetzt nicht mehr daran erinnern, dass sie zusammen in die Stadt gefahren waren.

»Sie sind also Aidens Mutter?«, fragte Katy Maggie.

Maggie lächelte geheimnisvoll. »Und Sie die neue Pflegekraft für Jeff. Mein Sohn hat natürlich von Ihnen gesprochen, aber er hat nie Ihren Namen erwähnt.«

»Ja. Die bin ich.«

»Sie hat ihn angefahren«, sagte Mabel beiläufig.

Maggie runzelte die Stirn. »Wie bitte?«

Katy schickte ihrer Tochter einen ermahnenden Blick, kam hinter sie und legte ihre Hände auf deren Schultern.

»Ihm ist aber nichts passiert«, ergänzte Mabel.

»Na, das ist die Hauptsache«, sagte Maggie. Ohne weiter darauf einzugehen, wandte sie sich an Katy. »Machen Sie sich keine Sorgen, weil mein Onkel Ihnen abhandengekommen ist. Das ist den anderen Schwestern auch passiert. Er hatte schon immer seinen eigenen Kopf.«

Katys Blick glitt zu Mr Craig, der durch den Laden streifte, sich über eine Vase beugte und an den roten Rosen darin roch.

»Am besten ich rufe sofort Aiden an und sage ihm, dass wir ihn gefunden haben. Ich habe ihm Bescheid gegeben, weil ich dachte, so finden wir ihn schneller.«

»Das war nur richtig«, sagte Maggie nachsichtig.

Grübelnd nahm Katy ihr Handy aus der Tasche. »Ich muss zugeben, es wundert mich schon ein bisschen. Warum hat Aiden nichts von Ihrem Geschäft erwähnt?«

»Ach! Daran wird er gar nicht gedacht haben. Es ist nämlich so, dass wir Jeff schon lange nicht mehr in diesem Haus gesehen haben. Nicht seit dem Tod meines Vaters vor fünfzehn Jahren.«

Katy hob verwundert die Brauen. Sie überlegte, warum so viel Zeit seit seinem letzten Besuch vergangen war. Hatte es Streit in der Familie gegeben? Sie sah jedoch von einer Nachfrage ab, denn es ging sie nichts an. Mr Craig nahm eine Rosenblüte aus der Vase und schloss sie fest in seine Faust. Das nostalgische Telefon im Laden klingelte, und Katy riss sich von seinem Anblick los.

Maggie hob ab. »Aiden!« Sie zwinkerte Katy zu. »Wir

wollten dich gerade anrufen. Es ist alles gut. Er ist hier. Katy und Mabel auch. In Ordnung. Bis gleich.« Sie legte den Hörer auf und sah zu Katy. »Aiden kommt und bringt ihn nach Hause.«

Katy spürte Maggies Berührung an ihrem Arm, die ihr ein leichtes Lächeln entlockte. Sie war froh über den schnellen, glücklichen Ausgang der Suche. Kaum auszudenken, was hätte passieren können. Der Tag, an dem ihr Großvater auf der Verkehrsinsel einer vielbefahrenen Straße gelegen hatte, holte sie ein. Unmerklich schüttelte sie sich dabei, weil die Angst, die sie damals empfunden hatte, noch immer präsent war. Wie sie später von ihrer Mutter erfahren hatte, hatte er nach der Bowlingbahn gesucht, die der Straße viele Jahre zuvor hatte weichen müssen. An diesem Tag war ihnen klar geworden, dass etwas mit ihm nicht stimmte. Dass sein Verstand nicht länger dem Lauf der Zeit folgte.

Nachdenklich betrachtete Katy Mr Craig, der mit glitzernden Augen die Rosenblüte streichelte. Er erinnerte sie an ihren Grandpa. Es war die Art und Weise, wie er sich bewegte, die oft so ratlosen Blicke, dasselbe rastlose Gemüt. In diesem Moment wirkte er wieder ganz weit weg, und sie fragte sich, wo er wohl gerade mit seinen Gedanken war. In welcher Zeit seines Lebens er festhing und mit wem.

Nachdem Katy Aiden erzählt hatte, wie sein Onkel und sie auf das Werkstattthema gekommen waren, hatte er eine neue Batterie in ihren Fiesta eingebaut und sich auch gleich um den Keilriemen gekümmert. Sie hatte nicht darum gebeten, er hatte es einfach getan, und wieder hatte er dabei eine beinahe befremdliche Ruhe ausgestrahlt.

Mittlerweile war es Abend. Die Anstrengungen des Tages hatten Mr Craig derart erschöpft, dass er ohne seine Beruhigungstablette vom Schlaf übermannt worden war. Aiden hatte Katy daraufhin geholfen, ihn ins Bett zu bringen. Als auch Mabel eingeschlafen war, hatte er sich von Katy noch zu einem Tee in der Küche überreden lassen. Doch er blieb wortkarg.

»Du ... bist enttäuscht von mir.« Es brach einfach aus Katy heraus. Sie glaubte, eine gewisse Verstimmtheit bei ihm wahrzunehmen.

»Nein.« Er wickelte die Schnur seines Teebeutels um einen Löffel und legte beides auf der Untertasse ab.

Katy glaubte ihm nicht. »Ist ja nur verständlich. Ich bin es auch.«

Er schüttelte behäbig den Kopf.

»Ich war ... abgelenkt. Da war diese Bekannte, sie redete auf mich ein, und ich konnte sie einfach nicht abwimmeln. Nicht schnell genug.«

Aiden sah sie an, und ein Grinsen huschte über sein Gesicht.

»Ihr kennt euch übrigens. Sie heißt Penny Pratt. Ich soll dir ihre Grüße ausrichten.«

Er lehnte sich auf dem Stuhl zurück und lachte. »O ja, ich kenne sie. Ich meine, wer tut das nicht? Sie legt es darauf an, über alles im Umkreis von zwanzig Kilometern Bescheid zu wissen. Du wirst ihr und ihrem Club kaum entkommen können.«

Ein wenig schockte es Katy, dass er von dem Förderverein wusste. »Ich habe ihr gesagt, dass ich für so etwas keine Zeit habe.«

»Darüber wird sie nicht erfreut gewesen sein. Du musst

bedenken, dass in Aberdeen nicht allzu viel passiert. Wer neu hinzukommt, ist eine Attraktion, und wer nicht innerhalb von vierundzwanzig Stunden einem Verein beitritt, der gilt als arrogant. Noch bis vor vierhundert Jahren landeten solche Leute früher oder später auf dem Scheiterhaufen.«

»Die gute alte Zeit.« Katy lachte, und er fiel mit ein. Wenig später wurde sie aber wieder ernst. »Wie auch immer. Es geht nicht. Ich muss arbeiten und will Mabel nicht vernachlässigen. Ich denke, nach dem heutigen Tag fühlt sie sich ohnehin schon zurückgesetzt.« Seufzend strich sie sich eine Haarsträhne hinters Ohr, stützte die Ellenbogen auf den Tisch und den Kopf in ihre Hände.

»Also, wenn ich dir das so sagen darf ... Ich finde, du machst das großartig, das Muttersein.«

Aidens Kompliment verleitete Katy dazu, ihn eingehend zu betrachten. Dabei stellte sie wieder einmal fest, wie attraktiv er war. Sein dunkles Haar bildete einen Kontrast zu seinen hellen Augen. Er war schlank, aber nicht zu dünn, mit breiten Schultern. Doch es war nicht nur sein Äußeres, das sie anzog. In erster Linie sprach sie seine Ausstrahlung an, seine freundliche Art, die er zweifellos von seiner Mutter hatte. Er wirkte auf sie wie der perfekte Gentleman. Es war ihr schleierhaft, warum ein Mann wie er Single war. Sie hätte gerne mehr über ihn erfahren, wagte es aber nicht, Fragen zu stellen, deren Antworten sie nichts angingen.

Aiden trank seinen Tee aus und stand auf. »Ich werde jetzt gehen. Morgen Mittag komme ich wieder und sehe nach Onkel Jeff. Und ... nach dir.« Er lächelte verschmitzt, und Katy spürte, wie ihr die Hitze in die Wangen stieg.

»Gute Nacht, Aiden«, sagte sie.

»Gute Nacht.« Er zog seine Jacke an, die über der Stuhllehne gehangen hatte, und ging.

Katy saß noch eine Weile in der Küche. Aidens Worte waren gut gemeint gewesen, und sie war ihm dankbar, dass er nicht nachtragend war. Immerhin wusste sie, wie viel sein Onkel ihm bedeutete und dass es ihn Überwindung kostete, die Verantwortung an eine fremde Person abzugeben. Ein Teil von ihr war immer noch damit beschäftigt, den Fehler in ihrem Verhalten zu finden. Sie war es gewohnt, professionell zu agieren und auch in den schwierigsten Situationen zu funktionieren. Darauf hatte sie sich stets verlassen können. Manchmal war ihre Arbeit das einzig Beständige in ihrem Leben. Etwas, das ihr das Gefühl gab, nützlich zu sein und etwas von Wert zu leisten. Was, wenn sie ihr plötzlich nicht mehr gewachsen war?

Zweifel beherrschten ihr Denken. Davon getrieben ging sie auf Zehenspitzen in Mr Craigs Zimmer. Er lag wohlbehalten in seinem Bett und schlief tief und fest. Unter Caramels skeptischem Blick, der am Kopfende auf einem Kissen lag, zog sie die Decke über Mr Craigs Schultern. Für einen Moment verharrte sie im Raum stehend. Auf einer Kommode neben dem Fenster standen eingerahmte Fotos. Eins davon zeigte zwei junge Männer auf einem Fischerboot, die in die Kamera grinsten. Die Unbeschwertheit, die die Schwarz-Weiß-Aufnahme transportierte, entlockte Katy ein Lächeln. Im fahlen Licht verglich sie die Männer auf dem Bild mit ihrem schlafenden Patienten, konnte aber nicht sagen, ob er einer der beiden war. Leise stellte sie das Foto zurück auf die Kommode. Sie ließ die Tür einen Spalt offen, löschte das Licht im Flur und ging die Treppe hinauf.

Es war fast elf, als sie in ihren Schlafanzug schlüpfte und sich neben Mabel legte, die es sich im Bett ihrer Mutter bequem gemacht hatte. Ihr haselnussbraunes Haar sah aus wie ein hinter ihrem Kopf aufgeschlagener Fächer. Sie lag auf der Seite, hielt Mausespeck im Arm und atmete kaum hörbar durch ihren leicht geöffneten Mund. Seit der Trennung ihrer Eltern hatte Mabel häufig schlechte Träume, weshalb sie es vorzog, bei ihr zu schlafen. Daran hatten auch die Leuchtsterne nichts ändern können, die Katy an ihrer Zimmerdecke befestigt hatte. Bisher hatte Mabel ihr nicht erzählt, wovon ihre Alpträume handelten. Katy bereitete das Sorgen. Sie hielt es für wichtig, über Ängste zu sprechen. Nur so konnte man ihnen den Schrecken nehmen.

Katy betrachtete Mabel liebevoll, dann küsste sie sie vorsichtig auf die weiche Wange. Die Liebe, die sie beim Anblick ihrer schlafenden Tochter empfand, war grenzenlos. Ihr Kind hatte das Beste verdient. Wieder einmal wallten in Katy Schuld und Trauer darüber auf, weil sie es nicht geschafft hatte, Mabel von ihren eigenen Problemen abzuschirmen. Sie hätte weder Existenzängste noch Vaterlosigkeit kennenlernen sollen. Was war aus diesen Zielen geworden, die Katy beschlossen hatte, als sie in Mabels Alter gewesen war? Unwillkürlich klang die erschütternde Wahrheit ihrer Mutter in ihr nach. Darüber, dass sich das Schicksal innerhalb einer Familie wiederholte. Katy hatte oft über die Bedeutung nachgedacht, sich bisher jedoch geweigert, daran zu glauben, dass alles im Leben vorgeschrieben war. Der Gedanke, keinen Einfluss zu haben, war zu deprimierend. Leise seufzend sank sie auf ihr Kopfkissen. Sie starrte zur Zimmerdecke, an der die Schatten der Eichenäste tanzten, die vor dem Fenster im Wind schaukelten, und Tränen stiegen ihr in die Augen. Aus Wut auf sich selbst und aus Verzweiflung. Anstatt aus den Fehlern ihrer Mutter zu lernen, die einen Soziopathen geheiratet hatte, hatte sie ihr nachgeeifert. Überhaupt trat sie seit ihrem neunzehnten Lebensjahr unabsichtlich, dabei aber mit einer obskuren Genauigkeit, in deren Fußstapfen. Es schien ein ewiger Kreislauf daraus zu versagen, betrogen und verletzt zu werden, der sich bei den Frauen ihrer Familie eingeschlichen hatte. Für Mabel musste sie einen Weg finden, ihn zu durchbrechen.

Katy weinte lautlos. Tränen rannen ihre Wangen hinab und tropften auf ihren Kissenbezug. Die Müdigkeit, die sie in ihren Gliedern spürte, brachte ihren Verstand dazu, sich zu ergeben. Eine irrationale Reaktion auf Erschöpfung. Darüber hatte sie vor Jahren eine Vorlesung besucht. Sie nahm einen tiefen Atemzug, wischte sich die Tränen aus dem Gesicht und ging innerlich den Inhalt durch:

Bei Übermüdung schaltet das Gehirn auf Einfachheit um. Logisches Denken wird dann unmöglich. Das Gefühlszentrum übernimmt und lässt Reaktionen unkontrolliert überschießen.

Katys Gedächtnis glich einem Aufnahmegerät. Ihre Dozenten an der Uni hatten das als ein außergewöhnliches Talent erkannt. Schlaf, sagte sie sich und presste leise seufzend die Lider aufeinander. Ich brauche unbedingt Schlaf.

KAPITEL ACHT

Jeff, November 1942

Es war ein kalter, windiger Samstagmorgen. Große Wellen brachen sich am Pier. Mit vereinten Kräften war es Jeff und den Porters dennoch gelungen, die Maria Stuart ins Wasser zu lassen. Nun schaukelte sie unter einem fast klaren Himmel.

»Ich habe gesehen, die McKenzies haben die Fenster ihres Pubs komplett mit Brettern vernagelt.« Hamishs Blick glitt besorgt zum Hafen zurück.

»Ist das jetzt Vorschrift?« Unsicherheit schwang in Jeffs Stimme mit. Zwar blieben auch bei ihnen auf der Farm die Lichter aus, sobald es dunkel wurde, aber bisher hatten sie keine besonderen Vorkehrungen für die Fenster getroffen.

Mr Porter hatte sich seine Tabakpfeife zwischen die Zähne geklemmt. »Es kann nicht dunkel genug sein, wenn die Nacht kommt«, nuschelte er und steckte sich die Pfeife an. Jeff holte das Netz ein und hielt inne. Seit zwei Jahren führte Deutschland eine erbitterte Luftschlacht um Großbritannien. Hitler war schon in viele Länder eingefallen. Nun stand das Königreich ganz oben auf seiner Liste. Industriestädte und Häfen waren bereits bombardiert worden. Vor einem Jahr hatten Bomber große Teile der Stadt Clydebank zerstört. Hunderte Menschen waren dabei ums Leben gekommen. Die schottische Nordostküste war bisher von schweren Angriffen verschont geblieben, doch niemand konnte sagen, wie lange noch. Aus dem Grund galt für alle die Verdunklungspflicht. Sobald es Nacht wurde, durfte kein Licht brennen, das von oben zu sehen war, damit die Bomber ihr Ziel nicht finden konnten. Um in der Finsternis Unfälle zu vermeiden, trugen die Menschen helle Kleidung. Jeffs Vater hatte sogar begonnen, die Kühe mit weißer Farbe zu kennzeichnen, nachdem drei von ihnen, aufgescheucht durch eine britische Spitfire, einen Abhang hinuntergestürzt waren.

»Wo soll das noch hinführen?« Mr Porter sortierte Miesmuscheln aus dem Fischfang und warf die kleinsten zurück ins Meer.

»Wir können nicht ewig die Füße stillhalten. Alle werden sich irgendwann nützlich machen müssen.« Hamish holte das Seil vom Schlepper ein. Sein Vater tauschte einen unschlüssigen Blick mit Jeff und zog an seiner Pfeife. Seit vier Monaten hatten die Porters nichts mehr von Hamishs Bruder Colin gehört. Er galt als vermisst, doch weder er noch sein Vater wollten glauben, dass er gefallen war. Sie weigerten sich, die Hoffnung aufzugeben. Mr Porter verschloss sich vor den Nachrichten über die vielen jungen Männer aus der Stadt, die während der Kämpfe in Frankreich ums Leben gekommen waren. Jeff bewunderte seinen Optimismus. Er war ein sensibler Mann und ein fürsorglicher Vater. Nachdem seine Frau vor zehn Jahren an Tuberkulose gestorben war, hatte er seine kleine Familie zusammengehalten. Die drei waren ein eingespieltes Team. Im Umgang miteinander tolerant, nachsichtig und liebevoll. All das, was Jeff in der Beziehung zu seinem Vater und Bruder vermisste. Schon als Kind hatte er sich bei den Porters gut aufgehoben gefühlt. Sie waren seine zweite Familie.

Der Wind hatte graue Wolken vom Meer hergebracht. Feiner Nieselregen fiel, und die Männer beschlossen, die Arbeit für heute ruhen zu lassen. Im Fischerhaus der Porters wärmten sie sich wenig später bei einer Tasse Tee mit einem Schuss Whisky auf. Eine Kerze brannte zwischen ihnen auf dem Tisch. Die Tage waren kürzer geworden. Manchmal war es, als würde die Sonne überhaupt nicht mehr aufgehen. Die Atmosphäre hatte sich in den letzten Monaten verändert, und Jeff hatte das Gefühl, als stünde etwas Einschneidendes unaufhaltsam bevor.

»Hast du Roslyn eigentlich schon gefragt, ob sie mit dir auf den Wohltätigkeitsball geht?« Mr Porter schaute neugierig zu Jeff auf. Auch Hamish wartete ungeduldig auf seine Antwort.

»Noch nicht.« Jeff nippte an seiner Tasse.

»Worauf wartest du denn noch? Nicht, dass dein Bruder sie dir wieder wegschnappt.« Hamish lachte. Sie war außer Gefahr, was das anging. Roslyn und Jeff trafen sich mittlerweile seit drei Jahren. Mal wanderten sie gemeinsam an der Küste entlang, mal besuchte sie Jeff auf der Farm. Manchmal kam er auch in den Blumenladen, um Zeit mit ihr zu verbringen. Dann, wenn ihre Eltern nicht da waren. Jedes Mal brachte er von dort eine Pflanze mit nach Hause. Roslyn erzählte ihm alles über Blumen und deren Bedeutung. Von ihr wusste er, dass sie ihre ganz eigene Sprache besaßen. So symbolisierten Veilchen Treue, die Rose stand für das Herz. Ihre Faszination für Pflanzen war längst auf ihn übergegangen. Doch in Wahrheit hätte sie ihm alles beibringen können. Ihrer Stimme zu lauschen, zu erleben, wie sie für etwas brannte, machte es ihm leicht zu lernen.

»Was sagt eigentlich Mr Hazard dazu, dass ihr euch trefft?«, hakte Mr Porter nach.

Jeff zuckte die Achseln. »Na ja, ich glaube, er hofft, ich wäre nur eine Phase, die bald vorbeigeht.«

»Ganz schön lange Phase, würde ich meinen.« Hamish goss sich Whisky nach.

»Du solltest versuchen, mit ihm zu reden«, schlug Mr Porter vor. »Bring ihm deine Vorzüge näher.«

»Und die wären?« Jeff betrachtete ihn perplex.

»Na, dass du der Richtige für seine Tochter bist!«, antwortete Hamish.

»Aye.« Sein Vater nickte zustimmend.

Jeff dachte nach. Obwohl Roslyn und er sich nicht an Mr Hazards Verbot hielten, einander nicht zu sehen, hatten beide dennoch Respekt vor ihm und seinen Ansichten. Was auch der Grund war, weshalb er nie zum Abendessen bei der Familie erschienen war, obwohl Mrs Hazard ihn eingeladen hatte. Sie hielten es für besser, ihre Liebe nicht vor Roslyns Vater zu zeigen. In der Hoffnung, er würde einsehen, dass Jeffs Absichten ehrenhaft waren.

»Manchmal muss man solchen Menschen erst beweisen, dass man es wert ist, gesehen zu werden«, sagte Mr Porter nach einer gedankenschweren Pause. Jeff wusste, worauf er hinauswollte. Er hatte sich persönlich bei Marthas Vater für die Beziehung seines Sohnes stark gemacht. Letztlich war dessen Akzeptanz aber dem Umstand zu verdanken, dass Hamishs und Marthas Mutter einst Freundinnen gewesen waren. Es war sozusagen ein Akt des Respekts.

Jeff unterdrückte ein Seufzen. Er selbst hatte leider kein Ass im Ärmel. Keine Beziehungen, mit denen sich verschlossene

Türen öffnen ließen. Seine Familie war den meisten im Ort ein Dorn im Auge. Vor allem sein Vater mit seiner Schwarzmalerei. Eigentlich war es ein Wunder, dass es seinem Bruder dennoch gelungen war, die Menschen auf seine Seite zu bringen. Zweifellos trug seine öffentliche Distanzierung von der Familie dazu bei. Mehr als einmal hatte Jeff erlebt, wie er nur danebengestanden hatte, während die Leute über seinen Vater hergezogen waren. Anstatt seine Familie vor anderen zu verteidigen, hatte sich Peter bemitleiden lassen. Sein Verhalten kränkte seine Mutter. Oft hatte Jeff sie deswegen schon weinen sehen. Für ihn war das unverzeihlich.

Am Mittag trat er seine Schicht bei Mr Parish an. Sofort fiel ihm die Menschenmenge auf, die vor dem Laden Schlange stand.

»Wie gut, dass du da bist!« Mr Parish winkte ihn hinein.

»Was ist denn hier los?«, fragte Jeff, manövrierte sich an den Kunden vorbei und band sich in Windeseile die Schürze um.

»Die Deutschen haben drei unserer Transportschiffe versenkt. Wir müssen rationieren, Jeff. Jeder bekommt das Gleiche, und wir können von nun an nur noch kleine Mengen herausgeben. Hier die Liste mit den Lebensmitteln, die besonders knapp sind.« Mr Parish bediente weiter, und Jeff überflog das zweiseitige Schreiben. Milch, Eier, Fleisch ... Er biss die Zähne aufeinander.

»Hallo, Kyle!«, begrüßte Mr Parish den Sohn der Nachbarin. Nachdem ihr Mann im Krieg gefallen war, hatte sie fünf Kinder allein zu versorgen. Der Elfjährige unterstützte seine Mutter, indem er die Einkäufe tätigte.

»Jeff, hol doch bitte das Paket mit den Lebensmitteln aus dem Lager, das ich für Mrs Lawrence gepackt habe.«

Jeff nickte.

»Und pack noch eine Flasche Milch zusätzlich hinein«, fügte Parish flüsternd hinzu.

Jeff ging zu ihm und senkte seine Stimme. »Aber ... ich dachte, wir sollen rationieren?«

»Prioritäten setzen, Jeff.« Parish klopfte ihm auf die Schulter.

»Aye.« Jeff befolgte die Anweisungen.

»So ein lieber Junge«, sagte Parish, als Kyle mit den Lebensmitteln den Laden verließ.

Jeff schaute ihm nach, bis er zur Tür hinaus und an der Schlange vorbeigegangen war. »Er ist seiner Mutter eine große Hilfe.«

Mr Parish nickte, während er etwas in die Kasse tippte. »Er kommt immer direkt nach der Schule her. Gestern hat er mir erzählt, dass der Lehrer ihnen den Umgang mit den Gasmasken beibringt und wie man Verbände richtig anlegt.«

»Sie lernen das, was momentan wichtig ist. Oder was wichtig werden könnte«, sagte Jeff.

Parish beugte sich zu ihm und sprach in gesenkter Lautstärke. »Die Kinder werden auf den Krieg vorbereitet. Was denkst du, warum?«

Jeff reichte einer Kundin Kartoffeln. Über das Warum hatte er bisher nicht richtig nachgedacht. Erst jetzt wurde ihm klar, dass es wahrscheinlich nicht nur darum ging, vorbereitet zu sein, wenn der Feind erneut aus der Luft angriff, sondern auch darauf, Soldat zu werden. Bei dem Gedanken wurde ihm eiskalt. Sie waren viel zu jung für den Krieg. Doch die Tatsache, dass sie ausgebildet wurden, machte deutlich, in welchen Schwierigkeiten das Land steckte. Der Schrecken über den Luftangriff auf Clydebank war noch nicht verwunden. Die Schotten befanden sich seither in einem Zustand ständiger Angst vor dem Feind auf der anderen Seite der Meerenge.

Am frühen Abend hatten sich Militärs auf dem Marktplatz versammelt, um Freiwillige anzuwerben. Mittlerweile war der Ruf nach einer Beteiligung so laut geworden, dass jene, die ihm nicht folgten, mit Spott und Hohn gestraft wurden. Jeff nahm den Flugzettel an sich, den ihm ein junger Offizier in die Hand drückte.

Für das Vaterland und die ganze Welt, stand dort in großen geschwungenen Buchstaben. Darunter ein Bild von einem furchtlosen Schotten im Kilt in der Aufmachung eines William Wallace.

»Du wirst da auf keinen Fall mitmachen!« Roslyn hatte eine klare Meinung dazu. Sie spazierten nebeneinander die Promenade entlang. Nebel verhüllte den Blick aufs offene Meer. Nur das Rauschen der ufernahen Wellen und das Aufschäumen der Gischt verrieten die weite See.

»Ich will nicht, dass du verletzt wirst!« Roslyn verschränkte ihre Hände mit seinen und schmiegte sich an ihn.

»Ich habe nicht vor zu gehen, Ros«, raunte er mit einem verliebten Lächeln.

»Vielleicht hast du irgendwann keine andere Wahl.« Roslyn zog Jeff zum Strand hinunter, als sich begeisterte Zuhörer der militärischen Vorstellung an ihnen vorbeidrängelten. Sie klang traurig und widerstrebend. »Ich habe Vater im Geschäft mit einem Colonel reden hören, den er von früher kennt.

Möglicherweise werden Männer eingezogen. Es heißt, die Alliierten sind auf dem Vormarsch und brauchen jeden, der eine Waffe halten kann. Sie wollen den Deutschen mit einer Übermacht begegnen.«

»Klingt nach einem guten Plan. Ich meine, das mit der Übermacht.« Gedankenverloren bückte er sich nach einem Stein und schleuderte ihn ins Wasser.

»Schon möglich, aber was, wenn sie in eine Falle laufen? Was, wenn es wie in Dünkirchen sein wird?«

Jeff richtete sich langsam auf und schlug die Augen nieder.

»Wird es nicht«, sagte er, konnte die Zweifel aber nicht aus seiner Stimme verbannen. Die Evakuierung der alliierten Streitkräfte vor zwei Jahren war allen noch als riesige Niederlage im Gedächtnis. Tausende britische und französische Soldaten waren tagelang an den Stränden von Belgien und Frankreich gefangen gewesen. Eingekesselt zwischen der Wehrmacht auf der einen und der kalten Nordsee auf der anderen Seite. Fischer aus dem gesamten Vereinten Königreich waren dem verzweifelten Aufruf des Premierministers gefolgt und ins Kriegsgebiet aufgebrochen, um die Soldaten in die Heimat zu holen. Nicht wenige hatten ihre Hilfsbereitschaft mit dem Leben bezahlt. Der Rückzug der eigenen Truppen lag wie ein Schatten über den Hoffnungen, die Großbritannien und seine Verbündeten auf ein baldiges Kriegsende hegten. Die Angst, erneut zu unterliegen, hatte sich in den Köpfen aller eingenistet.

Nah am Wasser wehte ein eiskalter Wind. Er schob den Nebel weiter östlich und gab eine unverstellte Sicht auf das tosende Meer preis, auf das ihre Blicke gerichtet waren. Jeff legte die Arme um Roslyn und zog sie nah an sich heran, um sie zu wärmen.

»Kaum zu glauben, dass bald schon wieder Weihnachten ist«, sagte sie mit der Wange an seiner Brust. »Findest du nicht auch, dass die Zeit mit einer seltsamen Geschwindigkeit vergeht? In Momenten wie diesem würde ich sie gerne anhalten. Oder ... konservieren, für später aufheben – wie getrocknete Blüten.«

Er lachte. Aber nicht, weil ihre Gedanken ihn amüsierten, sondern weil sie ausgesprochen hatte, was auch ihm schon durch den Kopf gegangen war – nur ohne die Blüten.

»Gehst du mit mir auf den Wohltätigkeitsball?«, fragte er geradeheraus.

Roslyn schaute zu ihm auf und nickte mit einem leichten Lächeln. »Ich will keine Zeit mehr verlieren, Jeff.«

»Das will ich auch nicht«, antwortete er, und ihm war klar, dass es ihr nicht nur um den Ball ging. Er sah sie durchdringend an. »Ros«, flüsterte er in ihr Ohr. »Meine wunderschöne Rose.« Sein Blick verfing sich mit ihrem. In ihren bernsteinfarbenen Augen lag für ihn die ganze Welt. Langsam senkten sich seine Lippen auf ihre. Der nächste kostbare Moment war geboren. Schon während sie sich küssten, wurde aus Gegenwart Vergangenheit. Salz und Algenduft, das Rauschen des Meeres, der Wind, der sie kitzelte, und Roslyns weiche Lippen. All das wurde miteinander verwoben. Verwahrt für ein Menschenleben. Verschmolzen in einer Erinnerung.

KAPITEL NEUN

Katy

S taunend betrachtete Katy das perfekte Ahornblatt aus Milchschaum, das den Moccachino zierte, den ihr Penny serviert hatte. Es war derart akkurat, dass sie sich kaum traute, vom Rand ihrer Tasse zu nippen. Kurz sah sie sich unter den anderen Frauen des Fördervereins um. Sie alle waren wie aus dem Ei gepellt. Schicke Kleider und Haare, die aussahen, als wären sie eben erst beim Friseur gewesen. Unwillkürlich strich Katy sich über ihren Zopf, anschließend fiel ihr Blick auf ihre Bluejeans, dann auf ihre Turnschuhe. Eine Vorwarnung wäre hilfreich gewesen, dachte sie, während ihre Schultern weiter nach vorn fielen. Ein wenig nahm sie es Aiden übel, dass er sie ermutigt hatte, zu Penny zu fahren. Dabei hatte sie doch bereits geahnt, dass sie sich in deren Gesellschaft unwohl fühlen würde. Nun war ihr ganzer Körper angespannt und so steif, als wäre er in Beton gegossen. Katy kam nicht umhin, sich gedanklich auf das Fischerboot zu flüchten, auf dem Aiden mit seinem Onkel den Nachmittag verbrachte. Auch wenn sie ein wenig unter der Seekrankheit litt, wäre sie jetzt lieber bei ihnen anstatt in Penny Pratts elegantem Wohnzimmer. Ohnehin hatte sie mitunter das Gefühl, nicht gut genug zu sein – und das nicht erst seit ihrer Trennung. Unter Menschen wie Penny, denen es scheinbar an nichts fehlte, kam sie sich nur noch kleiner vor. Sie versuchte sich vorzustellen, was Aiden und sein Onkel wohl gerade machten. Wahrscheinlich saßen sie gemütlich nebeneinander auf ihren Klappstühlen, die Angelruten zwischen sich, und schauten aufs weite Meer hinaus. Aiden hatte ihr erzählt, dass es ihm bei den Ausflügen darum ging, seinem Onkel etwas zurückzugeben, denn der hatte ihn schon als Kind mit aufs Wasser genommen. Aiden wollte Zeit mit ihm verbringen – an dem Ort, der ihm wichtig war. Nebenbei hatte das Schaukeln auf den Wellen wohl eine oftmals belebende Wirkung auf Mr Craig. Aiden jedenfalls schwor auf diese unkonventionelle Therapie, wie er sie nannte. Auch Katy glaubte, dass es Mr Craig guttat. Und im Gegensatz zu ihr war er genau dort, wo er sein wollte.

»Wie ist es so, draußen auf der Farm vom alten Craig zu wohnen?« Amanda Watts Frage drängte sich in Katys Bewusstsein. Pennys Freundin hatte ein Bein über das andere geschlagen und sich mit großen Augen zu ihr vorgelehnt. Katy kam sich vor wie die neueste Attraktion in einem Zirkus.

»Nun ja ... Gar nicht so übel«, antwortete sie verzögert.

»Es muss recht einsam dort sein.« Judith Wilcox, die stellvertretende Vorsitzende des Fördervereins, nippte derart vornehm an ihrem Tee, dass Katy das Gefühl hatte, sie befände sich mitten in einem Jane-Austen-Roman.

»Es ist bestimmt auch gefährlich«, sagte Amanda nach einer kurzen Pause. »Schon traurig. Irgendwie. Wenn jemand so endet wie Mr Craig. Ich habe gehört, er erkennt nicht einmal mehr seinen Neffen.«

»Ein Tod auf Raten.« Penny setzte eine theatralische Miene auf.

»Oh, er erkennt ihn noch.« Auf Katys Einspruch wurde nicht reagiert.

»Ich habe großen Respekt vor deinem Beruf. Menschen pflegen, Windeln wechseln, Betten machen und diese ganzen Krankheitskeime überall. Also, ich könnte das nicht.« Amanda nickte in Katys Richtung. »Es ist sehr mutig von dir, dass du diese Stelle angenommen hast. Der alte Mann ist einer anderen Schwester gegenüber handgreiflich geworden. Hat sie regelrecht verprügelt. Das habe ich gehört.«

Ein Raunen ging durch den Raum. Köpfe wurden geschüttelt. Penny sog zischend Luft durch die Vorderzähne und rieb sich schaudernd die Oberarme. Katy kam sich vor wie im falschen Film.

»Also ... Mr Craig ist eigentlich ganz nett. Ich habe bisher keine Probleme mit ihm.« Katy probierte ihren Moccachino und stellte verblüfft fest, wie süß er war. Die drei Frauen schauten sie an. Verwirrung, Skepsis, aber auch Bewunderung standen in ihren Gesichtern.

Amanda wechselte das Thema. »Wann kommt eigentlich Malcolm nach Hause?«

Penny räusperte sich, bevor sie sich zu ihrem Ehemann äußerte. »Na ja, ihr wisst ja, er hat unfassbar viel zu tun. Momentan ist er in New York und verhandelt mit Jeff Bezos.«

Judith hob beeindruckt die Brauen. »Aber zum Schulbasar wird er doch zurück sein, oder?«

Katy schaute über den Rand ihrer Tasse unauffällig zwischen den Freundinnen hin und her. Penny wirkte angespannt, seit das Gespräch auf ihren Ehemann gelenkt worden war. Zwar hatte sie sie nicht danach gefragt, und doch hatte Penny ihr, schon auf der Türschwelle, erzählt, wie erfolgreich die Karriere ihres Malcolm verlaufe und dass sie seit der Schulzeit ein unzertrennliches Paar seien.

»Selbstverständlich kommt er nach Hause.« Penny besah sich ihre fein manikürten Fingernägel. »Malcolm würde sich nie eine Theateraufführung seiner Tochter entgehen lassen. Die Kinder bedeuten ihm alles. Er ist ein so umwerfend toller Vater.« Sie klang, als hätte sie sich diese Antwort lange überlegt. Auf Katy wirkte sie einstudiert. Amanda und Judith senkten verlegen ihre Blicke. Für einige Sekunden blieb es still.

»Wie geht es eigentlich Aiden?« Penny wandte sich übertrieben lächelnd an Katy. »Ich bewundere diesen Mann ja für seine aufopfernde Art.«

Ihre Freundinnen nickten einvernehmlich.

»Ihm geht es gut. Jedenfalls, soweit ich das beurteilen kann«, sagte Katy.

»Ein außergewöhnlicher Mann!« Penny seufzte. »Er ist immer zu allen ausnahmslos freundlich und so ... ohne Berührungsängste.«

»Und dabei hat der Arme schon so viel durchgemacht«, sagte Judith.

»Ach ... ja?« Katy hatte nicht vorwitzig sein wollen, konnte ihre Neugierde in Bezug auf Aiden aber nicht zurückhalten.

»Er war doch mit dieser Kanadierin verheiratet«, erzählte Amanda.

»Beth.« Penny nickte mit Verachtung in ihrem Blick.

»Sie hat ihn eiskalt abserviert. Für einen Rechtsanwalt.«

»Dabei hat Aiden doch so viel mehr zu bieten.« Amanda kicherte hinter vorgehaltener Hand.

»O ja«, hauchte Penny genussvoll.

Das Kichern der Freundinnen ging in ein hexenartiges Lachen über, und Katy sank tiefer in den Sessel. Es klang beinahe so, als hätten sie alle bereits eigene, intime Erfahrungen mit Aiden gemacht. Dabei passte das doch gar nicht zu ihm. Oder ... doch? Bevor Katy weiter darüber nachdenken konnte, wurden sie unterbrochen. Ein lautes Poltern kam aus dem Obergeschoss. Irritiert wandte Katy ihren Blick Richtung Flur. Gleich nach ihrer Ankunft hatten Bethany und Judiths Tochter Prudence Mabel in einen Raum voller Barbies gezogen. Dabei hasste Mabel Puppen und machte, für gewöhnlich, auch kein Geheimnis daraus. Inständig hoffte Katy, dass es zu keinem Streit gekommen war und dass der Lärm nicht von ihr ausging. Angespannt wickelte sie sich die Kette ihrer Taschenuhr um den Finger.

»Gluten- und zuckerfrei.« Unbehelligt vom anhaltenden Krach reichte Penny eine Gebäckplatte herum und pries die flachen ockerfarbenen Kekse darauf an, die sich nun direkt unterhalb von Katys Nase befanden. Mit einem knappen Lächeln nahm sie sich davon. Zaghaft biss sie ab und schmeckte ... nichts.

»Wir richten den Schulbasar aus, der im Mai stattfindet.« Genüsslich knabberte Amber an ihrem Keks. »Alles ist bereits geplant und durchstrukturiert.« Sie zog ein großes schwarzes Notizbuch aus ihrer Tasche und schlug es auf. »Wir brauchen nur noch eine Betreuung für den Kuchenstand.«

Katy schluckte den staubtrockenen Keks herunter, als sie die erwartungsvollen Blicke auf sich spürte. »Na ja, ich weiß nicht ...«

»Du gehörst doch jetzt zum Förderverein-Komitee.« Penny sah sie auffordernd an. »Und jeder trägt seinen Teil bei.«

»Jeder!« Judith war wie Pennys Echo.

»Nun, bis zum Mai ist es ja noch etwas hin«, sagte Katy. Pennys eisige Miene verriet ihr, dass sie die Einzige war, die das so sah. Sofort bereute sie ihren Einwand.

»Alles muss genau geplant sein. So was braucht Zeit. Schließlich geht es hier um unsere Kinder«, sagte Penny.

Judith pflichtete ihr bei. »Wir haben Vorbildfunktion, Katy.«

Katy schluckte erneut schwerfällig. Abgesehen davon, dass sie die lange Vorbereitungszeit für einen Schulbasar übertrieben fand, hatte sie keine Ahnung gehabt, dass sie schon befördert worden war. Plötzlich fühlte sie eine Beklemmung in sich aufsteigen. Einen Widerwillen. Momentan sah sie sich nicht in der Lage für eine solche Aufgabe. Gesellig zu sein fiel ihr schwer. Außerdem hatte sie schon genug Erwartungen zu erfüllen. Doch für einen Rückzieher war es zu spät. Penny hatte sie wie einen Fisch in ihr Netz getrieben, und jetzt kam sie da nicht mehr raus.

»O-kay«, antwortete sie in einem Ausatmen.

»Wunderbar!« Penny riss Amanda das Buch aus der Hand und entfaltete eine Art Stadtplan. Erst bei näherer Betrachtung fiel Katy auf, dass es sich dabei um eine Liste mit Vorschriften handelte.

»Es ist eigentlich ganz einfach«, sagte Penny. »Du musst dafür sorgen, dass sich möglichst viele Eltern für eine Kuchenspende melden.«

»Aber ich kenne noch niemanden«, meinte Katy.

»Kein Problem. Ich habe die Namen und Telefonnummern der Eltern notiert.« Sie drückte ihr ein Blatt Papier in die Hand. Perplex blickte Katy auf die Liste und runzelte die Stirn.

»Ich könnte auch was backen. Mabel liebt meine Muffins mit Schokoladensplittern.«

Die Mienen der Frauen erstarrten.

»Kuchen, Katy«, erinnerte Penny sie mit einem verkniffenen Gesichtsausdruck.

»Aber Muffins ...«

»Sind Törtchen«, antwortete sie, als läge das auf der Hand.

Katy öffnete ihren Mund, um zu widersprechen, schluckte dann jedoch ihren Einspruch hinunter. Sie war keine perfekte Hausfrau, keine leidenschaftliche Köchin. Trotzdem glaubte sie, die Definition von Kuchen zu kennen, und dass Muffins diesen zuzuordnen waren. Aber ... was soll's, dachte sie. Sie würde nicht damit anfangen, Penny und ihre Freundinnen zu belehren.

»Damit es nicht zu Missverständnissen kommt.« Penny reichte ihr einen weiteren Zettel und legte ihn über das, was Katy in Händen hielt. »Hier noch die Zutaten, die nicht erlaubt sind.«

Katy las lautlos: Zucker, Gluten, Zimt, Schokolade, weißes Mehl, Milch, Eier, Nüsse ... Verdutzt hielt sie inne und sah in Pennys maskenhaftes Gesicht. Auf Anhieb fiel ihr nichts ein, das nicht auf der Liste stand, mit dem man einen halbwegs genießbaren Kuchen backen könnte. Zum Glück gibt es Google, dachte sie und lächelte bemüht. Sie wollte dazugehören, nicht um ihretwillen, aber um Mabels. Katy erhoffte sich Freundinnen für sie. Verbündete. Von den Müttern des Fördervereins war sie die Einzige, die arbeiten ging. Sie besaß weder teure Kleider, noch fuhr sie ein schickes Auto. Und sie hatte auch keinen Mann, der sich um sie kümmerte. Im Gegensatz zu diesen Frauen trug sie alle Verantwortung allein. Jetzt musste sie auch noch einen Kuchenstand auf die Beine stellen, und der alleinige Gedanke daran, ließ sie müde aufseufzen. Trotzdem, sie wollte es angehen, für Mabel.

Wieder hörten sie Gepolter von oben. Diesmal noch lauter als zuvor.

Katy hielt es nicht aus und stand auf. »Ich sehe mal nach Mabel.«

Penny holte sie auf dem Flur vor der Treppe ein.

»Sicher spielen die Mädchen noch. Sie werden traurig sein, wenn wir sie jetzt stören.«

»Ja, wahrscheinlich hast du recht. Wie schade. Aber Aiden wird mit seinem Onkel bald zurück sein, und Mr Craig braucht seine Medikamente.«

»Natürlich«, zischte Penny und stakste in ihren cremefarbenen Pumps vor Katy die Treppe hinauf.

In dem Moment, als sie oben ankamen, stürzte Mabel aus einer Tür. Sie wirkte vollkommen aufgelöst und rannte einfach an ihnen vorbei, die Treppe hinunter und aus dem Haus.

»Was ist passiert? Mabel?«, rief Katy.

»Danke für die Einladung.« Fahrig wandte sie sich an Penny, die irritiert wirkte. »Ich muss dann jetzt ... Ich gehe mal Mabel hinterher.« Katy eilte zur Tür hinaus.

Mittlerweile war es draußen dunkel. Ohne ein Wort setzte sich Mabel ins Auto und starrte verbissen geradeaus.

»War wohl nicht so toll, was? Habt ihr ... habt ihr euch gestritten?« Katy fühlte, dass es eine dumme Idee gewesen war herzukommen.

Mabel schnaubte. »Können wir einfach nach Hause fahren?«

»Ja. Gut.« Katy strich tröstend über Mabels Hand, drehte sich dem Lenkrad zu und startete den Wagen. Auf dem Weg zurück zur Farm ging Katy durch den Kopf, wie schwer es für Mabel gewesen sein musste. Allein Bethanys Kinderzimmer war wahrscheinlich fast so groß wie die Wohnung ihrer Großmutter, in der sie die letzten Wochen vor ihrer Abreise nach Aberdeen verbracht hatten. Bestimmt besaß Bethany teure Spielsachen.

Die Erinnerung an einen Nachmittag im Dezember drängte sich Katy auf. Das erste Weihnachtsfest nach der Trennung hatte kurz bevorgestanden. Katy war mit Mabel in die Londoner Innenstadt gefahren, wo sie in der Regent Street einen Termin bei ihrer Bank gehabt hatte. Im Schaufenster von Hamley war eine Stofftierlandschaft aufgebaut. Zwischen Bären, Schäfchen und Katzen gab es eine mit Geschenken beladene Lokomotive. Mabel wollte das Schaufenster ausgiebig bewundern, so wie sie es all die Jahre zuvor gemeinsam getan hatten. Katy zog sie einfach am Arm weiter – weil sie es eilig hatte und weil ihre Nerven blank lagen. In dem Moment war es ihr nicht bewusst gewesen, doch sie hatte mit einem Ritual gebrochen, das Mabel wichtig gewesen war. Dass ihr Sicherheit und Geborgenheit gegeben hatte. In den darauffolgenden Monaten war das noch so manches Mal passiert. Mittlerweile fragte sich Katy, ob es jene Unachtsamkeiten gewesen waren, die Mabel dazu gebracht hatten, sich ihr gegenüber zu verschließen.

KAPITEL ZEHN

Aberdeen, 1942

Die Tür des Bürgerhauses war mit einer Papiergirlande geschmückt. In der Mitte des Saals, in dem der Wohltätigkeitsball stattfand, stand ein großer Weihnachtsbaum. Seine Äste bogen sich unter der Last bunter Holzfiguren, Äpfeln und Nüssen. Christsterne leuchteten in sattem Rot und Weiß auf der reich gedeckten Tafel, die sich auf der rechten Seite des Raumes befand.

»Sieh nur, die goldenen Sterne an der Bühne dort, die sind von mir«, sagte Roslyn, nachdem sie sich umgesehen hatten. Sofort erkannte Jeff ihre Bastelkunst wieder, mit der sie auch den Laden ihrer Eltern verschönerte. Wie ein Goldregen hingen die Papiersterne von der Decke oberhalb der erhöhten Fläche, auf der die Musiker ihre Plätze einnahmen.

»Du musst mir gut zureden.« Roslyn hakte sich bei ihm unter. »Der Vikar hat mich gebeten, etwas zu singen. Mein Vater hat ihm erzählt, dass ich in Portree jedes Jahr zu Weihnachten ein Solo im Kirchenchor gehabt habe.«

»Du wirst umwerfend sein.«

Sie lachte leise. »Du weißt doch gar nicht, ob ich es wirklich kann. Ich meine, dass ich im Chor war, bedeu ...«

»Ich weiß, du kannst es«, sagte er. »Du wirst alle verzaubern.«

Sie blickten einander in die Augen. Jeffs Herz hämmerte

haltlos in seiner Brust. Roslyn sah umwerfend aus in ihrem dunkelroten Samtkleid und der dazu passenden Schleife im offenen Haar. Ihr lag die ganze Welt zu Füßen. Wohin sie auch ging, alle Männer drehten sich nach ihr um. Doch sie hatte ihn gewählt. Eine Tatsache, die Jeff jedes Mal den Atem verschlug, wenn er sich daran erinnerte. Er konnte immer noch nicht fassen, dass sie wirklich zu ihm gehörte.

»Stoßen wir an?« Hamish verteilte Punschgläser an Jeff und Roslyn.

Martha hatte sich an ihn geschmiegt. »Auf eine unvergessliche Nacht!«, sagte sie, und die Freunde hoben die Gläser. Der Punsch hatte die Farbe von Orangen. Er schmeckte erst süßlich, brannte aber im Abgang in der Kehle. Roslyn keuchte und verzog das Gesicht.

»Gut, oder?« Hamish grinste breit. »Hab ich gemacht.«

Jeff klopfte Roslyn auf den Rücken, und ein Lachen löste ihren Hustenanfall ab.

»Ich hol dir erst mal was zu essen, sonst haut dich Hamishs Spezialgetränk um.« Jeff ging zum Büfett. Bei einem Barbecue bei den Porters hatte Roslyn bereits bewiesen, dass sie nicht viel vertrug. Jeff hielt mit dem Teller in der Hand inne, als Bürgermeister O'Brian die Bühne betrat. Neben seinem Podium entfaltete seine Frau die schottische Flagge. Ein Raunen ging durch den Saal. Jeff sah die Ergriffenheit in den Gesichtern der Menschen. Schlagartig hatte die Bürgermeistergattin die Stimmung auf der Wohltätigkeitsfeier auf eine patriotische Ebene gehoben. Alle lauschten gespannt O'Brians energischer Eröffnungsrede.

»Zuversicht und Hilfsbereitschaft sind die Grundpfeiler unseres Landes. Jeder von uns hat seinen Beitrag in diesen schweren Zeiten zu leisten. Die Tapferkeit unserer Soldaten wird uns zum Sieg führen ...« Applaus brandete auf, als er eine kurze Pause einlegte, in der er sich mit einem Taschentuch die schweißnasse Stirn abtupfte. »Ich will betonen, jeder Freiwillige ist ein Held«, sagte er weiter. »Und es ist eine Ehre, für das Vaterland ins Gefecht zu ziehen, für die Sache und gegen die deutsche Unterdrückung.«

Jeffs Blick erfasste die beiden Männer in Uniform, die sich neben der Bühne positioniert hatten, und ein Schauer lief ihm über den Rücken. Denn nun war klar, O'Brian hatte im Interesse des Militärs gesprochen. Und das erfolgreich. Nicht wenige der Anwesenden fühlten sich offenbar inspiriert. Sie ließen sich zu den Tischen führen, die während O'Brians Rede zur Einschreibung ins Militär umfunktioniert worden waren, und setzten ihren Namen unter das Dokument. Die anderen Gäste belohnten sie mit Beifall.

»Was ist mit euch?« Sean Branson, der Sohn des Metzgers, trat an Jeff und Hamish heran. »Hitler ist am Ende. Jetzt geht es nur noch darum, ruhmreich über die Ziellinie zu kommen.«

Hamish verschränkte die Arme vor der Brust. »Und woher genau weißt du das mit Hitler? Hast du ihn gefragt?«

Sean funkelte ihn an, entriss einem seiner Kumpel das Pint mit Ale und trank es in einem Zug aus.

»Feiglinge«, zischte Brad in Jeffs und Hamishs Richtung, nachdem auch er sich eingetragen hatte.

Seit O'Brians unmissverständlicher Rede waren die Gespräche im Saal verstummt. Die meisten wussten, dass Hamishs Bruder als vermisst galt. Mr Porter hielt das Gesicht gesenkt. Die Mienen der Umstehenden waren verschreckt, mitfühlend, aber auch fordernd.

Hamish und Jeff starrten sich kurz an. Vor Wochen hatte Hamish Jeff anvertraut, dass er am liebsten auf eigene Faust nach Colin suchen wollte. Er spielte schon lange mit dem Gedanken, sich für die Armee zu melden, zögerte jedoch aus Rücksicht auf seinen Vater. Jeff hatte ihm klargemacht, was es für diesen bedeuten würde, unter Umständen beide Söhne zu verlieren. Er hatte geglaubt, Hamish letztendlich überzeugt zu haben, aber nun stand in dessen Augen eine wilde Entschlossenheit.

»Tu's nicht«, sagte Jeff leise. Er schüttelte leicht den Kopf, während er Hamishs Blick immer noch standhielt.

»Hab ich was verpasst?« Martha kehrte von der Toilette zurück und trat an Hamish heran. »Du wirkst so ernst. Was ist denn?«

Hamish löste sich von Jeff, wandte sich ihr zu und lächelte. »Nichts Wichtiges.« Er schlang den Arm um ihre Taille, und sie lehnte sich an ihn.

Die Musik setzte ein, und Mrs Kelly, die Vorsitzende des Wohlfahrtvereins, eröffnete die Tanzfläche. Am Getränkestand nahm Jeff zwei Bier von Mr Parish entgegen, der sich mit Mrs Schumer freiwillig für die Bar gemeldet hatte.

»Sie ist reizend, Jeff.« Parish deutete zu Roslyn hinüber, die sich auf der anderen Seite des Saals mit Connie unterhielt. Jeff lächelte stolz.

»Eine Ansteckblume für deine Herzensdame?«, schlug Mrs Schumer vor. Unschlüssig wandte er sich dem Verkaufstisch mit den zahlreichen Blumen zu, der sich unmittelbar neben den Getränken befand. Die duftenden Sträuße hatten die Hazards zur Verfügung gestellt. »Der Erlös geht an die Kriegswitwen und Waisen«, erklärte sie.

»Natürlich!« Er zückte seinen Geldbeutel und gab ihr fünf Pfund, noch bevor er eine Auswahl getroffen hatte.

»Das reicht für drei«, sagte sie.

»Ich brauch nur einen. Der Rest ist für die Witwen und Waisen.« Er steckte sein Portemonnaie wieder ein. Ein Gebinde mit weißen Rosen erweckte sein Interesse.

»Gute Wahl.« Mrs Schumer nickte verheißungsvoll.

Jeff steckte sich die Blumen in seine Jackett-Tasche, bahnte sich seinen Weg durch die Walzer tanzenden Paare und stockte, als er Peter bei Roslyn stehen sah. Eifersucht stieg in ihm auf, doch nur kurz. Im Vorbeigehen drückte er Hamish das Bier in die Hand, dann ging er erhobenen Hauptes auf Peter zu.

»Jeff!« Peter schwenkte sein Whiskyglas in der Hand. »Wir haben gerade von dir gesprochen.«

»Ach wirklich?«

»Ich habe Roslyn erzählt, was für eine große Hilfe du für Vater bist.« Peters Blick glitt zu seinen Eltern, die Ale an einem der runden Tische neben der Tanzfläche tranken.

»Du bist einfach der geborene Farmer, Bruder.« Peter schlug Jeff mit der flachen Hand so fest auf den Rücken, dass dieser ins Wanken geriet.

»Ich habe nichts gegen Farmer«, antwortete Roslyn. »Aber bei Jeff bin ich mir nicht sicher, was er einmal werden wird. Er hat so viele Talente.« Sie entlockte Jeff ein sanftmütiges Lächeln. »Sind die Blumen für mich?« Roslyn zeigte auf das Bouquet, das er nun nervös zwischen seinen Fingern drehte. Er nickte, und sie reichte ihm ihren Arm. Jeff befestigte die Ansteckblume mittels des weißen Bandes, das sich daran befand, an ihrem Handgelenk.

»Wie kitschig.« Peter nahm einen hastigen Schluck Whisky.

Roslyn ignorierte seinen Kommentar. »Du solltest auch eine kaufen. Es ist schließlich für den guten Zweck. Ein kleiner Beitrag, der viel bewirken kann.«

»Ja, ähm ... später.« Gelangweilt trank er sein Glas leer und beugte sich zu ihr vor. »Was meinst du, sollen wir meinem kleinen Bruder mal zeigen, wie man tanzt?«

Jeff konnte nicht fassen, dass er sie aufforderte.

»Ich tanze nicht. Aber vielleicht fragst du sie.« Mit dem Kinn deutete Roslyn zu Connie, die sie von der anderen Seite des Raums aus beobachtete. Peters Mund klappte auf. Er nickte knapp, duckte sich in die Menge und zog sich zurück.

Jeff hob überrascht die Brauen.

Roslyn klärte ihn auf. »Die beiden hatten was miteinander.«

»Ach, was!« Er blinzelte erstaunt, denn er hatte einst von seinem Bruder selbst gehört, dass sich dieser niemals mit jemandem wie Connie einlassen würde. Sie war die Tochter des Milchmanns, hatte rotes Haar und ein Gesicht voller Sommersprossen. Peters Beuteschema sah anders aus. Diese Neuigkeit musste Jeff erst einmal sacken lassen.

»Du meinst ... sie hatten?«, fragte er anschließend leise. »Also ist es bereits wieder vorbei?« Es wunderte ihn nicht, dass Roslyn besser darüber informiert war, mit wem sich sein Bruder traf. Seit Peter dem Farmhaus den Rücken gekehrt hatte, hatten sie kaum miteinander gesprochen. Vor drei Wochen war er in ein großes Backsteingebäude in der noblen Castle Street gezogen, das er bei einer Zwangsversteigerung erworben hatte. Damit hatte sich Peter endgültig von seiner Familie losgemacht.

Der Saal füllte sich weiter, und die ausgelassenen Gespräche der Gäste fügten sich in die Klänge der Folkloremusik. Am Rand der durch den Besucherandrang geschrumpften Tanzfläche standen die Hazards. Während Roslyns Vater Jeff und sie nicht aus den Augen ließ, wirkte Mrs Hazard deutlich entspannter. Angeregt unterhielt sie sich mit der Frau des Pastors. Jeff versuchte, sich nicht verunsichern zu lassen. Mit einer galanten Verbeugung reichte er Roslyn die Hand.

»Darf ich bitten?«

»Du weißt, dass ihm das nicht gefallen wird«, sagte sie, als sie sich von ihm auf die Tanzfläche führen ließ. »Daddys Gesicht ist schon ganz rot.«

»Oje, er steht wohl kurz davor, innerlich zu platzen«, entgegnete Jeff mit vorgetäuschter Sorge. Beide konnten sich ein Grinsen nicht verkneifen. Fast gleichzeitig verschwand die Unbesonnenheit jedoch aus ihren Mienen. Jeff war fest entschlossen, sich ihrem Vater zu beweisen. Es war sein Wunsch, dass er ihnen seinen Segen für ihre Hochzeit gab.

Sie bewegten sich zu fröhlichen Volksliedern, dann zur sanften Melodie von *Auld Lang Syne*. Bevor der Abend zu Ende ging, war Roslyns Solo an der Reihe. O'Brian kündigte sie an, und Jeff sprach ihr noch einmal Mut zu.

»Du schaffst das«, sagte er mit erhobenem Daumen.

Der Gitarrist stellte das Mikrophon auf ihre Höhe ein. Roslyn räusperte sich nervös. Sie stand unter den goldenen Papiersternen, die sie gebastelt hatte, und sah Jeff durch die Menge hindurch an, als wäre niemand sonst anwesend. In Begleitung des Flötisten sang sie daraufhin ein beliebtes schottisches Lied. Dass sie ausgerechnet *Eala Bhàn* ausgesucht hatte, trieb vielen Anwesenden die Tränen in die Augen.

Ein schottischer Poet hatte es für seine Geliebte Maggie während seiner Zeit an der Somme komponiert. Der Text war traurig, aber auch hoffnungsvoll. Roslyn sang mit so viel Gefühl, dass Jeff vollkommen ergriffen war. Und als er sich umschaute, bemerkte er, dass es nicht nur ihm so ging. Roslyn brachte den ganzen Saal dazu, andächtig zu lauschen, innezuhalten.

KAPITEL ELF

Katy

Aiden blieb zum Abendessen. Er und sein Onkel hatten, wie jeden zweiten Samstag im Monat, den Nachmittag auf dem Fischerboot seines Freundes verbracht. Eine Tradition, die Mr Craig jedes Mal zu sich selbst zurückführte, denn mit der Fischerei verband er viele Erinnerungen. Sie waren fest in ihm verankert und dienten ihm als Rettungsseil, das ihn für kurze Zeit ein Stück aus der Leere zurückholte, die ihn zunehmend verschlang.

»So groß!« Mr Craig hielt seine Hände im Abstand von einer halben Armlänge vor sich. »Ich habe ewig keinen Lachs wie diesen gesehen.«

»Was für ein Fang, Onkel!« Aiden hatte den Fisch ausgenommen und im Ofen zubereitet. Er war eher mittelgroß gewesen und nicht besonders schwer. Mabel hatte sich vor ihm geekelt. Sie hatte ihn nicht angerührt, als er mariniert und in Alufolie verpackt aus dem Ofen gekommen war, und sich stattdessen mit einem Käsesandwich begnügt. Katy hingegen hatte sich auf den Fang eingelassen, obwohl sie in London nur selten Fisch gegessen hatte. Auf der Craig-Farm kam er regelmäßig auf den Tisch.

Aiden und sein Onkel erzählten noch eine Weile von ihrem Nachmittag. Von den hohen Wellen, die sich am Pier gebrochen hatten, und von dem Delfin, der sich in einem verloren gegangenen Fischernetz verheddert hatte und in letzter Sekunde befreit werden konnte. Ein dunkles Kapitel der Fischerei, dem sie Einhalt gebieten wollten. Katy erfuhr, dass es Aiden und Mr Craig an ihrem speziellen Tag auch darum ging, sogenannte Geisternetze zu bergen, die für Tiere zur Todesfalle werden konnten.

»Musst du morgen wieder früh rausfahren?«, fragte Mr Craig seinen Neffen.

»Nein. Morgen ist Sonntag, Onkel.« Aiden schenkte sich heißen Tee nach.

Mr Craig nickte. »Das ist gut. Kümmere dich um deine Frau.« Er sah zu Katy, dann zu Mabel, die ihr angebissenes Sandwich auf dem Teller ablegte. »Wir hatten ja darüber gesprochen«, sagte er weiter. »Es ist wichtig, sich zu kümmern. Die Familie geht über alles. Immer. Arbeit hin oder her.«

Aiden schaute Katy ernst an. Sie unterdrückte ein Seufzen. Auch Mabel suchte den Blick ihrer Mutter. Fragend und irritiert.

Es war wieder so weit. Mr Craig entschwand. Katy wusste, für Angehörige wie Aiden waren die wenigen klaren Momente ein Geschenk, das ihnen entrissen wurde, jedes Mal, wenn das Vergessen wieder einsetzte. Alles, was ihnen blieb, war die Hoffnung darauf, dass es nicht das letzte Mal gewesen war. Aiden schluckte sichtbar, bevor er den Blick seines Onkels suchte, der mit einem Mal fahrig wirkte.

»Das ist nicht Beth, Onkel. Das ist Katy. Erinnerst du dich an sie?«

Mr Craigs Augen wurden schmal. Er sah auf seinen Teller, als wäre er gerade erst an den Tisch gestolpert, dann schaute er Katy und Mabel an und zuckte leicht zurück.

»Es ist okay, Onkel. Es ist alles gut.« Aiden legte eine Hand beruhigend über seine.

»Darf ich auf mein Zimmer gehen? Ich glaube, Caramel braucht mich«, fragte Mabel.

Katy nickte. »Geh nur. Ich komme gleich zu dir.«

Mabel schob ihren Stuhl zurück. Gedankenversunken sah Katy ihr nach, wie sie zur Tür hinaus verschwand. Das Verhalten eines Demenzkranken konnte seltsam auf andere wirken, es konnte verwirrend sein, sogar Angst machen. Katy hatte sich immer die Zeit genommen, ihrer Tochter zu erklären, warum Menschen krank wurden und wodurch. Mabel war klug und interessiert. Und wenn sie leicht das Kinn vorreckte und ihre Augen groß und strahlend wurden, wusste Katy, dass sie das neue Wissen wie ein Schwamm aufsog. Bisher hatte Katy nie den Eindruck gehabt, Mabel zu überfordern. Hatte sie sich womöglich geirrt?

»Geh ruhig zu ihr«, sagte Aiden, der Katys Zwiespalt zu spüren schien. »Ich bin ja noch da.« Er reichte seinem Onkel ein Glas Wasser.

Katy ging hoch. Mabel saß auf ihrem Bett und streichelte Caramels Rücken. Katy ließ ihren Blick schweifen. Vor drei Wochen hatte das Umzugsunternehmen ihre letzten Habseligkeiten gebracht, aber Mabels Spielzeugkisten standen immer noch unberührt im Raum.

»Geht es ihm gut?« Katy nahm neben Mabel Platz.

Mabel kraulte Caramel am Hals, und der Kater ergab sich schnurrend seinem Schicksal. »Er braucht Zeit.«

Katy schluckte schwerfällig. Diesen Satz hatte sie in den vergangenen Monaten oft zu Mabel gesagt.

»Und ... wie geht es dir?«

Mabel zuckte die Schultern. »Ich bin okay«, antwortete sie leise und ohne von dem schnurrenden Kater aufzusehen.

»Du weißt, dass ich immer für dich da bin, oder?«

Mabel nickte. Fürsorglich platzierte sie Mausespeck neben ihrem Kopfkissen und deckte ihn zu. »Ich weiß das von Dad und dieser anderen Frau«, sagte sie beiläufig.

Katy hob verwirrt die Brauen.

»Ich habe ihn angerufen, kurz nachdem wir hergekommen sind.«

»Du ... hast ihn angerufen?«

Mabel schaute zu ihr auf und nickte erneut. »Jennifer ist rangegangen«, fuhr sie in einem abfälligen Ton fort, ehe Katy etwas sagen konnte. Dass Mabel sich an die Assistenzärztin erinnern konnte, wunderte sie. Sie hatte sie nur einmal gesehen. Das war, als sie Fred ein Lunchpaket ins Krankenhaus gebracht hatten.

»Dad ist ein Idiot«, sagte Mabel entschlossen. Zuerst blieb sie ernst, dann lächelte sie aber, und Katy wusste, dass es ein Fehler gewesen war, Mabel die Wahrheit vorzuenthalten. Sie gab ihrer Mutter nicht die Schuld für die Trennung. Das hatte sie nie getan. Bei dieser Erkenntnis füllten sich Katys Augen mit Tränen.

»Ach, mein Schatz.« Sie drückte sie fest an sich, küsste ihre Stirn.

»Eigentlich ... ist es gar nicht so schlimm hier«, sagte Mabel.

Katy lächelte erleichtert.

»Aber wir müssen es unbedingt gemütlicher machen.«

Katy nickte. »Okay. An was hast du gedacht?«

Mabel hielt sich grübelnd das Kinn, bevor sie antwortete:

»Das Haus muss hübscher aussehen. Hier drinnen und draußen. Wir brauchen Blumen – so wie bei Maggie.«

»Du hast recht. Ich werde mit Aiden darüber sprechen.« Mabel lächelte zufrieden.

»Ich hab dich sehr lieb«, sagte Katy und strich ihr sanft über die Wange.

»Ich dich auch, Mum.« Mabel legte sich aufs Bett, schlug ein Bein übers andere und blätterte durch ein dickes Buch – eine Enzyklopädie der Garten- und Zimmerpflanzen, die ihr Maggie gegeben hatte.

Als Katy wenig später wieder hinunterging, war Aiden gerade dabei, seinen Onkel ins Bett zu bringen.

»So, da wären wir.« Aiden zog ihn Richtung Kopfteil. Obwohl es zu Katys Aufgaben gehörte, war sie froh, dass er ihr das Zubettbringen heute abnahm. Mr Craig war mit seinen ein Meter fünfundachtzig um einiges größer und schwerer als sie selbst. Trotz ihrer erlernten Techniken kostete es sie an einigen Tagen viel Kraft, ihn zu heben. Zwar half er meist mit, so gut er konnte, doch manchmal überwog schon am späten Nachmittag die Müdigkeit bei ihm. An diesem Abend taten seine Medikamente den Rest. Mr Craig hatte bereits die Augen geschlossen. Katy stand mit Aiden noch im Türrahmen.

»Es muss wundervoll sein, nichts als das Meer um sich herum zu haben – wenn es einem so viel bedeutet wie euch beiden«, sagte sie leise.

»Das ist es. Vielleicht ... willst du uns das nächste Mal begleiten?«

Katy schaute mit großen Augen zu ihm auf. »Oh, besser nicht. Ich glaube, ich werde zu leicht seekrank.«

»Es ist meist nicht halb so schlimm, wie man es sich vorstellt. Ich kenne eine Stelle, an der man Delfine beobachten kann. Sie ist etwas weiter draußen, hinter dem Wellengang. Dort ist das Meer ruhiger.« Er schaute sie erwartungsvoll an.

»Ich weiß nicht so recht ...«

»Überleg es dir. Ich könnte mir vorstellen, dass es dir gefällt. Und Mabel ganz sicher. Es ist wirklich ein Abenteuer wert.« Sein weicher Blick ruhte auf ihr, und Katy wurde ganz heiß.

»Ich ... freue mich auf jeden Fall, dass ihr heute einen schönen Tag hattet. Du und dein Onkel«, sagte sie schnell, um von ihren glühenden Wangen abzulenken.

»Ja ...« Aidens Lippen verzogen sich zu einem wehmütigen Lächeln. »Am Nachmittag war er wieder ganz der Alte. Von jetzt auf gleich.« Er schaute ihn gedankenverloren an. »Ich hatte fast vergessen, wie das ist. Die meiste Zeit kommt es mir vor, als hätten wir einfach die Seiten getauscht. Als wäre er das Kind und ich der Erwachsene. Das klingt verrückt, oder?«

Katy schüttelte den Kopf. »Nein. Für mich klingt das überhaupt nicht verrückt.« Sie musste lächeln, weil sie Aiden in dem Moment mehr denn je verstand. Genauso war es mit ihrem Großvater gewesen.

Aidens Blick ruhte auf ihr. Überrascht und dankbar zugleich. »Manchmal weiß ich nicht, ob ich alles richtig mache – mit ihm, meine ich.« Er deutete mit dem Kinn auf seinen schlafenden Onkel.

»Du machst das sehr gut!«, antwortete Katy. »Er spürt deine Zuwendung in jedem Moment.«

Aiden seufzte, presste die Lippen aufeinander und nickte dankbar. »Dass er dich andauernd verwechselt ... das ist ...«

»Doch völlig normal. Er sieht dich und mich und sein Verstand sagt ihm, dass wir nur das Paar sein können, das er gekannt hat. Und Mabel, na ja, ihre Rolle scheint dann wohl ebenfalls klar zu sein.«

Aiden starrte vor sich hin. »Ich wünschte, er hätte noch erlebt, dass ich glücklich werde. Ich befürchte, ich habe ihm viel Kummer gemacht. Meine Ehe war ein Desaster. Ich weiß, das gehört nicht hierher. Ich ... hatte auch nicht vor, mit dir darüber zu reden, aber wenn er immer wieder damit anfängt, ist es vielleicht besser, du weißt Bescheid.« Er stützte eine Hand hinter sich auf. »Wir haben eine Weile hier gewohnt. Beth und ich. Da waren wir noch sehr jung. Wir wollten zusammenziehen, konnten uns aber keine eigene Wohnung leisten. Onkel Jeff hat uns die obere Etage seines Hauses angeboten. Wir waren knapp zwei Jahre hier. Danach ist er krank geworden. Ich schätze, er hat die große Veränderung einfach nicht mehr mitbekommen.«

»Du meinst ... die Scheidung?«

»Ja. Und das, was dazu geführt hat«, antwortete er bekümmert.

»Du klärst ihn nicht mehr auf?«

Er zuckte die Schultern. »Hab's aufgegeben. Er ... kommt zurecht. In dieser, seiner Version ist die Welt noch in Ordnung.«

»Und in der hier nicht?«, fragte Katy zögernd. Sie wollte verstehen, was geschehen war, aber nicht zu forsch wirken.

Aiden atmete hörbar aus. Plötzlich kam Katy der Gedanke, dass es einen weiteren Grund gab, weshalb er sich um seinen Onkel kümmerte. Auf ihre eigene Art und Weise kamen sie ihr beide unendlich einsam vor.

»Manchmal denke ich, es ist gar nicht so schlecht, in einer Zeit festzuhängen«, antwortete er nach einer Pause.

Katy nickte grübelnd. »Wenn es eine gute Zeit ist. Eine glückliche. Ansonsten hätte ich nichts gegen das Vergessen.«

»Schätze, man kann sich manchmal nicht aussuchen, woran man sich erinnert.« Er lächelte halb, als würde er an jene Momente zurückdenken, die für ihn nicht einfach gewesen waren, in denen sein Onkel jedoch oft festhing. Katy traute sich nicht, ihn zu fragen, was genau zwischen ihm und seiner Ex-Frau gewesen war, aber sie hatte den Eindruck, dass er sie vermisste. Oder war es das, was sie einst verbunden hatte? Immerhin hatten sie sich einmal geliebt. Unwillkürlich biss sich Katy auf die Lippe, als dieser Gedanke in ihr nachhallte. Auch ihre Ehe war nicht nur schlecht gewesen, und an manchen Tagen überwogen tatsächlich die positiven Erinnerungen. Der romantische Heiratsantrag unter Spaniens untergehender Sonne. Die Pläne, die sie zusammen gemacht hatten. Die Gefühle füreinander, von denen sie überzeugt gewesen war, sie würden alle Zeiten überdauern.

Katy musterte Aiden, dessen Gesicht im Halbschatten der Nachtlampe lag. Und sie überkam der Wunsch, ihm zu helfen, seinen inneren Kampf leichter werden zu lassen. Doch dazu kannten sie sich nicht gut genug. Warum er und seine Frau auseinandergegangen waren, ging sie nichts an, und sie hielt nichts davon, sich in private Angelegenheiten einzumischen. Penny und ihre Freundinnen hatten Andeutungen gemacht. Katy wusste aber, dass die Wahrheit häufig hinter Hinzudichtungen verborgen blieb, weil diese der Wirklichkeit Spannung und Dramatik verliehen. Es gab genug Menschen, die einzig darauf aus waren, ihre eigenen Fehltritte und Misserfolge hinter den Leben anderer zu verschleiern. Diese Leute waren zu allem fähig. Ihr Ex-Mann war so jemand. Anstatt zu seinem Fremdgehen zu stehen, hatte er es sich zur Aufgabe gemacht, Verwandten und Freunden einzutrichtern, dass sie ihm gar keine Wahl gelassen hätte. Plötzlich waren Dinge wie ihre mangelnden Bügelfertigkeiten ausschlaggebend für die Trennung gewesen und die Tatsache, dass sie eben keinen Universitätsabschluss hatte. Katy machte es sich zum Vorwurf, nicht aufmerksamer gewesen zu sein. Die Zeichen waren da gewesen. Sie hatte gemerkt, dass er sein Handy vor ihr versteckt hatte und immer häufiger über Nacht in der Klinik blieb. Ihr war sein verändertes Verhalten aufgefallen, seine Ungeduld und Ruppigkeit gegenüber Mabel. Doch Katy hatte diese Dinge bis zuletzt nicht wahrhaben wollen.

»Wir haben noch mehr Fische«, sagte Aiden nach einer Weile. Überrascht von diesem Themenwechsel runzelte Katy die Stirn.

»Drei an der Zahl, um genau zu sein.«

»Dann hat dein Onkel wohl nichts verlernt.«

Er lachte leise und schüttelte den Kopf. »Das Angeln verlernt man nicht. Ist wie Fahrrad fahren.«

Katy schloss leise die Schlafzimmertür hinter sich und Aiden. Im Flur standen sie sich kurz schweigend gegenüber. Aiden schob seine Hände in die Taschen seiner Jeans.

»Wenn es dir nichts ausmacht, könnte ich morgen wieder Fisch für uns zubereiten. Wie gesagt, die Lachse sind da und ... müssen verarbeitet werden. Für Mabel könnte ich Chips vom Hafen mitbringen.«

Katy schaute auf ihre Turnschuhe und lächelte.

»Es sei denn, du hast schon was anderes vor.«

»Nein. Habe ich nicht.« Katy hatte nicht einmal darüber nachdenken müssen. Sie mochte seine Gesellschaft, und Mr Craig profitierte davon, ebenso wie Mabel.

KAPITEL ZWÖLF

Aberdeen, April 1943

Jeff schaute vom Ufer aus zu, wie Hamish das Netz ins Wasser warf. Langsam sank es in die aufgewirbelte Oberfläche und wurde schließlich vom Meer verschluckt. Jeff hob seinen Arm, als sich Hamish aufrichtete, und winkte ihm zu. Sein Freund erwiderte den Gruß. Seit die deutsche Armee weitere Lebensmitteltransporte verhindert hatte, konnte Jeff den Porters nicht mehr regelmäßig beim Fischfang helfen, weil Mr Parish ihn im Laden benötigte. Die Lebensmittelknappheit hatte zur Folge, dass die Bevölkerung litt. Die Menschen waren besorgt und unzufrieden. Vor dem Geschäft hatte es bereits Auseinandersetzungen zwischen Kunden gegeben, denen sich Mr Parish allein nicht gewachsen fühlte. Nicht wenige Leute hatten den Eindruck, ihnen würde etwas vorenthalten. Sie fürchteten, dass es schon bald nichts mehr zu essen geben würde. Hinzu kam die zunehmende Verwahrlosung der Kinder und Jugendlichen, deren Väter im Krieg waren. Während die Mütter arbeiteten, um den Lebensunterhalt zu verdienen, trieben sie auf Aberdeens Straßen Unfug. Sie lungerten herum und stahlen, weil sie Hunger hatten. Recht und Ordnung schienen ausgehebelt.

»Sechs Stockschläge«, raunte Mr Parish. »Das ist die Strafe für Lebensmitteldiebstahl. Der Polizeimeister sagt, wir sollen sie selbst ausführen. Hätten freie Hand. Wenn das nicht reicht, dann werden sie in Haft genommen.« Sein Blick ruhte auf drei Jungen, die auf der Straße vor dem Laden Fußball spielten. Jeff drückte murrend die Kasse zu. In den vergangenen Wochen war es immer wieder zu Diebstählen gekommen. Die Polizei wurde dem nicht mehr Herr. Doch Mr Parish brachte es nicht über sich, die Kinder zu schlagen, und hoffte, dem Fehlverhalten durch Kontrolle und Groß-zügigkeit entgegenzuwirken. Während Jeff Verdächtige im Geschäft im Auge behielt, hatten diese jedoch erkannt, dass es einfacher war, sich aus den Taschen der Leute zu bedienen, wenn sie am wenigsten damit rechneten. Zwar war Kyle Lawrence noch nicht durch Diebstahl aufgefallen, aber die Tatsache, dass er mit Jungen spielte, die darin kein Verbre-chen sahen, gefiel weder Mr Parish noch Jeff. Beide hielten viel von Kyle und wussten, dass er, nach dem Tod des Vaters, für seine Familie unentbehrlich war.

»Seiner Mutter geht es nicht gut«, sagte Mr Parish unver-mittelt. Er war gerade dabei, Steckrüben und Kohlköpfe zu sortieren. Mehr war am Morgen nicht von den Bauern gelie-fert worden. Die Auswahl war mager. Die Menge gering.

»Es ist gleich Mittag. Würdest du das Mrs Lawrence brin-gen? Ich möchte sicher sein, dass es ankommt.« Mr Parish reichte Jeff einen Beutel. Dieser nickte. Noch standen die Menschen vor dem Laden Schlange, doch es waren schon we-niger geworden als am Morgen, und allmählich zogen sich die Leute für ihr Mittagessen zurück. Das war die einzige Zeit am Tag, zu der sich die Situation im Geschäft entspannte.

»Für euch!« Jeff hob den Beutel an, damit Kyle ihn sehen konnte. Der Junge lächelte, rannte zu ihm und führte ihn in das schmale Mehrfamilienhaus am Ende der Straße, in dem er mit seiner Familie wohnte. Über eine knarzende Holz-treppe gelangten sie in die Wohnung im dritten Stock. Mrs Lawrence saß am Tisch und flößte ihrer jüngsten Tochter wässrige Suppe ein.

»Wie freundlich, dass du uns die Sachen bringst, Jeff«, sagte sie, als sie ihn bemerkte.

»Es ist leider nicht besonders viel«, antwortete er bedauernd.

Sie lächelte. »Es ist sicher genug.«

Kyles jüngere Schwester Helen betrat mit ihrem Zwillingsbruder Andrew die Küche. Sie rissen Jeff die Ausbeute förmlich aus der Hand. Begeistert zogen sie Rüben und Kohl heraus, als wäre es kein Gemüse, sondern schokoladenüberzogene Butterkaramellbonbons.

»Was gibt es heute?« Andrew sah erwartungsvoll zu seiner Mutter.

»Hm, ein Festessen!« Sie hob und senkte verheißungsvoll die Brauen, dann strich sie ihm über das braune strähnige Haar. »Für meine Kleinen nur das Beste.«

In den darauffolgenden Tagen fügte Jeff Mr Parishs Beutel für die Lawrences Kleinigkeiten hinzu. Er hob seine gekochten Eier vom Frühstück auf, den Sonntagsschinken und Früchte-kuchen, um es der Familie zu geben. Auf einem Bauernhof zu leben hatte Vorteile. Die Craigs waren Selbstversorger, besaßen Hühner und Schlachtvieh sowie Obst und Gemüse aus eigenem Anbau. Obwohl sein Vater ihn anhielt, Vorräte auf ihrer Farm anzulegen und mit niemandem darüber zu sprechen, war es Jeff ein Bedürfnis, die Not der anderen wenigstens ein bisschen zu lindern.

Ein rotbäckiger Apfel zauberte auch Roslyn ein Lächeln ins Gesicht, als sie Jeff an einem kühlen Mittwochabend die Haustür öffnete. Ihr Vater hatte ihn höchstpersönlich gebeten, zum Essen zu kommen. Lange hatte Jeff auf diese Einladung gewartet. Vielleicht, so dachte er, hatte Mr Hazard endlich eingesehen, dass Roslyn mit ihm glücklich war.

Schon im Flur kroch ihm der köstliche Duft von gebratenem Fisch in die Nase. Nicht zum ersten Mal hatte er für das Abendessen der Familie Hazard gesorgt – was das Verhältnis zwischen Roslyns Vater und ihm etwas aufgelockert hatte. Vor wenigen Tagen hatte Mr Parish Jeff zudem überraschend das Angebot unterbreitet, seinen Laden zu übernehmen, wenn er sich zur Ruhe setzte. Eine Neuigkeit, die auch den Hazards zu Ohren gekommen war.

»Was für eine Gelegenheit, Jeff«, sagte Roslyns Mutter, sobald sie am Tisch saßen. »Mr Parish muss eine hohe Meinung von dir haben.«

»Ich bin ihm sehr dankbar für sein Vertrauen«, antwortete Jeff zurückhaltend.

Ihm gegenüber schöpfte sich Mr Hazard eine große Portion Kartoffelbrei auf den Teller. »Ich nehme an, Parish hat keine Familie mehr?«

»Nein. Hat er nicht«, antwortete Jeff verhalten.

»Tja, was für ein Glück für Sie, Junge.«

»Nun, mit einer solchen Chance hatte ich gewiss nicht gerechnet.« Jeff hatte auf einmal das Gefühl, sich vor ihm rechtfertigen zu müssen.

»Außerdem steht gar nicht fest, ob er sie wahrnimmt«, sagte Roslyn schlichtend.

»Selbstverständlich wird er sie wahrnehmen.« Ihr Vater

schien keine Zweifel zu haben. »Er wäre dumm, es nicht zu tun. Es sei denn, er hat vor, nach England zur Militärausbildung zu gehen wie all die anderen in seinem Alter.«

Roslyns Besteck traf klirrend auf ihren Teller. Sie sah zu Jeff, der mit der Gabel in der Hand innehielt.

»Noch ein wenig Scholle?« Mrs Hazard hielt ihm die Platte hin. Jeff rang sich ein dankbares Lächeln ab und schüttelte den Kopf.

»Es schmeckt sehr gut. Sie sind eine fabelhafte Köchin, Mrs Hazard.«

»Ich danke dir, Jeff.« Sie stellte die Platte zurück auf den Tisch. »Es ist ein Jammer, dass ich keinen Zucker mehr bekommen habe. Eigentlich gehört Brotpudding dazu.«

»Alles ist perfekt, so, wie es ist.« Roslyn legte ihre Hand auf die ihrer Mutter, die schwermütig seufzte. Jeder war auf seine Weise mit dem Krieg beschäftigt. Für die einen war es die Hoffnung auf ein Wiedersehen mit einem geliebten Menschen. Für andere die Entbehrung einer zuvor selbstverständlichen Zutat.

Jeffs Blick blieb an der gläsernen Vase hängen, die wie eine Trophäe auf dem Kaminsims stand. Die Muscheln darin waren Zeugnisse von den Spaziergängen am Strand, die Roslyn und er gemeinsam unternommen hatten. Einige hatte er für sie aufgehoben. Ob sich Mr Hazard dessen bewusst war?

Als der Abend zu Ende ging, begleitete Roslyn Jeff hinaus.

»Meine Mutter mag dich.« Sie zog die Tür hinter sich etwas mehr zu.

»Und dein Vater? Du weißt, was ich mir für uns wünsche, Ros.« Er nahm ihre Hand und drückte sie leicht, dabei sah er sie durchdringend an.

»Er ist noch nicht ganz bereit«, antwortete sie nach einer Pause.

Jeff biss die Zähne aufeinander, dann schnaufte er aus. Mittlerweile hatte er Zweifel, ob Tom Hazard ihn als Schwiegersohn jemals akzeptieren würde. Und allmählich fragte er sich, ob es darauf überhaupt noch ankam. »Treffen wir nicht unsere eigenen Entscheidungen?« Er ging davon aus, dass sie sich im Grunde einig waren: Niemand sollte über sie bestimmen. Ihr Glück war allein von ihnen selbst abhängig.

Roslyn stöhnte leise. »Tun wir. Aber ... es ist nicht so einfach.«

Jeff betrachtete sie aufmerksam und abwägend. Schon viel zu lange spielten sie dieses Versteckspiel, verbrachten jede freie Minute miteinander, immer darauf bedacht, Mr Hazard nicht zu provozieren. Jeff wollte der Welt endlich zeigen, dass sie zusammengehörten. »Manchmal habe ich das Gefühl, du willst das alles gar nicht. Ich meine, tue ich nicht alles für dich?« Er war versehentlich laut geworden.

Roslyn schaute ihn an, und in ihrem Blick stand etwas, das er nicht zu deuten wusste. War es ... Unsicherheit? Seinetwegen? Sie schluckte, verschränkte ihre Arme vor der Brust, und er merkte, dass er zu weit gegangen war. »Tut mir leid. Ich wollte dich nicht unter Druck setzen, Ros. Es ist nur ...«

Sie presste die Lippen aufeinander. »Es ist besser, du gehst jetzt, Jeff.«

»Ros ... ich ...« Jeff wollte einfach nicht die richtigen Worte finden.

»Lass uns das morgen klären.« Sie schloss die Tür, und er blieb davor zurück. Frustriert machte er sich auf den Heimweg. Er war wütend auf sich selbst. Seine Ungeduld war sein größter Makel.

Zu Hause ließ sich Jeff auf sein Bett fallen. Er hatte sich nicht einmal die Mühe gemacht, sich umzuziehen. Der Tag sollte einfach nur enden, damit er mit Roslyn am nächsten Morgen neu beginnen konnte. Er rollte sich in seine Decke ein, schloss die Augen und glitt in einen leichten Schlaf.

Es war kurz nach Mitternacht, als ihn das anhaltende Wiehern der Pferde aufweckte. Jeff sprang auf.

Seine Eltern begegneten ihm an der Schlafzimmertür.

»Was ist da los?«, fragte seine Mutter.

»Es ist bestimmt nichts. Geht wieder ins Bett. Ich sehe nach.« Jeff stieg die Treppe hinunter. Er warf sich seine Jacke über und ging, bewaffnet mit dem Gewehr seines Vaters, hinaus. Der Vollmond erhellte die Wiese vor dem Haus. Jeff zog fröstelnd die Schultern hoch. Vor ihm stieg sein Atem als dampfende Wolke auf. Noch immer wieherten die Pferde unruhig. Erst vor ein paar Wochen hatte sich ein Fuchs in den Hühnerstall gepirscht und drei ihrer besten Legehennen getötet. Sein Vater hatte danach eine Falle aufgestellt. Bisher war sie jedoch leer geblieben.

Leise entsicherte Jeff das Gewehr und schlich um die Scheune herum. Mit einer Taschenlampe suchte er nach möglichen Schlupflöchern. Nichts. Vorsichtig öffnete er die Scheunentür.

»Schon gut, Belle.« Die weiße Stute ging aufgeregt in ihrer Box umher. Jeff streichelte ihre Stirn, bis sie sich beruhigt hatte. Danach sah er nach den Hühnern, die ungestört in ihrem Stall schliefen. Jeff schulterte das Gewehr. Der Wind heulte ums Haus und rauschte durch die Äste der alten Eiche neben der Veranda. Jeff hielt inne, horchte in die Nacht hinein, die von einem seltsamen Dröhnen erfüllt war. Er richtete seinen Blick hinauf. In den Wolken über ihm zeichneten sich mehrere Schatten ab, die sich pfeilschnell entlang der Küste bewegten. Dann vernahm er den auf- und abschwellenden Ton des Fliegeralarms, der von der Stadt gedämpft bis zur Farm tönte. Im nächsten Moment zeigten sich Lichtstreifen am Horizont. Was folgte war ein furchtbares Donnergrollen, dann flackerte der Himmel über Aberdeen breitflächig auf – so sehr, dass er die Farm in diffuses Licht tauchte.

»Nein!« Geistesgegenwärtig schlug sich Jeff eine Hand vor den Mund, während sein Blick immer noch auf das rote Flackern über der Stadt gerichtet war. Das Gewehr sank von seiner Schulter und traf auf den Boden. Er wandte sich um, rannte zurück zum Haus. Im Türrahmen standen seine Eltern. Sein Vater hatte den Arm stützend um seine Mutter gelegt, in deren Augen Tränen glitzerten. Beide starrten mit schreckverzerrten Mienen in den glühenden Horizont.

»Sie sind da ... die deutsche Luftwaffe ...« Jeff konnte keinen vollständigen Satz herausbringen. Zu furchtbar, zu unvorstellbar war das, was gerade geschah.

»Mein Gott!« Sein Vater schnappte sichtbar nach Luft, als sie sahen, wie schnell sich das Flackern zu allen Seiten ausbreitete. Der entflammte Himmel über dem Hafen ließ Jeffs Mutter aufschreien.

»Was geschieht da ...« Sie hielt ihre zitternden Hände vor ihren Mund.

»Brandbomben«, antwortete Angus. »Damit markieren sie ihre Ziele. Sie dienen als Wegweiser für die großen Geschwader der Streitmacht.«

»Um was zu tun?« Isabell riss ihn am Arm herum.

»Die eigentlichen Bomben auf die brennenden Ziele zu werfen«, erklärte er demütig. Wimmernd schlug sie die Hände über dem Kopf zusammen. In dem Moment zerriss ein Donnerhagel die Luft. Jeff wurde eiskalt. Er ahnte, es war das Geräusch fallender Bombenteppiche auf die Stadt. Die Flammen schlugen so hoch, dass sie sie vom Hof aus sehen konnten.

»Ros!«, schrie Jeff mit einer schwindelerregenden Klarheit. »Ich muss zu ihr!«

»Junge, nein!« Seine Mutter klang flehend.

»Warte!« Angus klaubte den Schlüsselbund vom Haken neben der Tür und warf ihn Jeff zu. »Mit dem Auto sind wir schneller.« Er wandte sich seiner Frau zu. »Bleib hier. Unser Hof liegt weit genug abseits und ist kein lohnendes Ziel für die Deutschen. Lass die Lichter aus. Dir wird nichts geschehen.«

KAPITEL DREIZEHN

Katy

Vom Wintergarten ihrer Wohnung in London aus beobachtete sie, wie Mabel im Garten schaukelte. Es krachte laut, jedes Mal, wenn sie höher stieg. Die Bilder verschwammen und wurden schließlich von einer einnehmenden Dunkelheit abgelöst. Und Katy begriff, dass sie Teil des Traums gewesen waren, der sie in ihr Leben in London zurückversetzt hatte. Sie lag nun mit weit aufgerissenen Augen im Bett und benötigte einen Moment, um zu realisieren, wo sie war. Es rumpelte und polterte unten. Katy sprang so schnell auf, dass ihr kurz schwindlig wurde. Sie warf sich ihren Morgenmantel über und stieg mit klopfendem Herzen die Treppe hinunter. Die Geräusche kamen aus Mr Craigs Zimmer. Seine Tür war geschlossen.

»Mr Craig?« Sie klopfte an, doch er antwortete nicht. Vorsichtig drückte sie die Klinke herunter und spürte einen Widerstand. Katy setzte ihr ganzes Körpergewicht ein. Sie schaffte einige Zentimeter, doch jemand hielt dagegen. Krachend fiel die Tür zurück ins Schloss.

»Verschwinden Sie!«, zischte Mr Craig.

Offensichtlich lag er nicht hilflos am Boden, was den Widerstand hätte erklären können. Es gab wohl ein anderes Problem. Katy nahm einen tiefen Atemzug. »Hier ist Katy, die Krankenschwester. Ich möchte nur wissen, ob es Ihnen gut geht.«

»Haben Sie nicht gehört? Sie sollen verschwinden!«, schrie er, und wieder war lautes Gepolter zu hören.

»Mum?« Mabels Frage ließ Katy herumfahren. Sie stand auf der Treppe und rieb sich verschlafen die Augen. »Was ist denn los?« Ihre Stimme klang belegt.

»Gar nichts, mein Schatz. Geh wieder ins Bett.« Sie schob sie sanft die Stufen hinauf. Mabel tat, was ihre Mutter verlangte, und Katy hastete in die Küche. Sie löste eine Risperidon aus dem Raster, füllte ein Glas mit Leitungswasser und kehrte mit beidem vor Mr Craigs Tür zurück. »Ich komme jetzt rein.« Vorsichtig drückte sie die Klinke herunter. Mr Craig stand im Schlafanzug vor seinem Bett, in der Hand hielt er eine Glasscherbe. Katy bemerkte die zerbrochenen Bilderrahmen auf dem Boden und sah das Blut, das von seinem Arm auf den Teppich tropfte.

»Mr Craig, legen Sie das bitte weg.« Katy bemühte sich um einen ruhigen Tonfall. »Ich bin hier, um zu helfen.«

Er starrte sie mit sonderbarem Blick an, als wäre sie ein Feind, ein Eindringling, den es unbedingt zu bekämpfen galt. Seine Augen glitzerten im dämmrigen Licht der Nachtlampe, und Katy blieb respektvoll auf Abstand.

»Es ist alles gut. Sie sind zu Hause, auf Ihrer Farm.« Sie versuchte ihn daran zu erinnern, dass es in seinem Haus nichts Bedrohliches gab, doch sein aufgeregtes Schnaufen verriet, dass er ihr nicht glaubte. Langsam stellte sie das Glas Wasser auf die Anrichte neben der Tür, legte die Tablette daneben und hielt ihre Hände beschwichtigend vor sich. »Jeff?« Seinen Vornamen zu nennen war eine Möglichkeit, ihn zu erreichen. Ihm zu zeigen, dass sie einander kannten, und dass er ihr vertrauen konnte.

»Ich muss es schaffen. Hab es versprochen«, flüsterte er heiser, und der Zorn wich aus seinen Augen.

»Okay. Es ist wichtig, seine Versprechen zu halten. Lassen Sie mich Ihnen dabei helfen.« Katy machte einen vorsichtigen Schritt auf ihn zu.

Sein Blick ging fahrig umher. Mit einem Mal preschte er auf sie los, die Scherbe wie einen Dolch vor sich haltend. Gerade noch rechtzeitig gelang es ihr, zurückzuweichen und die Tür zwischen sich und ihn zu bringen. Mr Craig hämmerte wie von Sinnen dagegen. Er schrie und war völlig außer sich. Krampfhaft hielt Katy die Klinke fest. Sie hatte Erfahrung mit nächtlichen Unruhezuständen bei Demenzkranken. Das sogenannte Sundowning-Syndrom war gefürchtet. Ihre Vorgängerinnen hatten mit Mr Craig ähnliche Momente erlebt. Trotzdem hatte sie nicht damit gerechnet, dass es so heftig sein würde. Sie wusste, in diesem Zustand war es das Beste abzuwarten, bis sich der Patient beruhigt hatte. Ihr Herz klopfte so laut, dass es ihr in den Ohren dröhnte. Mr Craigs Aggression hatte sie überrascht. Darauf, dass er eine ernsthafte Gefahr für andere darstellte, war sie nicht gefasst gewesen. Zur Sicherheit hielt sie die Klinke fest, auch noch nachdem das Hämmern gegen die Tür aufgehört hatte und es längst still dahinter geworden war.

Langsam fand Katys Puls in einen normalen Rhythmus zurück, und sie atmete erleichtert aus. Kurz darauf drang Mabels Wimmern in ihr Bewusstsein. Sie fand sie oben am Treppenabsatz vor, von dem aus sie ängstlich zu ihr hinuntersah. Katy entfuhr ein Seufzen. »Oh, Schatz ...« Sie hastete zu ihr hinauf und schloss sie in ihre Arme.

»Er ist böse!«, sagte Mabel. »Ein böser Mann!«

»Nein, Mabel. Er hat sich nur nicht mehr zurechtgefunden. Aber ich verstehe dich. Es muss dich sehr erschreckt haben.« Sie strich ihrer Tochter das Haar zurück und bemerkte, wie sie am ganzen Leib zitterte. Katy drückte Mabel fest an sich. Als sie wieder zu Atem gekommen war, rief sie einen Krankenwagen für Mr Craig und unterrichtete Aiden über das, was passiert war. Er setzte sich sofort ins Auto und erreichte wenige Minuten nach den Sanitätern den Hof. Mr Craig, der inzwischen apathisch war, wurde ins Krankenhaus gebracht, wo er einige Tage zur Beobachtung bleiben sollte.

Ohne ihn fühlte sich das Haus merkwürdig leer an. Doch nach der aufregenden Nacht kam Katy die Stille gerade recht. Mabel hatte noch immer Angst. Sie fürchtete sich vor dem Tag, an dem Mr Craig aus dem Krankenhaus entlassen werden würde. Ihre Sorge brachte Katy dazu, darüber nachzudenken, ihre Stelle aufzugeben. Drei Tage nach Mr Craigs Anfall saß sie mit Aiden im Wohnzimmer, wo sie ihren Sorgen Luft machte. Katy wollte ihm verdeutlichen, warum sie eine Entscheidung treffen musste.

»Ich hatte keine Ahnung, dass dein Onkel sich und andere ernsthaft gefährden könnte. Vielleicht habe ich meine Fähigkeiten auch einfach überschätzt. Womöglich bin ich auch einfach nicht die Richtige für euch. Es tut mir leid, aber ... ich muss auch an Mabel denken, also ... Also ... werde ich die Stelle aufgeben.«

»Das verstehe ich«, sagte Aiden einfühlsam. »Natürlich steht es euch frei zu gehen, wann immer ihr wollt. Du musst dich nicht an die Kündigungsfrist halten. Ich werde vorübergehend wieder hier einziehen, damit er nicht allein ist. Vielleicht ist das ohnehin das Beste. Ich hätte die Verantwortung nicht abgeben dürfen.« Aiden hatte das Gesicht gesenkt und atmete hörbar aus. Katy streckte ihre Hand nach seiner aus und drückte sie bestärkend. »Es ist nichts Falsches daran, Verantwortung abzugeben, Aiden.«

»Der Rest der Familie wird mir raten, ihn endlich in ein Heim zu geben.« Er seufzte, schaute bekümmert zu Katy auf. »Aber ... Ich glaube, das wäre sein Ende.«

Seine Worte lösten bei Katy eine Gänsehaut aus. Sie hatte Mitleid. Mit Mr Craig, aber auch mit ihm. Sie wusste, dass er mit sich haderte. Und wie schwierig es für ihn gewesen war, die Stelle zu besetzen. Kaum eine Pflegekraft war bereit zu einem Rund-um-die-Uhr-Einsatz – in einem Haus mit dem Patienten. Katy war davon ausgegangen, Mr Craigs Krankengeschichte gewachsen zu sein. Sie hatte sich von dem guten Verdienst locken lassen und der Idee, auch etwas für die Zukunft zurücklegen zu können, um vielleicht irgendwann für Mabel und sich ein kleines Haus in Aberdeen kaufen zu können. Sie hatte den Traum ihres Großvaters zu ihrem machen wollen und dabei die Probleme, die die Pflege eines Demenzkranken mit sich brachten, unterschätzt. Der Gedanke, schon wieder, nach nur kurzer Zeit, mit Mabel umziehen zu müssen, gefiel ihr nicht. Sie hatte sich emotional noch nicht von den Strapazen des letzten Umzugs erholt. Katy mochte Footdee, sie mochte die Farm und Aberdeen mit seinem Hafen, den bunten Fischerhäusern und malerischen Buchten. Die Entscheidung, von der sie geglaubt hatte, sie würde feststehen, wurde von Zweifeln durchzogen. Und das Positive der vergangenen Wochen drängte sich ihr auf. Sie hatten sich gerade eingewöhnt. Im Förderverein hatte Katy eine Gemeinschaft gefunden. Auch wenn sie noch nicht wusste, ob sie dauerhaft dazugehören wollte, war es dennoch ein gutes Gefühl, Teil von etwas zu sein und eine Aufgabe zu haben, die nichts mit ihrer Arbeit zu tun hatte. Jeden Tag wartete Caramel an der Tür, sobald Mabel von der Schule kam. Katy nestelte am ausgefransten Saum ihres Pullovers. Entscheidungen waren ihr immer schon schwergefallen. Ihre Gedanken gingen unaufhörlich. Oft suchte sie die Stille in sich und fand nur Chaos, bestehend aus ständigen Umwälzungen. Momente, die lange zurücklagen. Die Vergangenheit beschäftigte sie oft mehr als Zukunft oder Gegenwart.

»Wirst du zurück nach Sudbury gehen?« Aiden schaute auf seine im Schoß gefalteten Hände. Er wirkte regelrecht niedergeschlagen. Katy merkte, dass er ihr nicht egal war. Wie konnte sie ihn nur im Stich lassen? Er war so gut zu ihnen. Verständnisvoll, freundlich und hilfsbereit. Ihr Herz fühlte sich mit einem Mal ganz schwer an. Kurz dachte sie nach. Sie hatte London nicht umsonst hinter sich gelassen, und sie hatte es nicht getan, um bei den ersten Schwierigkeiten gleich den Kopf in den Sand zu stecken.

»Das wäre ein Fehler.« Ihr Blick fand die Fotografie aus Mr Craigs Zimmer, die, nachdem sie sie in einen neuen Rahmen gefasst hatte, noch auf der Arbeitsplatte stand. Sie konnte Mr Craig einfach nicht böse sein. Obwohl er ihnen einen großen Schrecken eingejagt hatte.

»Vielleicht bleiben wir ja doch noch.« Die Worte schossen einfach so aus ihr heraus. »Zumindest für eine Weile. Bis wir etwas anderes gefunden haben. Und ... bis du jemand Neues für die Stelle hast. Solange könnte ich dich unterstützen. Ich meine, vorausgesetzt, du wärst über Nacht hier, falls wieder etwas passiert.«

Aiden sah sie aus hoffnungsvollen Augen an.

»Du ... könntest mir in der Zeit etwas mehr über deinen Onkel erzählen. Über seine Vergangenheit. Ich ... würde ihn gerne besser verstehen.« Katy lächelte leicht, und er tat es ihr nach. Aus ihrer Studienzeit wusste sie, dass es für alles einen Grund gab. Jede Krankheit hatte einen Auslöser. Bei der Demenz betraf das die Symptome. Aggressionen gingen häufig auf ein traumatisches Erlebnis zurück, das sich tief in die Seele eingebrannt hatte. Zu wissen, was Mr Craig belastete, aber auch, was ihn erfreute, könnte verhindern, dass sich sein Sundowning wiederholte.

»Hast du schon einmal etwas Vergleichbares mit deinem Onkel erlebt?«

»Es gab diese eine Nacht, in der er in der Küche Porzellan zerschlagen hat. Ich bin davon wach geworden. Das war kurz nachdem Beth ausgezogen war. Danach kam so etwas nie wieder vor. Deshalb habe ich es nicht erwähnt. Was denkst du? Wird das von nun an öfter passieren?«

»Das weiß ich nicht. Jeder Demenzkranke ist anders, jeder Verlauf unterschiedlich. Vielleicht wäre es hilfreich zu wissen, was er erlebt hat, um vorbereitet zu sein. Nach meiner Erfahrung ist es gut, den Menschen und seine Stationen im Leben zu kennen. Dementsprechend kann man agieren. Wenn ich in jener Nacht eine Idee gehabt hätte, wo sich dein Onkel innerlich befunden hat, dann hätte ich eventuell die Möglichkeit gehabt, ihn zurückzuholen. Verstehst du, was ich meine?«

Er nickte. »Das klingt logisch.«

Für einen Moment wurde es still.

Aiden lehnte sich zu ihr vor. »Katy, ich will nicht, dass du dich verantwortlich fühlst. Aber ... falls du wirklich mit Mabel fürs Erste hierbleiben willst, dann ... Ich würde bei allem helfen. Ich weiß, dass mein Onkel mitunter zu viel für eine Person ist. Glaub mir, ich habe in der letzten Zeit lange überlegt, ob das Heim nicht doch das Richtige für ihn ist. Aber das will ich ihm einfach nicht antun. Womöglich können wir seine Geheimnisse gemeinsam entschlüsseln und verschüttete Erinnerungen wieder heraufholen?«

Katy biss sich unschlüssig auf die Lippe.

»Ich verspreche, ihr wärt nachts nicht mehr allein mit ihm auf der Farm, und ich würde mich um ihn kümmern, wenn er noch einmal unruhig wird«, sagte er beinahe flehend.

»Ich muss erst noch mit Mabel darüber reden.«

»Natürlich.« Er nickte verständnisvoll.

Katy wägte ab. Sie wollte bleiben, Mr Craig helfen und Aiden nicht im Stich lassen. Aber das spielte keine Rolle, wenn Mabel sich nicht wohlfühlte. Bei allem, was Katy war, war sie in erster Linie eine Mutter.

KAPITEL VIERZEHN

Aberdeen, April 1943

M it einem ohrenbetäubenden Krachen fiel das Mittel-
schiff der Kirche in sich zusammen. Auf der Hafenseite
zischten weitere Bomben auf die Stadt hinab. Hilflos mussten
Jeff und sein Vater mitansehen, wie die darauffolgende Ex-
plosion Geröll und Feuer in alle Richtungen sprengte.

»Los! Raus aus der Stadt!« Angus scheuchte die Leute,
denen sie begegneten, zur Landstraße, über die sie gekommen
waren.

Für einen Moment stand Jeff steif da. Den Blick benommen auf den Himmel, dann auf das Inferno gerichtet, das die
deutsche Luftwaffe angerichtet hatte. Markerschütternde
Schreie drangen aus den zerstörten Gebäuden. Menschen rie-
fen um Hilfe.

Sein Vater hielt ihn am Arm zurück. »Du kannst da jetzt
nicht hin! Die Deutschen sind noch immer da oben. Sie sind
noch nicht fertig.«

»Ich muss zu Ros!«, entgegnete Jeff. »Führ du die Menschen hier raus.« Er riss sich von ihm los und rannte in die
brennende Stadt hinein, direkt auf eine gigantische Rauch-
kugel zu. Jeff spürte die Hitze des Feuers auf seiner Haut, das
aus den getroffenen Gebäuden schlug. Eine Flammenwand
baute sich vor ihm auf. Er duckte sich, sprang zur Seite, über
Trümmer hinweg, und kämpfte sich seinen Weg zum Hafen

frei, der ihn unweigerlich an Mr Parishs Laden vorbeiführte. Er hörte Bordkanonendonner, Bomben jagten noch immer durch die Luft, trafen auf die Hafenmauer, brachten Brüstungen zum Bersten und zersprengten vor Anker liegende Boote und Schiffe. Rauch waberte wie schwarzer Nebel umher. Jeff presste die Hände auf seine Ohren, während er über Trümmerteile hinwegstieg. Die Feuerwehrsirene mischte sich unter die Angstschreie der Menschen und das Knistern der alles verzehrenden Flammen.

»Wir brauchen jeden, der sich auf den Beinen halten kann«, sagte einer der Feuerwehrmänner. Jeff half ihnen, eine Frau aus ihrem getroffenen Haus zu befreien. Danach bahnte er sich seinen Weg zum Blumenladen. Beißender Rauch durchzog Aberdeens Gassen. Er verschleierte die Sicht und erschwerte das Atmen. Jeff riss einen Stofffetzen von seinem Hemd und bedeckte damit Mund und Nase. »Sie haben den Bunker getroffen!«, hörte er plötzlich eine bekannte Stimme vor sich. Der Qualm verzog sich, und Jeff erblickte Kyle.

»Was machst du hier?«, fragte er ihn. »Du musst dich und deine Familie in Sicherheit bringen. Ihr müsst raus aus der Stadt.«

Kyle schüttelte den Kopf. »Jemand muss doch Nachrichten überbringen. Damit die Rettungskräfte wissen, wo es Verschüttete gibt. Meine Freunde und ich machen das.«

Jeff nickte knapp. Kyle trat in die Pedale seines Fahrrads und verschwand hinter einer Wand aus schwarzem Dunst.

Ein weiterer Donnerschlag brachte den Boden zum Beben. Jeff tastete sich die Gasse hinauf. Das Haus stand noch. Erleichtert drückte er die Tür zum Blumenladen auf. Er rief nach Roslyn, doch es war niemand da. Hatte sie mit ihrer

Familie Schutz im Bunker gesucht? Waren sie in Sicherheit? In einem Anfall von Panik kehrte er auf die Straße zurück. Noch immer sausten die Bomber über ihre Köpfe hinweg.

»Ros?«, schrie er. Getrieben von der Angst um sie, rannte er zum Hafen, wo er die gesamte erste Häuserreihe zerstört vorfand. Menschen weinten, stützten sich gegenseitig. Andere suchten in den Trümmern nach Vermissten. Er begegnete Hamish und dessen Vater, die am eingestürzten Pub halfen. Jeff war froh, sie wohlbehalten zu sehen. Automatisch packte er mit an, und inmitten des Chaos fand er Roslyn, die einem rußbedeckten Mann Wasser reichte.

»Ros!«, schrie er. Er schloss sie in seine Arme, dann musterte er sie von oben bis unten. »Geht es dir und deiner Familie gut?«

Sie nickte schwerfällig. »Wir hatten Glück.«

Er nahm ihr Gesicht zwischen seine Hände und küsste sie. Einmal, zweimal, dreimal.

»Ist der Angriff ... vorbei?«, fragte sie zaghaft.

Jeff wandte seinen Blick hinauf zum rauchverhüllten Himmel. Er konnte weder etwas sehen noch hören. Bis auf die getroffenen Gebäude, die sich ächzend dem wütenden Feuer ergaben. Dazwischen das Klagen der Menschen. Die Deutschen hatten sie mitten ins Herz getroffen. Und nichts war mehr, wie es gewesen war.

Einige Tage später hatte der Wind den Rauch längst weitergetragen, der Regen hatte Staub und Asche von den Straßen gespült, doch die Erinnerung an das Geschehene hatte sich auf ewig in das Bewusstsein der Menschen aus Aberdeen eingebrannt. Die Anteilnahme war groß. Aus den unterschiedlichsten Teilen des Landes waren Helfer gekommen, Versorgungsstationen waren eingerichtet worden. Schwestern des Roten Kreuzes kümmerten sich um die Verletzten, um die Krankhäuser zu entlasten. Geistliche spendeten Trost und Hoffnung. Noch immer wurden Tote aus den Trümmern geborgen. Nur langsam kehrten die Menschen in ihre Wohnungen zurück. Andere, die alles verloren hatten, waren in Notunterkünften untergebracht worden, bis entschieden war, wo sie bleiben konnten. Der Schrecken hatte sie alle gelähmt.

Jeff war seit dem Morgengrauen am Hafen, wo Freiwillige damit begonnen hatten, ihn wieder zugänglich zu machen. Wie durch ein Wunder war das kleine Fischerhaus der Porters unversehrt geblieben. Andere hatten jedoch weniger Glück gehabt. Ganze Straßenzüge existierten nicht mehr, über einhundert Menschen hatten in jener Nacht ihr Leben verloren, darunter auch Kyle. Rettungskräfte hatten den Jungen am Carden Place unter den Trümmern der St. Marys Church gefunden. Kyles Tod ging Jeff tief unter die Haut. Er war noch ein Kind gewesen und für seine Mutter unersetzlich. Immer wieder spielte Jeff gedanklich ihre letzte Begegnung durch. Er hätte Kyle aufhalten und in Sicherheit bringen müssen. Sein Gewissen trieb ihn an, ohne Pause weiterzuschuften. Stein für Stein hob er in die Schubkarre und von dort auf den Hänger einer Kutsche. Aus der Ferne nahm er seinen Bruder wahr, der sich mit dem Ärmel über seine schweißnasse Stirn fuhr. Sie nickten einander zu, und Jeff fühlte einmal mehr das Glück darüber in sich aufsteigen, dass ihm nichts passiert war.

Nach und nach trafen weitere Einsatzkräfte aus dem Landesinneren ein. Sie brachten Lebensmittel und Medizin. Der

Premierminister versprach Vergeltung für den Blitzangriff auf Aberdeen.

Für Großbritannien bedeutete er eine Kehrtwende, denn es war offensichtlich, dass neben Industrie und Lagerhäusern auch dicht bebaute Wohngebiete das Ziel gewesen waren. Angesicht der brutalen nächtlichen Attacke hielt Hamish nichts mehr zurück. Als er sich freiwillig zum Kriegsdienst meldete, fühlte sich auch Jeff berufen. Er konnte seinen besten Freund nicht allein lassen. Jeff würde auf Hamish achtgeben, so wie er es immer getan hatte, und sicherstellen, dass er zu seinem Vater zurückkehrte.

»Du wirst nicht gehen!« Roslyn redete aufgebracht auf Jeff ein, während er gerade frisches Heu in die Ställe verteilte. »Das erlaube ich einfach nicht.«

»Du verstehst das nicht, Ros«, sagte er heiser und schaute reumütig zu ihr auf. Tränen standen in ihren Augen, und er fühlte sich furchtbar, weil er nicht bei ihr bleiben konnte. Auf einmal schien nichts mehr wirklich wichtig zu sein. Die Probleme, die sie gehabt hatten, waren hinter dem Feind verblasst, der sie heimtückisch attackiert hatte.

»Ich habe keine andere Wahl, Ros. Versteh doch.« Er wiederholte sich. Sie schüttelte nur den Kopf. Jeff hatte es ihr schonend beibringen wollen, aber sie hatte es bereits geahnt. Jetzt fühlte sie sich von ihm hintergangen.

»Alle Männer gehen«, erklärte er ruhig. »Wir müssen auf der anderen Seite des Meeres zusammenhalten.«

»Du bist nicht wie die! Du hast gesagt, du triffst deine eigenen Entscheidungen.« Sie wandte ihm den Rücken zu.

»Das tue ich auch. Aber, Ros, ich kann nicht zurückbleiben. Nicht in diesem Fall. Nicht, nach dem, was die Deutschen uns angetan haben. Ich muss mich Hamish anschließen. Du kennst ihn. Er wird ohne mich verloren sein.« Er lächelte ein trauriges Lächeln, ging auf sie zu, nahm sie bei den Schultern und drehte sie sanft zu sich um. »Und ... Denk doch nur mal daran, was dein Vater von mir halten würde. Glaubst du, er würde mir je erlauben, dich zu heiraten, wenn ich jetzt nicht ginge?«

Sie konnte sich kaum überwinden, ihn anzusehen, tat es dann aber doch. »Ich kann dich nicht gehen lassen.« Schluchzend fiel sie in seine Arme. »Aber ich weiß, ich muss.« Ihre Stimme war nur ein Wispern. »Wann musst du fort?« Tränen drängten sich in ihre Augen. Sie glitzerten im Tageslicht, das gebündelt durch das schmale Fenster des Heubodens zu ihnen hineindrang.

»Übermorgen«, antwortete er und schluckte, weil ihm bewusst wurde, wie wenig Zeit sie noch hatten.

In Roslyns Gesicht stand eine Mischung aus Unverständnis, Zorn und Sorge. »Schon übermorgen?« Ihre Stimme brach. Sie schlug die Augen nieder. Jeff hielt sie fest in seinen Armen.

»Wir werden zunächst in England ausgebildet. Mach dir bitte keine Sorgen, Ros. Mir ... wird nichts passieren. Ich komme zurück. Ich würde immer zu dir zurückkommen.«

Sie blickte ihm direkt ins Gesicht. »Wann?«

Er schluckte, schaute neben sie. Suchend nach einer Antwort, an die sie sich würde klammern können, glitt sein Blick durch die offen stehende Scheunentür. Vor dem Haus standen die Knospen der Pfingstrosen seiner Mutter kurz vor der Blüte. Er rannte darauf zu, pflückte eine der größten ab, kehrte in die Scheune zurück und reichte sie Roslyn.

»In der Zeitung stand, in spätestens einem Jahr wird der Krieg vorbei sein«, sagte er und strich ihr sanft eine Haarsträhne hinter das Ohr. »Ich komme zurück, spätestens, wenn die Pfingstrosen das nächste Mal blühen. Das verspreche ich.«

Einen Tag vor seiner Abreise half Jeff ein letztes Mal in Mr Parishs Laden. Die Lebensmittelversorgung hatte sich seit dem Bombenangriff weiter verschlechtert. Mittlerweile kam nur noch einmal pro Woche eine Lieferung.

Mr Parish sprach an diesem Tag kaum. Er hatte ihm angeboten, seinen Laden ab sofort zu übernehmen. Jeff wusste, dass das nur ein Vorwand war. Mr Parish sorgte sich um ihn. Seit Kriegsbeginn sah er zu, wie seine Kunden an die Front gingen, und hörte verzweifelte Berichte von deren Familien. Dass sie gefallen waren, vermisst oder verwundet. In seinem Geschäft kamen alle zusammen. An einem Ort, an dem früher einmal Freude gewesen war, sammelten sich nun Leid, Hoffnung und Angst. Für nicht wenige war der alte Mr Parish Beichtvater und Seelentröster. Die Menschen kamen zu ihm, wenn sie Sorgen hatten.

Schweigend stellte Mr Parish Jeff ein Paket hin, als dieser seine Schürze ablegte. Die letzten Kunden hatten gerade das Geschäft verlassen, und Mr Parish hatte die Vordertür verschlossen.

»Was ist das?«, fragte Jeff.

»Nur ein paar Sachen, die dir nützen können. Ihr dürft nicht viel mitnehmen. Aber aus meiner Zeit an der Front weiß ich, was man so braucht.«

»Sie waren im Großen Krieg dabei? Das wusste ich nicht.« Jeff sank mit dem Rücken gegen den Verkaufstisch.

»Ist ja auch nichts, womit man prahlt. Eigentlich dachten wir alle, es würde so schnell kein neuer kommen. Tja...« Parish zuckte seufzend die Schultern.

Zaghaft klappte Jeff die Laschen des Pakets auf und warf einen Blick hinein. Seife, Taschenmesser und ein modernes Feuerzeug. »Danke!«, sagte er gerührt.

»Aye.« Mr Parish machte sich daran, die Theke mit einem Lappen abzuwischen. »Das bedeutet nicht, dass ich es gutheiße, was du vorhast. Aber ich will auch nicht, dass du draufgehst.«

Jeff musste lächeln. »Ich werde nicht draufgehen.«

Parish hielt beim Putzen inne. Kurz entschlossen umarmte Jeff ihn. Es rührte ihn, dass er sich so sorgte. Sein Vater hatte kein Wort gesagt, als er ihm seine Entscheidung unterbreitet hatte. Er hatte nur stumm seine Zeitung weitergelesen und seinen Morgenkaffee getrunken. Bis zu diesem Moment war Jeff nicht klar gewesen, wie sehr ihm eine Reaktion gefehlt hatte. Irgendeine. Es hatte unzählige Möglichkeiten gegeben. Peter hatte immerhin ein Schulterklopfen von ihm erhalten, nachdem er erzählt hatte, von nun an Militärfunker zu sein. Anders als Jeff würde er in der Heimat bleiben und dem Feind nicht direkt gegenüberstehen. Er würde Funksprüche abhören und Nachrichten weiterleiten. Keine Waffe abfeuern und kein Leben beenden müssen, um diesen Krieg zu gewinnen.

Am Nachmittag besuchte Jeff Roslyn im Blumenladen. Seit die Menschen den Krieg immerzu vor Augen hatten, liefen die Geschäfte schlecht. Niemandem stand der Sinn nach Farbenpracht und Freude. Schnittblumen waren ein Luxus, der dem Nutzen weichen musste. Die großen Gärtnereien waren angehalten worden, Gemüse, statt Blumen anzubauen, um die Versorgung der Bevölkerung zu sichern. Das Grau der Granitstadt Aberdeen schien alles zu überlagern. Roslyn hatte es sich zur Aufgabe gemacht, das zu ändern. Wenn sie die Blumen aus ihrem Gewächshaus schon nicht verkaufen konnte, so verschenkte sie sie. Um aufzumuntern und Farbe zurück ins Leben der Menschen zu bringen. An diesem Ziel arbeitete sie akribischer denn je, seit sie wusste, dass Jeff fortgehen würde.

»Das ist ... umwerfend, Ros.« Zum wiederholten Mal lobte er das neu gestaltete Schaufenster. Aus weißen Rosenblüten hatte Roslyn ein Andreaskreuz gelegt. Umgeben von Vergissmeinnicht bildete es die schottische Fahne. Dahinter rote Mohnblumen aus Seide – Symbole des Friedens.

»Du bist eine Künstlerin.« Jeff genoss es, ihr zuzuschauen, wie sie penibel jedes Blütenblatt zurechtzupfte, bestrebt nach Perfektion. Doch an diesem Tag leitete sie auch etwas anderes. Jeff merkte es an der Art und Weise, mit der sie ihre Arbeit verrichtete. Sie war hektischer in ihren Bewegungen als sonst und hielt sich an Kleinigkeiten auf. Der markante Duft der unterschiedlichen Blumen stieg ihm in die Nase. Roslyn war in ihrem Element, und sobald er bei ihr war, war er in seinem. Zu wissen, dass er ihren Anblick schon bald nicht mehr vor Augen haben würde, versetzte ihm einen Stich ins Herz. Er hielt es nicht länger aus, schlang seine Arme um sie, küsste sie.

»Nicht hier«, flüsterte sie mit einem Lächeln. »Denk doch an ... «

Jeff erstickte ihren Einwand, indem er seinen Mund über ihren bettete. Er konnte ihr nicht länger widerstehen. Die Liebe hatte die Kontrolle übernommen und zwang beide in eine innige Umarmung.

Ein Räuspern erklang, und sie stoben auseinander. Jeff stemmte nervös eine Hand in die Hüfte und fuhr sich mit der anderen durchs Haar. Mr Hazard kam mit einer Zeitung unterm Arm die Treppe hinunter.

»Guten Tag, Sir.«

Er nickte grimmig. »Ich kann mir vorstellen, Sie können es kaum erwarten, nach England aufzubrechen.«

Jeff umging eine eindeutige Antwort. »Wir fahren im Morgengrauen.«

»Je eher, desto besser.« Mr Hazard stöhnte leidend. »Unsere Truppen müssen aufgestockt werden.«

Jeff nickte nervös. Roslyn kam an seine Seite. Sofort nahm er ihre Hand fest in seine. »Mr Hazard?«

Er wandte sich ihm gespannt zu.

»Wenn ich wieder zurück bin, hätten wir gerne Ihren Segen.« Jeff setzte alles auf eine Karte, weil er glaubte, den richtigen Moment erwischt zu haben. Mr Hazard jedoch starrte ihm unbeeindruckt ins Gesicht, und eine eisige Stille erfüllte den Blumenladen. Jeff wollte es sich nicht anmerken lassen, doch Roslyns Vater war ein Mann, der zweifellos einzuschüchtern wusste. Ihm war, als könnte er sein Herz hämmern hören. Kurz tauschte er einen verlegenen Blick mit Roslyn.

»Wir werden sehen.« Mr Hazard machte einen Schritt auf Jeff zu, dabei betrachtete er ihn kühl. »Die Umstände, die Sie zurückbringen, werden darüber entscheiden, ob ich Ihnen die Erlaubnis gebe oder nicht.« Er ging im Laden umher, rupfte Margeriten aus ihren Kübeln und schüttelte den Kopf. »Die sind verblüht. Du musst besser darauf achten.« Im Vorbeigehen drückte er sie Roslyn in die Hand.

»Ja, Dad.« Kurz schaute sie auf die halb geöffneten Blüten, bevor sie sie im Abfalleimer entsorgte. Ihre Mutter, die gerade den Verkaufsraum betrat, musterte sie verwirrt.

»Ros. Lass mich das machen. Geh du nur.« Sie deutete zu Jeff, schenkte ihm ein gutmütiges Lächeln und winkte die beiden weg.

»Danke, Mum.« Roslyn küsste ihre Mutter auf die Wange, holte ihren Mantel und ging mit Jeff aus der Tür.

»Er ist ... einfach unmöglich!«, sagte sie, sobald sie draußen waren, dabei machte sie so große Schritte, dass Jeff Mühe hatte mitzukommen. »Du könntest sterben, und er hat nicht ein nettes Wort für dich übrig. Er hätte wenigstens so tun können, als würde er dich mögen. Aber er mag niemanden, der mir etwas bedeutet. So war das schon immer. Er hasst es, wenn er nicht alle Entscheidungen für mich treffen kann. Am liebsten würde er mich zu Hause anketten. Oder in einen Turm einschließen. Wenn ich nur könnte ... ich würde mit dir nach Frankreich gehen. Um ihm zu entkommen. Damit er endlich einsieht, dass ich kein Kind mehr bin.«

»Es macht mir nichts aus.« Jeff fasste sie am Arm und brachte sie auf diese Weise dazu, stehen zu bleiben.

Die Temperaturen waren sommerlich, und die Sonne strahlte auf sie herab. Am Hafen verstellten Schuttberge zum Teil noch immer die Sicht auf den Strand. Von den Dutzenden von Fischerbooten hatten nur zwölf die Bomben unbeschadet überstanden. Die Mary Stuart hatte ein Leck an der rechten Außenseite, das Hamish zu flicken versuchte. Sie lag im feuchten Sand, umspült von seichten Wellen. Jeff und Roslyn spazierten durch die Dünen. Als sie das Boot erreichten, umfing sie Glenn Millers Musik, die aus dem Radio tönte.

Vom Rumpf des Schiffes winkte ihnen Martha im grün ge-
punkteten Tweed-Kleid und mit Sonnenbrille zu.

Hamish rieb sich die Hände sauber und nahm ein kühles
Bier von Martha entgegen.

»Es sieht aus, als hättest du es fast geschafft«, sagte Jeff,
nachdem er mit der flachen Hand über die geflickte Stelle
gefahren war.

»Morgen kann unsere Lady wieder raus aufs Meer. Wurde
auch Zeit. Sie vermisst die Wellen unter sich.« Hamish
wischte sich mit einem Zipfel seines Shirts den Schweiß von
der Stirn.

»Dann hast du es also noch rechtzeitig hingekriegt.« Jeff
nickte anerkennend.

»Ich konnte den alten Herrn so nicht allein lassen. Jetzt
hat er wenigstens was zu tun, bis ich zurück bin.«

Martha kletterte vom Boot und reichte Jeff und Roslyn
ebenfalls ein Bier. Die beiden nickten dankend. Mit einem
Sprung setzte Hamish auf den Sand auf.

»Wie kommt er zurecht?«, erkundigte sich Jeff vorsichtig.
»Dein Vater? Er ist bestimmt ziemlich fertig.«

Hamish schnalzte mit der Zunge. »Aye, du kennst ihn ja.
Es passt ihm nicht, dass ich gehe. Aber er sagt auch, dass er
mich verstehen kann. Ich werde Colin da drüben finden. Ich
weiß es. Und wir werden wieder zusammen sein.« Seine Stimmung war auf einmal umgeschlagen. Er klang melancholisch,
in sich gekehrt. Das passte gar nicht zu ihm. Jeff wollte nicht
darüber nachdenken, was sie erwartete. Er befürchtete, das
Grübeln würde seine Furcht verstärken, die er bisher im
Zaum halten konnte. Wahrscheinlich war Krieg etwas, über
das man sich nicht zu viele Gedanken machen durfte, weil

man sonst seine Sinnlosigkeit erkannte. Die Waffe gegen Menschen zu richten, war etwas, das sich Jeff nur schwer vorstellen konnte. Doch er würde es lernen müssen, wenn er überleben wollte. Er würde sein Gewissen und seine moralischen Grundsätze stummschalten müssen.

Roslyns Hand lag warm in seiner, und ihr Lächeln holte ihn zurück aus dem finsteren Vorausblick. Das Rauschen des Meeres und die salzige Seeluft erfüllten sein Herz mit Optimismus. Er war im Hier und Jetzt verankert – in einem Augenblick der Unbeschwertheit.

Die vier Freunde setzten sich an den Strand. Im Schatten der Maria Stuart waren sie ein letztes Mal zusammen. Sie teilten gedankenversunkenes Schweigen, lachten und feierten das Leben, bis die Sonne dabei war, im Meer zu versinken.

Später am Abend stand Jeff mit Roslyn am Ende seines Bettes und schaute auf die Sachen herab, die seine Mutter ihm genäht hatte. Ein neues Hemd für die Reise, daneben eine gefütterte Jacke. Schon als er noch klein gewesen war, hatte sie Stress mit Nähen kompensiert. Je mehr sich seine Mutter ärgerte oder sorgte, umso flinker setzte sie Stich für Stich.

»Damit du es warm hast«, sagte sie beiläufig, als würde er nicht in den Krieg ziehen, sondern in ein Sommercamp fahren.

»Danke!« Er umarmte sie. Abgesehen von Roslyn, fiel Jeff der Abschied von ihr am schwersten. Sie war eine Frau, die es gewohnt war, ihren Kummer herunterzuschlucken. Ihr Leben an der Seite ihres Mannes war nicht immer leicht. Jeff hatte oft darüber nachgedacht, warum sie sich das überhaupt antat. Als sich sein Vater wegen einer Missernte tagelang bis zur Besinnungslosigkeit betrunken hatte, hatte er ihr geraten, ihn zu verlassen. Jeff war damals zwölf gewesen. Er wäre mit ihr gegangen. So viel stand fest. Doch es war anders gekommen. Auf die Frage, warum sie bei ihm bleibe, hatte sie geantwortet: »Das verstehst du noch nicht.«

Anschließend hatte sich Jeff Gedanken gemacht und war zu dem Schluss gekommen, dass es das Geld war, das beide aneinanderschweißte. Der Verlust des Ansehens einer geschiedenen Frau in einem katholischen Land spielte ebenfalls eine Rolle, und so etwas wie Mitleid. Isabell Craig war überzeugt, ihr Mann käme ohne sie nicht zurecht. Und vielleicht, so dachte Jeff, hatte sie recht.

»Geh keine unnötigen Risiken ein, hörst du?«, sagte sie, während sie sich langsam voneinander lösten.

»Werde ich nicht, Mum. Versprochen.«

Im unteren Flur drückte ihm sein Vater die Schlüssel seines Bentleys in die Hand. Jeff hob verwundert die Brauen.

»Fahrt schon«, knurrte Angus mit einer flotten Handbewegung. Der Wagen war sein Heiligtum. Er hatte ihn noch nie verliehen. Doch Jeff hakte nicht nach. Er spürte, es war nicht an der Zeit, Fragen zu stellen, sondern anzunehmen, was ihm gegeben wurde.

In den Feldern vor der Farm zirpten die Grillen, und ein lauer Wind wehte. Der Motor des Bentleys schnurrte wie eine gezähmte Raubkatze, als Jeff den Schlüssel umdrehte. Sie nahmen die Küstenstraße, öffneten die Autofenster und die milde Abendluft umfing sie.

»Kommst du noch mit rein?«, fragte Roslyn, als sie wenig später vor dem Haus ihrer Eltern anhielten.

Jeff trommelte unschlüssig mit den Fingern auf den Blau-Metallic-Lack der Autotür.

In den Fenstern über dem Blumenladen brannte kein Licht. Die Hazards waren noch bei einer Gemeinderatssitzung. Es ging um die wirtschaftliche Lage der Ladenbetreiber und deren Zukunft. Jeff stieg aus dem Wagen.

»Eigentlich sollte ich jetzt nicht hier sein«, sagte er, als Roslyn ihn durchs verlassene Haus führte.

»Die reden übers Geschäft. Das wird die ganze Nacht dauern, so wie ich meine Eltern kenne. Dad meint, wenn es weiterhin so schlecht läuft, dann werden wir womöglich wieder aus Aberdeen fortgehen müssen.«

»Niemals! Das würde ich nicht zulassen.«

Sie warf ihm einen Blick über die Schulter zu und lächelte.

»Es wäre auch eine Schande, das alles zurücklassen zu müssen.« Sie führte ihn über einen schmalen Flur. Von dort aus gelangten sie ins Gewächshaus. Der Mond und die Sterne schauten durch das gläserne Dach auf sie hinab. Kletterpflanzen erstreckten sich über gespannte Leinen entlang der Wände. Ein plätschernder Brunnen verlieh dem Treibhaus eine Urwaldatmosphäre. Es erinnerte ihn an das *Dschungelbuch*. Den Roman hatte er von Mr Parish geschenkt bekommen, als er noch ein Kind gewesen war.

»Ich hatte keine Ahnung, dass es hier so etwas gibt.« Jeff strich mit den Fingern über die Blätter der jungen Pflanzen, die in ihren Anzuchttöpfen auf einem Tisch standen.

»Das Haus gehörte einer Frau, die Hobbygärtnerin war. Wir hatten Glück, dass Peter es für uns gefunden hat. Dad hat lange nach einer solchen Immobilie gesucht.«

Jeff knirschte mit den Zähnen. »Ja, ja. Der gute Peter.«

»So war das nicht gemeint.« Roslyn kam ihm nah.

Jeff legte den Kopf schief. »Aye. Hin und wieder macht mein Bruder auch was richtig.«

Sie lachten gemeinsam.

»Ich will dir was zeigen.« Roslyn verschwand im Gestrüpp. Jeff folgte ihr. Im fahlen Mondlicht konnte er sie jedoch nicht gleich ausmachen.

»Wo bist du?«

Ein Rascheln ließ ihn herumfahren. Musik war vom anderen Ende des Gangs zu hören. Jeff folgte den Klängen. Dort, zwischen Hortensien und Palmen, saß Roslyn auf einer Récamiere, neben ihr stand ein Radio. Vera Lynn sang *We'll meet again*.

»Ist es nicht herrlich hier?«, fragte sie und sprang auf. Jeff schaute sich um und nickte. Ein solches Idyll hätte er hier, inmitten der Reihenhäuser, nicht erwartet.

Roslyn legte die Arme um seinen Hals und brachte ihn auf diese Weise dazu, sie anzusehen. »Ich will, dass diese Nacht besonders wird«, flüsterte sie, und ihre Blicke verfingen sich ineinander. »Ich bin nicht dumm, Jeff«, fuhr sie mit trauriger Stimme fort. »Ich weiß, wie gefährlich es ist, wenn du gehst. Dieser Augenblick, das Jetzt, könnte alles sein, was uns noch bleibt.«

Er drückte sie an sich und drängte die Tränen zurück, die sich bei ihren Worten loszulösen drohten. Er wollte Roslyn nicht verlassen. Nie. Ihre Lippen liebkosten seine. Sie öffnete die Knöpfe ihres Kleides und streifte es ab. Jeff war gefangen zwischen Vernunft und Begehren.

»Wir sind ungestört«, hauchte Roslyn, als er einfach nur dastand und sie mit wild klopfendem Herzen betrachtete. Sie nahm seine Hand und legte sie zurück auf ihre nackte Taille.

Langsam bewegten sie sich im Takt der Musik, küssten sich. Trauer erfüllte Jeffs Herz, weil er diesen Moment nicht festhalten konnte. Weil er vergänglich war. Gleich einer einstudierten Bewegung sanken sie auf das Sofa. Jeffs Atem ging schnell, als er sich über Roslyn beugte. Sie blickten einander tief in die Augen. Im Funkeln ihrer Iris erkannte Jeff dasselbe Verlangen, das auch ihn ergriffen hatte.

»Ich liebe dich, Ros!«, wisperte er nah an ihrem Ohr. Nie zuvor war ihm etwas leichter über die Lippen gegangen. Denn es war die Wahrheit. Die reine, unerschütterliche, ewige Wahrheit.

»Und ich liebe dich. Ich gehöre dir. Dir allein.« Roslyns Mund bedeckte seinen. Jede Liebkosung, jede zärtliche Berührung, die darauf folgte, war wie ein Feuerwerk. Es ließ Jeff innerlich erbeben. Roslyns Haut war weich und duftete nach Blumen. In ihrem vollen blonden Haar wollte er ertrinken. Nichts konnte schöner sein, als bei ihr zu liegen. Diese letzte Nacht gehörte ihnen beiden allein. Egal, was das Schicksal für sie auch vorgesehen hatte, Jeff würde sie niemals vergessen.

KAPITEL FÜNFZEHN

Katy

Kokoskuchen mit Erythrit und Kokosflocken. Hört sich lecker an. Ich danke dir.« Katy ließ ihr Handy sinken und drückte auf *Auflegen*. Mit der Stiftkappe im Mund setzte sie ein Häkchen hinter einen der Namen auf ihrer Liste. Die darüber und darunter hatte sie schon durchgestrichen. Entweder fühlten sich die Eltern außerstande, Pennys strenge Backvorschriften einzuhalten, oder sie hatten gar nicht vor, den Frühlingsbasar zu besuchen, der in drei Wochen stattfinden sollte.

»Mir ist langweilig!« Mabel stand vor ihrer Mutter und sah sie mit diesem Blick an, dem Katy nur schwer widerstehen konnte. Doch sie hatte keine Wahl.

»Ich muss noch ein paar Anrufe tätigen. Wir können später was zusammen machen, ja?« Katy schob sich an ihr vorbei und stellte Mr Craig ein Glas Wasser hin. Er saß vor seinem Schachbrett, vertieft in die reglosen Figuren.

»Was ist das eigentlich für ein Spiel?«, fragte Mabel. »Kannst du das, Mum?«

»Weiß zieht zuerst. Mehr kann ich dir darüber leider nicht sagen.«

Mabels Hand schwebte über den Figuren, die spielbereit aufgestellt waren. Intuitiv rückte sie mit einem Bauern ein Feld nach vorne.

»Weiser Zug«, sagte Mr Craig. Als hätte er nur darauf gewartet, setzte er ihr einen schwarzen Läufer entgegen.

Mutter und Tochter sahen einander verblüfft an.

»Na los«, ermutigte Katy sie. Mabel nahm sich einen Stuhl.

»Die meisten Menschen denken, die Bauern seien unwichtig«, erklärte Mr Craig. »Dabei sind sie entscheidend. Wer eine funktionierende Streitmacht hat, der gewinnt. Es geht nämlich darum, damit umzugehen. Sie zusammenzuhalten.« Geduldig erklärte er Mabel auch die anderen Figuren, ihre Funktionen und Laufrichtungen. Er zeigte ihr, wie man die Königin einkesselte, und machte sie mit den gängigen Schachbegriffen vertraut. Mabel hörte aufmerksam zu. Sie schafften drei schnelle Partien, von denen sie die letzte für sich entscheiden konnte. »Schachmatt!« Jubelnd klatschte sie in die Hände.

»Du lernst schnell!« Mr Craig nickte anerkennend und gab sich als fairer Verlierer. Er reichte ihr die Hand übers Brett. Stolz schlug Mabel ein. Katy beobachtete die beiden von der Küchentür aus. Es war befreiend, ihre Tochter so gelöst zu sehen. Die Beklemmung, die sie wegen Mr Craigs Sundownings empfunden hatte, schien erst einmal überwunden. Zu verdanken hatte sie das jedoch der Tatsache, dass Aiden nachts im Haus blieb. Seine Anwesenheit gab ihr zusätzliche Sicherheit.

Draußen hatte die Dämmerung eingesetzt. Mr Craig war in seinem Sessel eingeschlummert. In der Küche überflog Katy nochmals die Namen auf Pennys Liste. Gestresst rieb sie sich die Stirn. Sie würde einen Plan B brauchen, wenn sie mehr als drei Kuchen am Stand haben wollte. Mit einem schrillen Miauen flitzte Caramel durchs Haus und riss Katy aus der Konzentration. Er zog ein zur Hälfte aufgewickeltes Wollknäuel hinter sich her. Mabel war ihm dicht auf den Fersen. »Bleib stehen, Caramel!«, schrie sie so laut, dass Katys Schläfen pochten.

Am Vorabend hatte Aiden Kisten vom Dachboden geholt, von denen er glaubte, ihr Inhalt könne zu mehr Gemütlichkeit beitragen, die sich Mabel so sehr wünschte. Nun standen sie in einer Ecke im Wohnzimmer. Mabel hatte darin gekramt. Sie hatte Porzellanfiguren und Nähzeug hervorgeholt, unzählige Schnittmuster, buntes Garn und Wolle – das für Caramel als Spielzeug diente. Sein Mauzen verklang im Flur, und Katy wandte sich wieder ihrer Aufgabe zu, die ihr zunehmend Kopfschmerzen bereitete.

»Mr Craig hat bald Geburtstag.« Mabel stand urplötzlich im Türrahmen.

»Im Juni, ja. Aber ... Woher weißt du das?«, fragte Katy.

Mabel drückte ihr eine Karte in die Hand. »Die habe ich in einer der Kisten gefunden.«

Katy schlug die Karte auf und las:

»Alles Gute zum Geburtstag.
Mögen all Deine Wünsche in Erfüllung gehen!
PS: Vielleicht finden wir dieses Jahr ja einen Weg.
Von Herzen, Deine Maggie.«

In einer Ecke stand das Datum: 4. Juni 1988. Katy klappte die Karte zu und starrte sich verwundert daran fest. Gab es einen Grund, wieso Mr Craig sie aufgehoben hatte?

»Wie alt wird er eigentlich?« Mabels Frage holte Katy aus tiefen Gedanken. Sie rechnete. »Hm ... Ich glaube ... Ja, er wird sechsundneunzig.«

»Boah, das ist alt. Fast hundert!«

Katy nickte lächelnd. »Das ist wahr – ein langes Leben. Er hat viel gesehen und erlebt.«

»Wird es eine Party geben? Wir sollten unbedingt eine machen.«

Katy gab ihr die Karte zurück. »Du hast recht. Das sollten wir.«

Mabel strahlte, dann wurde sie wieder ernst. »Als Erstes brauchen wir aber unbedingt Blumen.«

»Oh, nun ja ... Ich weiß noch gar nicht, was für welche wir holen sollen.« Katy putzte sich die kribbelnde Nase.

»Aiden weiß es ganz sicher.« Mabel folgte ihrer Mutter durchs Wohnzimmer und sah zu, wie sie Mr Craig eine Decke über die Beine legte.

»Ja, das denke ich auch.« Fröstelnd ging Katy vor dem Kamin in die Hocke und legte ein Holzscheit nach. Die Haustür ging auf, und ein Windstoß fegte durchs Wohnzimmer.

»Wir haben gerade von dir gesprochen«, sagte Mabel trocken, als Aiden ins Wohnzimmer kam.

»Ach, ja?« Er winkte Katy zu, die in die Küche zurückgekehrt war. Seit dem Morgen fühlte sie sich unwohl. Ihr Hals kratzte. Alles fiel ihr irgendwie schwerer. Sie spürte, dass sich eine Erkältung anbahnte. Ausgerechnet jetzt, wo sie es sich nicht leisten konnte, krank zu sein.

»Wir brauchen Blumen«, sagte Mabel mit Nachdruck. »Für hier drinnen und für den Garten!«

»Stimmt.« Aiden nickte, als wäre das eine unumstößliche Tatsache. »Wir können morgen in die Stadt fahren, wenn du willst. Ich weiß zufällig, wo es die besten gibt.«

Mabel strahlte übers ganze Gesicht.

»Aber in der Zwischenzeit sollten wir schon mal das Haus gemütlicher machen.«

»Gute Idee!« Mabel hüpfte fröhlich zu den Kartons.

»Ich bin ...« Katy nieste, »noch nicht dazu gekommen anzufangen.« Sie wedelte mit einem Taschentuch in der einen und der Kuchenliste in der anderen Hand.

»Gesundheit!«, sagte Aiden und musterte sie forsch. »Dir geht's nicht gut.«

Katy nieste erneut. »Mir geht's super.«

Er nickte ungläubig. »Mabel und ich, wir machen das schon«, sagte er und setzte sich neben die Kisten in den Schneidersitz. »Um ehrlich zu sein, ich bin gespannt, was da alles drin ist. Die Kisten standen viele Jahre auf dem Dachboden.«

»Vielleicht finden wir ja auch schon was zum Dekorieren – für Mr Craigs Geburtstag.« Mabel zog eine verknotete Lichterkette aus eine der Kisten und legte sie naserümpfend neben sich.

»Unwahrscheinlich«, antwortete Aiden. »Mein Onkel hat nie gern gefeiert – egal was.«

»Bestimmt hat ihm nur niemand gezeigt, wie es richtig geht.«

Aiden zuckte die Schultern. »Schon möglich.«

Mabel entfernte mehrere Papierlagen von einer Schneekugel. Sie schüttelte sie. Weiße Flocken wirbelten umher und regneten auf den Leuchtturm im Innern.

»Wow!«, flüsterte sie staunend. »Mum, sieh mal. Ist die nicht schön?«

Katy kam zu ihnen und bewunderte ebenfalls die Schneekugel. »Sieht nach einem seltenen Stück aus. Woher stammt die?«

»Das war ein Geschenk von meiner Mutter.« Aidens Blick glitt zu seinem Onkel, der ein Stöhnen von sich gab. Mr Craig musterte die drei aus weit aufgerissenen Augen.

»Na, seht mal, wer da wach geworden ist.« Aiden stemmte sich auf die Beine, zog eine Girlande aus rotem Lametta aus einem der Kartons und hängte sie seinem Onkel wie einen lockeren Schal um den Hals.

»Morgen holen wir alles für den Garten«, sagte Aiden. »Meine Mutter kann uns bestimmt Blumen empfehlen, die wir jetzt anpflanzen können. Rosen wären doch schön, damit bald alles wieder so aussieht wie früher.«

Mr Craig ließ ein heiseres Brummen hören.

»Au ja.« Mabel klatschte in die Hände. »Und im Juni feiern wir eine Geburtstagsparty.«

»Auf jeden Fall!« Aiden tätschelte seinem Onkel den Arm. »Und es wird eine riesige Torte für dich geben. Ob du nun willst oder nicht.« Aiden beugte sich zu seinem Onkel hinunter und sah ihm ins Gesicht. War das ein verkniffenes Lächeln, das den Mund des alten Mannes zucken ließ? Katy hielt den Atem an.

»Ja, das machen wir.« Aiden richtete sich auf und warf Katy einen zufriedenen Blick über die Schulter zu. Mabel schüttelte erneut die Schneekugel in ihren Händen, dann stellte sie sie auf den Kaminsims. Gedankenverloren sah Katy zu, wie sich die weißen Flocken langsam am Boden absetzten.

Mit einem Mal wurde sie von einem seltsamen Gefühl heimgesucht, das sie lange nicht empfunden hatte. War das Geborgenheit? Sie horchte in sich hinein. Es fühlte sich so friedlich an, dass sie geneigt war, sich darin zu verlieren. Schlagartig wurde ihr klar, wie sehr sie sich danach gesehnt hatte, zur Ruhe zu kommen. Schweren Herzens rief sie sich in Erinnerung, dass diese Seelenruhe nur geborgt war. Katy und Mabel waren vorübergehend davon umgeben. Solange wie Aiden und Mr Craig sie brauchten. Mit einem lautlosen Seufzer lehnte sich Katy gegen den Türrahmen der Küche und betrachtete das harmonische Bild. Mabel, Aiden und Mr Craig – Menschen, die der Zufall zusammengeführt hatte, spendeten einander Freude, Gesellschaft und Glück. Amüsiert sah sie daraufhin zu, wie Mabel geschäftig in den Kisten wühlte und über deren Inhalte staunte. Neben zahlreichem Plunder fand sie auch zwei silberne Leuchter, die sie auf den Esstisch stellten, und eine Sammlung von Muscheln in einem hohen Einmachglas. Aiden gab es seinem Onkel in die Hände. Dieser hielt es fest. Sein Blick war verträumt darauf gerichtet, und Katy fragte sich, was er wohl damit verband.

»Habt ihr früher seinen Geburtstag alle zusammen gefeiert? Mit deiner Mum?«, fragte Mabel Aiden.

Er holte tief Luft, dann schüttelte er den Kopf. »Nein. Onkel Jeff wollte das nicht. Meine Mutter hat es versucht. Jahr für Jahr. Sie hat ihn sogar zu uns eingeladen. Aber er ist nie gekommen. Ich glaube, das lag daran, dass er und sein Bruder Peter, mein Grandpa, sich nicht gut verstanden haben. Irgendwie konnte ich Onkel Jeff sogar verstehen. Ich bin auch nie besonders mit meinem Grandpa ausgekommen. Er war kühl und fordernd und hat sich nie wirklich für mich interessiert.«

»Anders als dein Onkel Jeff«, sagte Mabel.

Katy war gleichzeitig gerührt und unendlich stolz, weil ihrer Tochter das nicht entgangen war.

Aiden nickte mit einem schmalen Lächeln.

»Mein Grandpa interessiert sich auch nicht für mich«, meinte Mabel weiter. Die Traurigkeit in ihrer Stimme ließ Katy schwer schlucken. Unmerklich schlug sie die Augen nieder.

»Na ja, er hat auch keine Zeit. Er ist Chefarzt in einem riesigen Krankenhaus.« Seufzend zuckte Mabel die Schultern.

»Das ... klingt nach einem stressigen Job«, sagte Aiden.

»Hm«, machte Mabel nur und wandte sich wieder der Dekoration zu.

Nach dem Abendessen hatte sich Mabel mit einer Kiste alter Bücher in ihr Zimmer zurückgezogen. Eine Ausgabe von Jules Vernes *Zwanzigtausend Meilen unter dem Meer* hatte es ihr besonders angetan. Katy hatte versprochen, ihr später daraus vorzulesen.

Im Regionalfernsehen gab ein Dudelsackspieler vor der Kulisse der St.-Machar-Kathedrale *Amazing Grace* zum Besten. Mr Craig saß mit der Pfeife im Mund in seinem Sessel und lauschte. In der Küche ließ Katy Wasser in die Spüle laufen.

»Er hat abgebaut, seit er im Krankenhaus war.« Aiden reichte ihr das schmutzige Geschirr. Katy ließ die Teller in den Schaum sinken. Bedauerlicherweise musste sie ihm zustimmen. Er rührte kaum noch etwas zu essen an, hatte an Gewicht verloren. Es war immer schwieriger, ihn aus dem Stuhl oder Sessel zu bewegen. Allein aufzustehen schien fast unmöglich. »Schwer zu sagen, was momentan in ihm vorgeht.« Aiden lehnte sich mit dem Rücken gegen die Arbeitsplatte und trank sein Wasserglas leer.

Katy nickte matt. Sie drehte sich mit dem Schwamm in der Hand um und warf einen Blick ins Wohnzimmer. In der Geschwindigkeit, in der die Krankheit Mr Craigs Leben bestimmte, würde ihm wahrscheinlich nicht mehr viel Zeit bleiben. Doch das behielt sie für sich.

»Das mit Mabels Grandpa ist ziemlich traurig«, sagte Aiden und wechselte damit zu einem Thema, das Katy nicht minder belastete.

»Ist es.« Sie versenkte den Schwamm wieder im Wasser und wischte über die Teller, die sie anschließend zum Abtropfen neben die Spüle stellte. »Er ist da leider genau wie sein Sohn.« Sie seufzte leise. Eigentlich hatte sie sich vorgenommen, nicht über ihren Ex-Mann und dessen ach so vorzeigbare Familie zu sprechen. Nie wieder. Aber etwas an Aiden verleitete sie dazu, offen zu sein. Er betrachtete sie mit einer Mischung aus Verlegenheit und Bedauern. »Ich weiß nicht, was da zwischen euch passiert ist, aber ... ich bin sicher, er hat euch nicht im Geringsten verdient.« Seine Worte ließen Katy zu ihm aufblicken. Für eine Weile sahen sie einander still an. Erstaunt stellte sie fest, wie gut es sich anfühlte, Bestätigung zu finden. Viel zu oft suchte sie immer noch die Schuld für das Zerbrechen ihrer Ehe bei sich. In den unmöglichsten Momenten drehten sich ihre Gedanken um die verpassten Chancen. Darum, was hätte sein können, wenn sie sich noch mehr um Fred bemüht, ihn öfter nach seiner Arbeit gefragt, seine Hemden ordentlicher gefaltet hätte ... Vielleicht wäre er dann bei ihnen geblieben. Blinzelnd wandte sich Katy wieder dem Geschirr zu. Sie zog die Nase hoch.

»Entschuldige, Katy ... Ich ... wollte dir nicht zu nahetreten«, sagte Aiden.

»Bist du nicht«, murmelte sie, ohne vom Schaum aufzusehen, der sich im Geschirrspülbecken türmte. Sie hatte noch nie das richtige Maß finden können. Weder beim Spül- noch beim Waschmittel.

»Was ist mit deinem Vater? Ist er denn ein besserer Grandpa?« Aiden trocknete die Teller ab.

»Kann sein, dass er es gewesen wäre.« Katy zuckte leicht die Schultern. »Leider ist er schon vor Mabels Geburt gestorben.«

»Das ... tut mir leid zu hören.«

»Ja«, raunte sie, selbst überrascht darüber, wie ernst es ihr damit war, denn eigentlich war ihr Vater kein Familienmensch gewesen. Erst kurz vor seinem Tod hatte sie das Gefühl gehabt, er hätte sich verändert. Die Fehler eingesehen, die er im Leben begangen hatte, und versucht, sie wiedergutzumachen. Er war freundlicher und wertschätzender der Familie gegenüber geworden. Manchmal fragte sie sich, ob er vielleicht geahnt hatte, dass ihm keine Zeit mehr blieb. Dass er ... sterben musste. Dabei hatte seinen Tod niemand kommen sehen. Eine Lungenembolie mit vierundsechzig Jahren hatte ihn überraschend aus dem Leben gerissen. Unwillkürlich schnappte Katy nach Luft und fasste sich an ihre Kehle, als sie die Erinnerung daran übermannte, wie er gestorben war. Endlos erscheinende, stille Sekunden verstrichen, und Katy schaute zu Aiden. Schlagartig wurde ihr klar, dass er sie die ganze Zeit über angesehen hatte. Er lächelte. Mitfühlend. Bestärkend.

Woher nahm er nur diese innere Kraft? Er strahlte sie aus, in jedem Moment. Für einen Mann fand sie eine solche emotionale Reife ungewöhnlich. Er war ihr ein Rätsel.

Dicke Regentropfen prasselten gegen das Küchenfenster. Katy sah hinaus. Innerhalb kürzester Zeit hatte sich die Auffahrt in einen reißenden Bach verwandelt. Die dunklen Wolken, die seit Tagen den Himmel verschleierten, wirkten sich auf ihre Stimmung aus. Katy fühlte sich antriebslos und dauermüde.

»Das Wetter sollte bald besser werden«, sagte Aiden, der ihrem Blick aus dem Fenster gefolgt war. »Eigentlich ist es hier im Mai und im Juni immer trocken.«

Katy stöhnte. »Ach, ich sehne die Sonne herbei. Es ist doch verrückt, wie sehr wir alle das Licht brauchen, um ausgeglichen zu sein. Früher hatte ich damit keine Probleme, aber neuerdings ...«

»War ein ziemlich anstrengendes Jahr, was?«

»Kann man so sagen«, antwortete Katy heiser. Näher wollte sie darauf nicht eingehen.

»Der Regen vergeht«, sagte er. Katy sah nachdenklich zu ihm auf. Er schien zu wissen, dass es ihr nicht ums Wetter ging.

»Ich verlass mich drauf.« Sie war dankbar für seinen Versuch, sie aufzubauen. Er lächelte sie an, und ein wohlig-warmes Gefühl breitete sich in ihrer Magengrube aus. Sie blickten sich in die Augen, bis ihre Nase zu kribbeln begann und eine heftige Niesattacke den tiefgründigen Moment durchbrach.

Aiden grinste, reichte ihr ein Taschentuch und schob ihr einen Stuhl zurecht. Sich schnäuzend nahm Katy am Küchentisch Platz.

»Ich weiß genau, was du jetzt brauchst.« Er presste Zitronen aus und gab den Saft mit etwas Wasser in einen Topf. Stirnrunzelnd sah sie, wie er einen großzügigen Schuss Whisky und eine Zimtstange hinzugab. Anschließend brachte er alles zum Köcheln. Zu guter Letzt rührte er einen Esslöffel Honig hinein und füllte die Mischung in zwei Tassen. Eine davon setzte er Katy vor.

»Hot Toddy. Erst inhalieren, dann in kleinen Schlucken trinken. Es gibt nichts Besseres. Und ganz nebenbei, es ist *das* Mittel gegen Erkältungen. Wir Schotten schwören seit Jahrhunderten darauf.«

Katy schaute durch die offen stehende Tür ins Wohnzimmer zu Mr Craig. Er saß immer noch ruhig da, während im Fernsehen eine Aufzeichnung der Oper *Carmen* lief. Im Kamin knackte und knisterte das Feuer. Die Atmosphäre im Haus war entspannt. Katy nahm die dampfende Tasse in beide Hände, roch vorsichtig daran und zog die Nase kraus, als sie den Alkohol wahrnahm.

Zögerlich nippte sie an dem Wundermittel. Ein kleiner Schluck reichte aus, um ihre Wangen zum Glühen zu bringen. Ihr Magen brannte, und ihre Beine wurden schwer. Es war lange her, dass sie Alkohol getrunken hatte. An das letzte Mal konnte sie sich kaum mehr erinnern.

»Gib es zu, du versuchst, mich abzufüllen?«, sagte sie und blinzelte die benebelnde Wirkung des Whiskys weg.

Er lachte. »Würde mir nie einfallen.«

»Und was machen wir, wenn ich gleich k. o. gehe?« Katy schmunzelte, denn das war gar nicht so abwegig. Wenn sie schon jetzt den Whisky spürte, wie würde es ihr dann erst gehen, wenn sie ausgetrunken hatte?

Aiden legte den Kopf schief und lächelte. »Dann bringe ich dich ins Bett und du schläfst dich aus. So funktioniert das im Idealfall nach dem Genuss des schottischen Zauberwassers.« Er hob vielsagend die Brauen.

Katy lachte auf. »Ach, so nennt ihr das also. Mir scheint, ich muss mich erst noch an die schottischen Traditionen gewöhnen – wenn ich vorhabe hierzubleiben.«

Sein Blick ruhte sanft auf ihr. »Keine Sorge. Das kommt. Ich helfe dir dabei.« Aiden zwinkerte ihr zu, führte seine Tasse an seinen Mund und trank. Für einen Moment sahen sie sich unverhohlen an, und Katy wurde es noch wärmer. Es war eine Ewigkeit her, dass sie so entspannt mit einem Mann am Tisch gesessen hatte. Nach der bitteren Enttäuschung mit Fred war es schön zu erfahren, dass es noch Menschen gab, die gerne Zeit mit ihr verbrachten. Verlegen strich sie sich das Haar hinter die Ohren, als sie merkte, wie intensiv Aidens Blick auf sie gerichtet war. Sie spürte eine Hitze in sich aufsteigen, die nichts mit dem Drink zu tun hatte. Flirtete Aiden etwa mit ihr? Oder war er einfach nur nett? Katy dachte daran, was Penny und ihre Freundinnen über ihn angedeutet hatten, und ihre Unsicherheit wurde schlimmer. Es war, als hätte sie alles vergessen, was sie einmal geglaubt hatte, über Männer zu wissen. Verlegen schaute sie auf ihre Hände, die die Tasse umfassten, so lange, bis Mr Craigs Hustenanfall sich in ihr Bewusstsein drängte. Kurz hatte Katy vergessen, wo sie war und mit wem. Sie schüttelte sich unmerklich und sprang auf. Mr Craig schluckte hörbar mehrfach hintereinander.

»Wir ... wir sollten ihn ins Bett bringen«, schlug Katy vor.

Aiden nickte hastig. »Ja. Du hast recht.«

Als er ihn im Sessel aufrichtete, fiel ein Buch auf den Boden. Katy hob es auf. »Das kenne ich doch«, murmelte sie und blätterte sich durch Hemingways Geschichte. »Es stand dort drüben im Regal. Hast du es ihm gegeben?« Sie schaute fragend zu Aiden auf, dieser schüttelte den Kopf.

»Hab ich nicht. Nein.«

»Sind Sie zwischendurch doch mal aufgestanden?«, fragte sie Mr Craig. Er riss ihr das Buch aus der Hand.

»Es ... ist Ihnen wichtig, nicht wahr?« Katy beugte sich zu ihm hinunter und tippte mit dem Finger auf das Buch, das er fest umklammerte. »Was hat es damit auf sich? Wollen Sie es uns nicht erzählen?«

Abwägend strich er über den Einband, dann schlug er es auf. Mit zittriger Hand nahm er die Blüte heraus und hielt sie vor sich, bedächtig wie einen Schatz. Katy und Aiden tauschten einen erwartungsvollen Blick, Mr Craig aber blieb stumm.

»Wir fragen meine Mutter«, sagte Aiden. »Vielleicht kann sie uns etwas darüber erzählen.«

»Ja«, hauchte sie, löste ihren Blick aber nicht von Mr Craig, der die Blume in seiner Hand fixierte, als wäre sie von einem unsichtbaren Zauber umgeben. Bei der Art und Weise, in der er sie hütete, kam Katy der Verdacht, dass es um sie ging und nicht um Hemingway. Das Buch diente lediglich als Schatulle für ein weitaus größeres Juwel.

Am nächsten Morgen schreckte Katy aus dem Schlaf hoch. Sie fühlte sich wie aus einem Koma erwacht. Was? Schon halb elf, ging es ihr durch den Kopf, nachdem sie einen Blick auf ihr Handy geworfen hatte. Wann hatte sie zuletzt so lange geschlafen? Und warum hatte Mabel sie nicht geweckt? Sie war doch sonst immer so früh auf den Beinen – auch sonntags.

Ihr Puls raste. Blitzschnell stieg sie aus dem Bett. Das ganze Zimmer drehte sich, und ihr wurde schwarz vor Augen. Schwer wie Blei sank sie zurück aufs Laken, raffte sich wenig später mühevoll hoch und atmete tief ein und aus. Das Zimmer hatte endlich aufgehört, sich zu bewegen. Katy nahm einen Schluck aus dem Wasserglas, das auf ihrem Nachttisch stand. Das Kratzen im Hals war verschwunden. Erstaunt stellte sie fest, dass, anders als befürchtet, aus den Niesattacken des gestrigen Abends keine ausgewachsene Erkältung geworden war. Verdankte sie das etwa Aiden?

Ihr Blutdruck hatte sich inzwischen ihrem Bewusstseinszustand angepasst, und sie stemmte sich auf die Beine. Mabels Schlafzimmertür stand offen. Sie war nicht da. Eilig schlüpfte Katy in Morgenrock und Pantoffeln und ging die Treppe hinunter. Keine Mabel, kein Aiden und kein Mr Craig. Nur Caramel, der nach Futter bettelnd um ihre Beine strich, teilte das Haus mit ihr.

»Wo sind denn alle hin?«, fragte sie den Kater, als könnte er ihr eine Antwort geben. Katy dachte nach. Sollte sie sich jetzt Sorgen machen? Merkwürdigerweise spürte sie sofort eine innere Ruhe, die das verneinte. Caramel schmiegte seinen Kopf schnurrend an ihre Wange. Katy setzte ihn ab und sah sich verwirrt in der aufgeräumten, blitzsauberen Küche um. Ohne hinzuschauen nahm sie das Katzenfutter aus dem Schrank und füllte es in Caramels Napf, dann schaute sie aus dem Fenster. Aidens Wagen war weg. Sie erinnerte sich vage, dass er gestern davon gesprochen hatte, Blumen für den Garten besorgen zu wollen. War das der Grund, wieso sie nun allein im Haus war? Angestrengt suchte sie nach einer Erklärung dafür, warum sie wie eine Tote geschlafen hatte. Fest und traumlos. Wann war das das letzte Mal so gewesen? In der Regel hatte sie einen leichten Schlaf, schreckte beim kleinsten Geräusch hoch. Zweifellos hatte der Hot Toddy ihre Gewohnheiten ausgehebelt. Kopfschüttelnd legte sie eine Hand an ihre Stirn. Wie peinlich, dachte sie, als ihr klar wurde, dass ihr Pflichtbewusstsein unter ihrem Aussetzer gelitten hatte. Zwar hatte sie die Sonntage grundsätzlich frei, was Mr Craig anging, aber Mabel verließ sich natürlich dennoch auf sie. Fieberhaft nahm sie das Telefon und wählte Aidens Nummer.

In dem Moment, als es klingelte, fiel ihr der Zettel an der Kühlschranktür auf.

Guten Morgen Katy,
sind in die Stadt gefahren und bald wieder zurück.
A.

Noch während sie Aidens Nachricht las, hörte sie ein Auto in die Auffahrt biegen. Vom Küchenfenster aus beobachtete Katy, wie es vor dem Haus stoppte und nacheinander die Türen aufflogen. Mabel hopste in ihren leuchtend gelben Gummistiefeln durch den Matsch. Sie wirkte so fröhlich. Gespannt beobachtete Katy, wie sie Hortensien, Vergissmeinnicht und Fleißiges Lieschen aus dem Kofferraum hervorholte. Aiden trug säckeweise Blumenerde heraus und legte sie neben die Veranda. Katy öffnete ihnen die Tür.

»Wir haben die Blumen!« Mabel fiel ihr in die Arme.

»Das sehe ich.« Katy war leicht verwirrt.

»Der Garten wird wieder rundherum perfekt. Geht es dir

jetzt besser, Mum?« Mabel schaute aus großen Augen zu ihr auf.

»Wir dachten, wir lassen dich schlafen«, sagte Aiden schulterzuckend.

Katy nickte. »Ja.«

»Schön!« Aiden strahlte. »Ich ... geh dann mal und hol Onkel Jeff rein, bevor er wieder türmt.«

Wieder nickte Katy. Zum ersten Mal seit Langem hatte sie durchgeschlafen. Sie hätte sich bei Aiden bedanken sollen, aber etwas in ihr hielt sie davon ab. Misstrauen stieg in ihr auf, ohne dass sie wusste, wieso.

»Übrigens ...« Aiden kam erneut zu ihr, nachdem er seinen Onkel ins Wohnzimmer begleitet hatte. »Es ist wieder passiert.«

Katy hob ratlos die Brauen.

»Auf dem Rückweg haben wir noch an der Tankstelle haltgemacht. Von dort aus ist er auf eigene Faust zurück in den Blumenladen marschiert. Meine Mutter war aber schon nicht mehr da, nur ihre Angestellte. Und die hat er wohl ziemlich erschreckt.«

Kurz schauten beide nachdenklich aneinander vorbei, dann trafen sich ihre Blicke.

»Verrückt, oder?« Aiden hielt sich grübelnd das Kinn. »Ich meine, wieso will er auf einmal unbedingt ständig in den Laden? Was geht da nur in ihm vor?«

Katy nickte stoisch. »Ich habe keine Ahnung. Aber ... ich wüsste es auch zu gern.«

KAPITEL SECHSZEHN

Normandie, Mai 1944

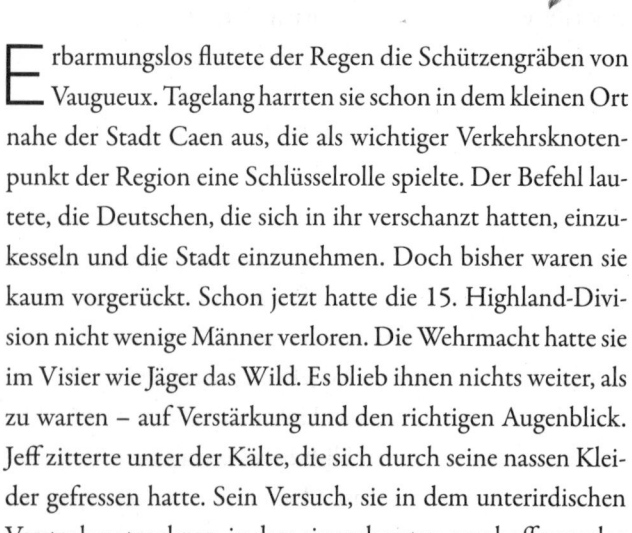

Erbarmungslos flutete der Regen die Schützengräben von Vaugueux. Tagelang harrten sie schon in dem kleinen Ort nahe der Stadt Caen aus, die als wichtiger Verkehrsknotenpunkt der Region eine Schlüsselrolle spielte. Der Befehl lautete, die Deutschen, die sich in ihr verschanzt hatten, einzukesseln und die Stadt einzunehmen. Doch bisher waren sie kaum vorgerückt. Schon jetzt hatte die 15. Highland-Division nicht wenige Männer verloren. Die Wehrmacht hatte sie im Visier wie Jäger das Wild. Es blieb ihnen nichts weiter, als zu warten – auf Verstärkung und den richtigen Augenblick. Jeff zitterte unter der Kälte, die sich durch seine nassen Kleider gefressen hatte. Sein Versuch, sie in dem unterirdischen Versteck zu trocknen, in dem sie ausharrten, war hoffnungslos gescheitert. Die Feuchtigkeit fand ihren Weg.

»Hier.« Hamish reichte ihm einen Becher mit dünnem Kaffee. Wenigstens war er heiß.

»Danke.« Jeff setzte sich auf seiner Pritsche auf. Er hustete schwerfällig, schaffte es aber zwischendurch, einen wärmenden Schluck zu nehmen.

»O Mann, meine Oma sieht lebendiger aus als du.« Hamish legte ihm seine Decke um die Schultern.

»Na ja, du siehst auch nicht gerade umwerfend aus«, gab Jeff mit kratziger Stimme zurück.

»Also ich sehe wie immer klasse aus!« Hamish brachte ihn zum Lachen. »Nimm dir 'ne Mütze Schlaf.«

Jeff nickte matt, trank den Kaffee aus und legte sich wieder hin. Sein Infekt war nicht schwer, aber in Verbindung mit Schlaflosigkeit und Kälte könnte sich das ändern. Er war nicht der Einzige, dem es so ging. Seit sie in Frankreich gelandet waren, hielten sie sich, nach einem kurzen, aber heftigen Gefecht, in dem Verschlag auf. Hoffend auf Unterstützung aus dem Westen, um die deutschen Linien endlich zu durchbrechen. Husten und Röcheln gehörten mittlerweile ebenso zur Geräuschkulisse des feuchten Erdlochs wie das Fiepen umtriebiger Ratten.

»Wo bleiben eigentlich die Amis?« Brad blies seinen Zigarettenrauch als wohlgeformte Ringe in die Luft. »Die sind doch sonst ganz vorn dabei. Sind sich wohl zu schade für ein bisschen Krieg.« Hamish und Jeff seufzten zeitgleich. Dass sie ausgerechnet mit Brad in einer Einheit waren, konnten sie noch immer nicht fassen. Bisher blieb es zwischen ihm und Hamish aber erstaunlich ruhig. Fast schien es so, als hätten sie ihre Fehde in Aberdeen zurückgelassen. Jeff war sich jedoch sicher, dass Brad mit seinem oftmals fragwürdigen Humor schon bald neuen Streit provozieren würde. Jamie Forrest jedenfalls, ein neunzehnjähriger Dudelsackspieler aus Inverness, zeigte stets unverhohlen, dass er mit Brads Ansichten nicht übereinstimmte. Was ihn in Jeffs Augen überaus sympathisch machte.

»Dass du nach all dem Mist, den wir gesehen haben, nach wie vor von ein bisschen Krieg sprichst ...«

»Ach, komm schon, Jamie. Es könnte schlimmer sein.« Brad lief im engen Raum auf und ab und trank aus seinem Flachmann.

Jeff ließ die anschließende Diskussion zwischen ihm und den anderen an sich abprallen.

»Wir kommen hier alle raus. Irgendwie.« Brads Worte klangen wie eine Floskel. »Wäre ganz schön blöd, wenn nicht. Oder, Jamie? Wenn ich dich so ansehe ... verdammt ... ich wette, du hast noch nie 'ne Frau gehabt.« Er lachte schallend.

Jamie funkelte ihn zornig an.

»Du doch auch nicht, Brad«, erwiderte Hamish stumpf. »Und jetzt tu uns allen einen Gefallen und halt die Klappe.«

Brad bedachte ihn mit einem missfälligen Blick, beließ es aber dabei, stattdessen nahm er nur einen weiteren Schluck aus seinem Flachmann.

»Im Morgengrauen marschieren wir weiter.« MacMillans Befehl scheuchte die Gruppe auf. Der Colonel stand zwischen Socken, die zum Trocknen an einer Leine baumelten, und Rationsbeuteln, die aufgehängt worden waren, um die Ratten von den Vorräten fernzuhalten. Ein Stöhnen und Raunen erfüllte den Raum.

»Tut mir leid, Ladys, dass der Luxusurlaub hier endet, aber es gibt Gerüchte über einen deutschen Abzug. Wir werden vor Caen auf eine kanadische Einheit stoßen.« Er ging.

»Immerhin kommen wir jetzt hier raus«, sagte Hamish und kletterte auf seinen Schlafplatz, der sich über Jeffs befand. Es wurde still im Verschlag unter der Erde.

»Denkst du manchmal daran, wie es wäre, wenn wir nicht gegangen wären?« Jeff drehte sich auf die Seite und stützte den Kopf auf seinen Unterarm.

»Hin und wieder«, antwortete Hamish kleinlaut. »Aber das ist unwichtig. Wären wir nicht gegangen, hätten wir uns dann nicht dieselbe Frage gestellt? Nur andersrum?«

Jeff starrte kurz ins Leere. In den Worten seines Freundes lag eine tiefe Wahrheit.

»Du grübelst schon wieder zu viel«, sagte Hamish nach einer Weile. »Mach das nich'.« Er beugte sich zu ihm runter. Ein gezielter Wurf folgte, und Jeff wurde von einem begehrten Gut getroffen.

»Wo hast du den denn her?«, flüsterte Jeff. Begierig wickelte er den Hershey-Schokoladenriegel aus dem Papier.

»Hab da so meine Quellen.« Hamish tat geheimnisvoll. »Jetzt iss schon, bevor die anderen was mitbekommen. Wir sind schließlich im Krieg.«

Jeff lächelte aufgemuntert. Er schob sich die Zartbitterschokolade in den Mund, und sie zerschmolz auf seiner Zunge. Der Geschmack katapultierte ihn in sorgenfreie Tage zurück, an denen die Welt noch in Ordnung gewesen war. Vor seinem geistigen Auge blitzten Bilder auf. Wie er durch die satten Felder strich, die seine Farm umgaben, die blühende Natur neben Aberdeens Küste. Roslyn, wie der Wind durch ihr Haar strich, an einem sonnigen Tag am Strand. Einer von vielen, die sie miteinander dort verbracht hatten. Doch es waren nicht genug. Es hätten nie genug sein können. Ein Donnern aus der Ferne ließ die Bilder verblassen. Staub rieselte von der Decke, und das letzte bisschen von Hersheys dunkler Schokolade glitt Jeffs Kehle hinab. Widerwillig erfasste er die deprimierende Umgebung, das Husten seiner Divisionskollegen und das menschengemachte Gewitter in der Ferne. Er rollte sich auf den Rücken und zog den Brief aus seiner Brusttasche, den Roslyn ihm zuletzt geschrieben hatte. Dutzende Male hatte er ihn bereits gelesen, und jedes Mal fühlte er sich ihr nah. Als ob er ihre Stimme hören könnte, die diese Worte zu ihm sprach.

Mein Liebster,

ich denke jeden Tag an Dich und hoffe, dass Du wohlauf bist. Hier ist es furchtbar still und leer ohne Dich. Wenn ich am Nachmittag am Strand spazieren gehe, versuche ich mir vorzustellen, Du wärst bei mir, an meiner Seite. Und wenn am Abend die Sonne im Meer versinkt, denke ich daran, dass es dieselbe ist, die wir sehen. Oft flüchte ich mich gedanklich zurück zu unserem letzten gemeinsamen Abend. Das Gewächshaus ist unser besonderer Ort geworden. Dort, wo neues Leben beginnt.
Bitte komm bald heim zu mir. Anbei sende ich Dir eine Paeonia, eine neue, rot leuchtende Pfingstrosenart, die ich selbst herangezogen habe. Hier bei uns stehen die Pfingstrosen in voller Blüte. Deine Mutter sagt, sie habe noch nie gesehen, dass ihre Pfingstrosen so zahlreich blühen. Wenn das nicht ein gutes Zeichen ist, oder? Ach, mein Liebster, ich wünschte, Du könntest das Blumenmeer sehen, das Aberdeen in diesen Tagen in bunte Farben taucht. Es ist wahrlich traumhaft. Behalte die Blüte stets nah bei Dir. Sie wird Dich daran erinnern, dass wir schon bald wieder zusammen sein werden. Möge sie Dich beschützen. Und Dir Hoffnung und Licht spenden in den finstersten Tagen. Bette sie nah an Dein Herz, auf dass Du bald wieder zu mir zurückkehrst.

Auf ewig Deine
Ros

Jeff presste ihren Brief fest an seine Brust. Er nahm die getrocknete Blüte, die sie dem Umschlag beigefügt hatte, und versuchte, ihren Duft aufzunehmen. Roslyns Zeilen waren wie ein Rettungsanker. Sie schafften Nähe. Durch sie fand er den dringend benötigten Schlaf, selbst wenn seine Umgebung noch so feindlich war.

Bei Tagesanbruch brachen sie auf. Entgegen seiner Erwartung hatte Jeff ein wenig Erholung finden können, trotzdem wog seine Ausrüstung tonnenschwer auf seinen Schultern. In ihm tobte die Unsicherheit. Zwar waren sie der Dunkelheit, Enge und dem Gestank ihrer unterirdischen Festung entkommen, befanden sich nun aber auf gefährlichem Terrain. In den Gesichtern seiner Mitstreiter erkannte Jeff dieselben quälenden Gedanken. Hinter jeder Mauer, jedem Baum konnten Scharfschützen lauern. Die Angst ständig im Nacken, tasteten sie sich langsam vor. Unheilverkündender Rauch schlängelte sich von Caen aus in den Himmel. Die Stadt lag am Fluss Orne, auf einem Hügel, umgeben von Klosterkirchen, deren Türme so weit hinaufreichten, dass man sie vom nahe gelegenen Cagny aus sehen konnte. Hier traf die Division auf Verbündete. Kanadische Fallschirmjäger hatten Cagny unter ihre Kontrolle bringen können. Als Nächstes sollten sie mit der schottischen Division den Fluss überqueren und die Stadt von Osten her angreifen. Während die Generäle den Vorstoß auf Caen planten, patrouillierte Jeff mit Hamish, Brad und Jamie durch den von Zivilisten verlassenen Ort. Er war sich nicht sicher, ob das Fenster des Lebensmittelgeschäfts, an dem sie vorbeikamen, von Granatsplittern getroffen oder ob es eingeschlagen worden war. Im Grunde spielte es keine Rolle. Zweifellos hatte der Krieg Recht und Gesetz ausgehebelt, und Plünderern bot niemand Einhalt.

»Lasst mal nachsehen, ob wir da drinnen noch was zu essen finden.« Jamie schnippte seine Zigarette weg. Er löste das gesplitterte Glas mit seinem Gewehrkolben aus dem Rahmen und stieg durch das Schaufenster ein. Die anderen folgten ihm, Jeff verharrte davor. Er dachte an zu Hause, an Mr Parish und seinen Laden. Ein Teil von ihm versuchte sich in dem Moment vorzustellen, wie es gewesen wäre, hätte er sein Angebot angenommen.

»Willst du da draußen Wurzeln schlagen?« Hamish streckte den Kopf hinaus, und Jeff riss sich von seinen Überlegungen los. Im Inneren des Geschäfts durchstöberten Jamie und Brad das Wenige, das zurückgelassen worden war. Sie fanden einige Obstkonserven und ganz hinten, in einem Schrank in der Ecke des Raumes, eine Flasche.

»Bingo!« Hamish löste den Korken und hielt seine Nase prüfend über den Flaschenhals. »Wenn das nicht der feinste Rum ist, den Frankreich zu bieten hat.«

Im zweiten Stock des Hauses machten sie es sich im Wohnzimmer bequem. MacMillan hatte den Vorstoß auf Caen für den nächsten Tag angesetzt, und sie richteten sich für die Nacht ein. Zum ersten Mal seit Wochen hatten sie wieder ein Dach über dem Kopf, das nicht aus Ästen bestand oder nach feuchter Erde roch. Banales wie eine trockene Decke, ein Stück Seife und eine Flasche mit fragwürdigem Inhalt hellte ihre Stimmung zusätzlich auf. Die Einrichtung der Wohnung war exquisit. Hochwertiges Mobiliar, Kristallkronleuchter, Samtvorhänge und auf einem Beistelltisch eine Karaffe mit Obstwein. Wohl doch keine Plünderer, dachte Jeff und ihn überkam ein schlechtes Gewissen, weil sie die Eindringlinge waren.

»War bestimmt die Wohnung der Familie des Ladeneigentümers«, sagte Jamie und drehte mit dem Fuß einen Teddybären, der auf dem Boden lag. Er starrte sie aus schwarzen Kulleraugen an, und Jeff fuhr ein Schauer über den Rücken bei der Vorstellung, wie viel Angst das Kind gehabt haben musste, dem er gehörte. Er war, wie so vieles, zurückgeblieben – bei einer überstürzten Flucht.

Zögerlich sank Jeff in einen Sessel mit hoher Lehne und nahm einen Schluck aus Hamishs Flasche, die herumgereicht wurde. Der Inhalt schmeckte bitter. Mehr wie eine Arznei. Er verzog das Gesicht und gab das Getränk weiter an Brad.

»Hier kann man es aushalten.« Er hatte sich eine Decke um die Schultern gelegt, die er sich aus einem der Schlafzimmer genommen hatte.

»Was ist mit dir, Craig? Du willst anscheinend erfrieren?« Jamie warf ihm ein Schaffell über. Zaghaft umwickelte er seine Beine damit.

»Ein Jammer, dass wir kein Feuer machen dürfen.« Jamies Blick glitt hinüber zum einladenden Kamin.

»Wieso eigentlich nicht? Die Deutschen haben sich doch in die Stadt verzogen.« Brad zertrat einen Stuhl, warf die Einzelteile in den Kamin und zückte sein Feuerzeug.

»Lass es!« Hamish ermahnte ihn. Doch er hörte nicht hin, platzierte eine alte Zeitung zwischen dem Holz und zündete sie an.

Jamie schüttelte den Kopf. »Wenn MacMillan das rauskriegt, dann ...«

»Was dann?«, zischte Brad. »Der ist auf der anderen Seite der Straße. Außerdem raucht das halbe Dorf. Ich will mir mal eine Nacht nicht den Arsch abfrieren.«

»Warte!« Jeff entriss Brad eines der Bücher, das dieser aus dem Regal genommen hatte. »Das ist ein Jules Verne.«

Brad runzelte die Stirn. »Ein, was? Sag jetzt bloß nicht, du willst uns was vorlesen? Die sind ohnehin alle auf Französisch. Bist ja schließlich kein Froschfresser.« Brad wollte ihm das Buch wieder aus der Hand nehmen, es als Anzünder nehmen, aber Jeff verteidigte es. »Wir verbrennen keine Bücher«, sagte er entschlossen und stellte das Buch zurück ins Regal. Einen Moment schaute Brad ihn unschlüssig an. Jeff erwartete eine Standpauke, irgendeinen dummen Spruch, aber Brad atmete lediglich laut aus, ließ sich in den Sessel plumpsen und streckte seine Füße dem Feuer entgegen, das sich mit dem Holz zufriedengab. Seine wohltuende Kraft erreichte die erschöpften Männer, und keiner von ihnen sagte mehr etwas. Jeff dachte an die Heimat. An seine Eltern, an Roslyn. Was würde er ihnen über seine Zeit an der Front erzählen, wenn er wieder zu ihnen zurückkehrte? Würde er stolz auf sich sein können?

Es war nicht das erste Mal, dass sie ein verlassenes Haus besetzten. Es war auch nicht das erste Mal, dass sie fremdes Eigentum zum Feuern nahmen. Wenn die Muskeln starr vor Kälte waren, bediente man sich an dem, was zur Verfügung stand. Trotzdem hatte Jeff sich noch nicht daran gewöhnt, in Häuser einzudringen oder sich an Gütern zu vergreifen, die ihm nicht gehörten. Die anderen schienen weniger Probleme damit zu haben. Doch sie alle waren längst Teil der Zerstörung geworden. Schuldgefühle oder Reue waren fehl am Platz. An diesem Abend spendeten ihnen die Wohnung und das Feuer eine trügerische Geborgenheit. Zusammen mit der entspannenden Wirkung des Alkohols ließ es die Männer einschlafen.

Das Tageslicht brach durchs Fenster, und Jeff rieb sich benommen die Augen. Ein dünner Rauchfaden stieg aus der Asche im Kamin auf. Jeff ließ seinen Blick im Raum umherschweifen. Die leeren Flaschen auf dem Fußboden klirrten leise aneinander. Jeff hielt inne. Hatte er sich das nur eingebildet? Er spürte eine Bodenbewegung, ein leichtes Zittern. Außerdem war da dieses Grollen in der Tiefe. Wie eine herannahende Flutwelle.

»Leute?« Jeff rüttelte die anderen wach.

Hamish schreckte hoch. »Was ist?«

»Scht!«, machte Jeff und horchte.

Die beiden sahen sich mit großen Augen an.

»Panzer!« Hamishs Verdacht beunruhigte alle.

»Unsere?« Jamie blickte hoffnungsvoll in die Runde.

Brad umklammerte sein Gewehr, ging zum Fenster und warf einen vorsichtigen Blick nach draußen. »Tiger.« Seine Stimme war ein eindringliches Flüstern. Ein deutsches Panzerfahrzeug stoppte direkt vor dem Gebäude. Schüsse fielen. Jeff lugte ebenfalls aus dem Fenster. Das Surren des drehbaren Panzerturms ließ seinen Puls anschwellen. Mit einem Klacken rastete das Geschütz in der richtigen Position ein. Was folgte, war ein ohrenbetäubender Knall. Krachend fiel ein Haus auf der gegenüberliegenden Seite in sich zusammen. Aus dem Gebäudestaub traten verletzte Männer, auf die die Fußsoldaten der Wehrmacht schossen. MacMillan erwiderte das Feuer.

»Wir müssen ihnen helfen!«, sagte Hamish.

»Zu riskant! Damit würden wir uns nur verraten«, erwiderte Brad.

»Die sind so gut wie tot«, murmelte Jamie.

»Wir können nicht einfach zusehen!«

»Die werden uns kaltmachen, Porter«, zischte Brad.

»Nicht, wenn wir ihnen zuvorkommen.«

Jeff sah die Entschlossenheit in Hamishs Blick. Bevor er etwas unternehmen konnte, öffnete dieser vorsichtig ein Fenster.

»Verdammt, Porter ...« Zeternd legte Brad sein Gewehr an. Jamie tat es ihm, ohne ein Wort, nach.

Jeff positionierte sich an Hamishs Seite, der ihm bedeutete, sich die Panzergrenadiere vorzunehmen. Die anderen beiden konzentrierten sich auf die Infanteristen, die MacMillan unter Dauerbeschuss genommen hatten. Jeff schlug das Herz bis zum Hals, als er zielte. Angespannt drückte er den Abzug und traf den deutschen Grenadier seitlich am Kopf. Der sackte in sich zusammen. Es war passiert. Er hatte zum ersten Mal wissentlich einen Menschen getötet. Bei ihrer Landung hatte er ziellos drauflos geschossen, ohne zu wissen, ob er jemanden erwischt hatte. Diesmal hatte er den Mann deutlich gesehen, dessen Leben er beendet hatte. Diese Tatsache arbeitete in ihm. Für den Bruchteil einer Sekunde schränkte das seine Auffassungsgabe ein. Auch Hamish, Brad und Jamie waren erfolgreich. Ein Wehrmachtssoldat nach dem anderen ging zu Boden, so dass MacMillan sich mit seinen Leuten aus der Deckung begeben konnte. Neben ihm riss Hamish siegessicher die Faust in die Luft. Jeff jedoch war noch wie im Nebel. Sekunden verstrichen, in denen er unfähig war, sich zu rühren oder auf das Echo des Panzers zu reagieren, der durch einen anderen Schützen neu ausgerichtet wurde.

»In Deckung!« In letzter Sekunde zerrte Hamish ihn vom Fenster weg. Das abgefeuerte Geschütz zerriss die Fassade, und der Boden unter ihren Füßen gab nach. Staub und dumpfe Schreie. Das war alles, was Jeff wahrnahm, als er ins Nichts taumelte. Als täte sich unter ihm eine Falltür auf, wurde er ruckartig ins Erdgeschoss katapultiert. Er schlug hart mit dem Rücken auf und blieb zwischen Mauersteinen und Holzbalken liegen. Ein stechender Schmerz durchzuckte seinen Körper. Gellende Schreie verhallten im Kugelhagel. Kapitulierend nahm Jeff die Erschütterung der Steine hin, die aus dem Obergeschoss herunterpolterten. Er war unter einem Dachbalken begraben. Darüber türmte sich der Schutt. Seine Lunge füllte sich mit Staub. Er konnte kaum atmen, spürte das Bedürfnis zu husten, doch sein Körper gehorchte nicht. Worte in einer fremden Sprache vermischten sich mit dem rotierenden Rattern der Panzerketten. Ein winziger Spalt vor seinem rechten Auge gewährte ihm einen Blick auf die Straße, die unter der Last der deutschen Tiger-Panzer erzitterte. Er spürte die Wärme seines Blutes, das von seiner Stirn seine Wange hinuntersickerte. »Roslyn.« Seine Lippen formten ihren Namen, dann wurde alles schwarz.

KAPITEL SIEBZEHN

Katy

E s hatte lange gedauert, ehe Katy begriffen hatte, dass es
viele Arten von Familien gab. Als Kind hatte es für sie nur
die eine Konstellation gegeben. Sie glaubte, dass sich immer
ein Elternteil dem anderen unterordnete. Erst als sie begann,
die Zusammenhänge zu verstehen, kam auch die Erkenntnis:
Nicht allein ihre Mutter hatte eine Lüge gelebt, indem sie
ihren Mann trotz seiner wiederholten Untreue nicht verlassen
hatte, sondern sie alle. Was den Plan ihrer Mutter, die Familie,
um jeden Preis zusammenzuhalten, zu einem schlechten gemacht hatte. Erst durch den Tod ihres Mannes war sie von
diesem Credo losgekommen und letztlich auch von ihm.

Gedankenversunken schaute Katy aus dem Fenster, von
dem aus sie einen perfekten Blick auf das Blumenbeet vor dem
Haus hatte, das nun wieder ordentlich und gepflegt aussah.
Erst gestern hatten sie und Mabel es vom Unkraut befreit und
die frischen Blumen gepflanzt. Dank Maggie, die ihnen dabei
mit Rat und Tat zur Seite gestanden hatte, hatte Mabel zwischen Gestrüpp sogar noch einen alten Pfingstrosenstrauch
entdeckt, der schon bald Blüten ausbilden würde. Überhaupt
wirkte es, als wäre Mabel endlich in Aberdeen angekommen.
Die Schule schien ihr keine Schwierigkeiten mehr zu bereiten.
Sie wirkte ausgeglichener und war in den vergangenen Wochen regelrecht aufgeblüht. Katy musste lächeln, als sie daran

dachte, wie viel Spaß sie beim Gärtnern gehabt hatten. Zum ersten Mal seit Langem hatte Mabel wieder laut gelacht. Ein ehrliches Lachen, das von Herzen kam, und das bedeutete Katy unendlich viel.

Aus dem Wohnzimmer drang Frank Sinatra, und Katy löste sich vom Anblick der Blumen vor dem Haus. Mr Craig saß in seinem Sessel neben dem alten Grammophon und starrte vor sich hin.

»Ich liebe ja den Song *My Way*.« Katy stellte eine Tasse Tee neben ihn auf den Tisch. »Was ist Ihr Lieblingslied?« Sie beugte sich zu ihm hinunter, lächelte und suchte seinen Blick.

Tatsächlich sah er sie an. »*Eala Bhàn*.«

»Ist das ... Gälisch?«

Er brummte leise, dann starrte er wieder vor sich hin.

»Vielleicht singen Sie es uns mal vor? Ich würde es gerne hören.«

»Verstehen Sie denn Gälisch?«, fragte er, ohne sie anzusehen.

»Nun ja, ehrlich gesagt, nein. Aber ich finde die Sprache wunderschön, so ... traditionell.«

Er trank einen Schluck Tee.

»Ich bin wohl durch und durch eine Sassenach.« Katy hatte dieses Wort schon so lange benutzen wollen und nicht erst, seit sie die Serie *Outlander* im Fernsehen gesehen hatte. Mr Craig schien ihr Versuch, Gälisch zu sprechen, zu amüsieren. Er lachte herzhaft.

»Freut mich, dass Sie mich witzig finden.« Sie nahm neben ihm im Sessel Platz. Caramel umkreiste die beiden, setzte zum Sprung an und landete auf Mr Craigs Schoß, wo er mit leicht entrücktem Blick zu treteln begann.

»Wie alt ist Caramel eigentlich? Sie haben ihn schon lange, oder?« Katy kraulte den Kater am Hals.

»Hab ihn in Frankreich gefunden«, antwortete Mr Craig.

»In ... Frankreich? Wie außergewöhnlich.« Die Geschichte dahinter interessierte Katy brennend. Mr Craig hielt es aber nicht für nötig, sie weiter auszuführen, also beließ sie es dabei.

Als Aiden wenig später aus der Fischerei zurückkehrte, erzählte Katy ihm von dem klaren Moment seines Onkels, von der Katze und dem Lied, das sie so gerne hören würde.

Anders als Mr Craig angegeben hatte, stammte Caramel wohl doch nicht aus Frankreich, sondern aus einem Tierheim ganz in der Nähe. Aidens Mutter hatte ihm den Kater geschenkt, damit er nicht so einsam war. Das war vor neun Jahren gewesen. Also bevor Mr Craig begonnen hatte zu vergessen, was um ihn herum passierte. Bei dem gälischen Lied verzog Aiden lediglich das Gesicht. »Das sagt mir gar nichts«, lautete seine ernüchternde Antwort, nachdem er eine Weile darüber nachgedacht hatte. »Allerdings muss ich zu meiner Schande gestehen, dass ich kein Experte bin, wenn es um traditionelle Musik geht. Aber wir könnten meine Mutter fragen. Wenn du möchtest, fahren wir direkt zu ihr. Sie hat mich heute Morgen angerufen und gemeint, sie säße auf einem Berg von Topfpflanzen, den sie unbedingt loswerden muss. Ich hab ihr von unseren Verschönerungsmaßnahmen erzählt. Mabel sammeln wir vorher an der Schule ein.«

»Einverstanden. Dann renoviere ich mich mal eben.« Katy wollte an Aiden vorbei. Stockte jedoch, als sie merkte, dass er sie angeregt musterte.

»Was stimmt nicht mit den Sachen, die du anhast?«, fragte er schmunzelnd.

Katy sah an sich herunter. Sie hatte sich auf einen Tag zu Hause eingestellt. Trug bequeme Sachen, die zwar recht ordentlich aussahen, aber nicht für die Außenwelt bestimmt waren. Zudem entbehrte ihr Dutt jedweder Struktur. Ihre Haare standen zu allen Seiten ab.

»Ich finde, du siehst super aus«, sagte Aiden.

War das sein Ernst?

Langsam schaute Katy zu ihm auf, und für einige lange Sekunden verfing sich ihr Blick mit seinem. Ihr wurde warm. Aiden hatte diese seltene Fähigkeit, mit den Augen zu lächeln und dabei eine Ruhe auszustrahlen, die auf andere überging.

»Bin sofort zurück, okay?« Katy deutete über ihre Schulter.

»Okay.« Aiden räusperte sich verlegen. »Dann sorge ich schon mal dafür, dass mein Onkel abfahrbereit ist.«

»In Ordnung«, sagte Katy, bevor sie sich umwandte und die Treppe hinaufhuschte.

Der Himmel war eine einzige graue Fläche, als sie vor der Schule ankamen. Mabel trottete hinter einer Gruppe Mädchen her und hielt den Blick gesenkt. Katy stieg aus dem Wagen, den Aiden auf der anderen Straßenseite geparkt hatte, und ging auf sie zu. Überrascht nahm Mabel ihre Mutter wahr, und ihre starre Mimik wich einem breiten Lächeln.

»Wir dachten, es würde dir gefallen, Maggie im Laden zu besuchen«, sagte Katy.

»O ja!« Mabel ergriff ihre Hand, und Katy strich ihr liebevoll über den Kopf. Sie warteten auf dem Bordstein die vorbeifahrenden Autos ab. Gerade wollten sie die Straße überqueren, da hörten sie eine schrille Stimme, die sie zusammenzucken ließ. Penny winkte hektisch, als sie näher kam.

Katy rang sich ein freundliches Lächeln ab.

Penny sah wie immer tadellos aus in ihrem knielangen zartrosafarbenen Mantel, den hochhackigen Schuhen und der akkuraten Hochsteckfrisur. Der Kinderwagen, den sie vor sich her schob, wirkte wie ein Accessoire, das sie nach Belieben ablegen konnte, wenn es nicht zu ihrem Outfit passte. Sie betrachtete erst Mabel dann Katy forsch. »Ich ging eigentlich davon aus, du würdest dich melden. Wir müssen doch schließlich wissen, wie es mit unserem Stand vorangeht«, sagte sie drängelnd.

»Klar. Ich konnte schon ein paar Eltern für eine Kuchenspende begeistern.«

»Ein paar?« Sie stöhnte leidend. »Also, Katy, du musst dich mehr ins Zeug legen. Der Basar bedeutet der Gemeinde unendlich viel. Du bist doch nicht überfordert?«

»Nein. Natürlich nicht«, dementierte sie eingeschüchtert.

Penny verzog ihren Mund zu einem unheimlichen Lächeln. »Gut, gut«, trällerte sie, dann fiel ihr Blick auf die gegenüberliegende Straßenseite. Aiden stand dort, mit dem Rücken lässig gegen seinen Wagen gelehnt. Augenblicklich strich sie über ihre Frisur. »Was macht Aiden Craig denn hier?«

»Wir sind zusammen hergefahren.« Katys Erklärung rief ein Stirnrunzeln bei ihr hervor.

»Tatsächlich?«

»Und jetzt fahren wir zu seiner Mum«, sagte Mabel.

»Ah«, stieß Penny so ruckhaft aus, dass es klang, als hätte sie sich verschluckt. »Und der alte Mann, ich meine ... Mr

Craig, ist auch dabei?« Sie schickte ihren Blick erneut über die Straße.

»Ja.« Katy hatte keine Ahnung, warum sie das wissen wollte.

Bethany kam zu ihnen. Sie warf Katy einen flüchtigen Blick zu und ignorierte Mabel, die direkt vor ihr stand, völlig. Mürrisch verschränkte sie die Arme vor der Brust. »Können wir jetzt los?«

Ihre Mutter antwortete nicht, stattdessen schob sie ihr den Kinderwagen hin. »Geh doch schon mal mit deinem Bruder zum Auto, ja?« Sie winkte sie weg. Bethany stöhnte genervt, folgte aber ihrer Anweisung. Pennys strahlendes Lächeln umfing Aiden, der soeben die Straße überquerte.

»Na, wen haben wir denn da«, sagte sie. »Lange nicht gesehen. Wo hast du dich nur versteckt?«

»Hallo, Penny.« Er lächelte knapp. »Du weißt ja, ich hab immer viel zu tun.«

»Ich weiß. Es ist sicher nicht leicht, so ganz allein für alles verantwortlich zu sein. Dein Onkel, die Farm, die Arbeit ...« Sie legte ihre Hand auf seinen Oberarm. Katy und Mabel tauschten einen verwirrten Blick.

Aiden machte sich laut räuspernd von ihrer Berührung los. »Du sagst es. Zum Glück ist Katy jetzt da. Und diese kleine fleißige Helferin.« Er tätschelte Mabels Kopf, und Pennys Gesicht versteinerte zusehends. »So, wir müssen dann auch. Mein Onkel wird schnell ungeduldig.« Aiden deutete zu Jeff, der sie vom Beifahrersitz aus beobachtete.

»Sicher.« Penny lächelte maskenhaft. »Aber ... wir sehen uns doch hoffentlich auf dem Schulbasar?«

»Ähm.« Aiden wechselte einen kurzen Blick mit Katy, ehe er nickte. »Bestimmt.«

»Bis dann.« Katy verabschiedete sich.

»Und vergiss nicht, dich zu melden«, rief Penny, als Katy mit Mabel und Aiden die Straßenseite wechselte.

»Ihr kennt euch gut? Du und Penny, meine ich?« Katys Frage hatte sich einfach so aus ihr herausgelöst, sobald sie wieder im Auto saßen.

»Von früher. Meine Grandma und ihre Grandma waren befreundet. Wir haben als Kinder zusammen gespielt. Sie ist ganz in Ordnung.«

»Ah.« Katy schluckte. Was genau meinte er mit *in Ordnung*? Ehrlich gesagt, ging ihr deren übertriebener Perfektionismus ziemlich auf die Nerven. Nach der heutigen Begegnung mit ihr wollte sie kein Mitglied des Fördervereins mehr sein. Katy wusste nicht, warum ihr das so plötzlich klar geworden war. Offensichtlich wollte Bethany nichts mit Mabel zu tun haben. Ihre Bemühungen waren, zumindest was das anging, umsonst gewesen. Und irgendetwas sagte ihr, dass sie und Penny auch keine Freundinnen werden würden. Einen Moment war es still im Auto. Mr Craig wirkte noch verschlossener als sonst. Sein Blick war starr aus dem Fenster gerichtet. Er wirkte angestrengt. Vermutlich versuchte er, in dem, was er wahrnahm, Orientierung zu finden.

»Maggie wird sich freuen, dass wir kommen!«, sagte Mabel wie zu sich selbst und riss Katy damit aus ihren Gedanken.

»Wie war es in der Schule?«

Sie fuhren durch die Quere Street mit ihren nostalgischen Straßenlaternen.

»Ganz okay.« Wie immer fiel Mabels Antwort knapp aus. Katy wollte ihren Blick schon wieder aus dem Fenster wenden, als ihre Tochter noch etwas hinzufügte. »Wir haben einen Neuen in der Klasse. Er heißt Sean, und er hat richtig coole Schuhe. Mit Regenbogen-Schnürsenkeln.«

»Klingt nach einem netten Jungen«, sagte Aiden.

Mabel nickte.

Sie parkten am Hafen. Das Licht des Fish & Chips Restaurants gegenüber des Piers drang wie das eines Leuchtturms durch den nebligen Schleier. Von der Bucht ausgehend waberte er die Hafenstraße hinauf. Über ihnen hingen immer noch graue Wolken, die von weiterem Regen kündeten.

In der Gasse am South Square glänzte das nasse Pflaster. Aiden stützte seinen Onkel. Sie kamen nur langsam voran, weil Mr Craig immer wieder stehen blieb und sich verwirrt umschaute. Der Umgang mit ihm glich einer Achterbahnfahrt, bei der man nie wusste, was als Nächstes kam. Mabel, die rechts von ihm ging, sorgte für zusätzlichen Halt. Sie nahm ihn an der Hand, und er schloss seine fest um ihre. Gemeinsam erreichten sie noch vor Aiden und Katy den Blumenladen. Davor blieben sie kurz stehen, um die einzigartige Dekoration zu bewundern. Den Eingang schmückte eine Girlande aus bunten Papierblumen. Dazwischen leuchteten unzählige winzige Glühbirnen.

»Schau mal!« Mabel zog Mr Craig ans kleine Schaufenster heran, in dem eine Miniaturlandschaft mit moosbedeckten Hügeln, Disteln und Heidekraut, umgeben von Calla, Gerbera und Rosen zu sehen war. Darüber ein Regen aus blauen und weißen Sternen, in der Anordnung der schottischen Nationalflagge. Mr Craig fixierte ihn mit glitzernden Augen.

»Meine Mutter ist ein wahres Dekorationstalent.« Aiden zuckte die Schultern, ein stolzes Lächeln auf seinen Lippen.

»Absolut.« Katy war begeistert. Ein so herrliches Schaufenster hatte sie in den großen Geschäften Londons nie gesehen. Es war eine Schande, dass Maggies Laden so abgelegen war und dass ihn nicht mehr Menschen zu Gesicht bekamen.

»Es ist wohl eine Gabe, die in der Familie liegt. Obwohl ich dabei, zu meinem Leidwesen, übersprungen wurde. Meine Großmutter aber, sie hat nichts lieber getan, als alles um sie herum zu verschönern. Sie war maßgeblich daran beteiligt, dass Aberdeen schon mehrfach zur Blumenstadt gekürt wurde.« Aiden seufzte gedankenschwer. »Als ich klein war, hat Mum oft mit mir gebastelt. Aber mein Talent dafür hielt sich in Grenzen. Ich hab da zwei linke Hände.«

Dass er diese Erinnerungen mit ihr teilte, brachte Katy zum Lächeln.

Die Türglocke läutete, als Mabel und Mr Craig den Laden betraten. Wenig später folgten auch Aiden und Katy dem Ruf der leisen Musik, die aus dem Geschäft drang. Drinnen hatte Maggie Mabel bereits mit einem Lutscher versorgt. Der kleine Laden strahlte eine wohlige Atmosphäre aus. Mr Craig stand am Fenster und stieß einen der Sterne an, die, unterschiedlich lang, von der Decke baumelten.

»Du siehst gut aus, Junge. Wohlgenährt«, sagte Maggie, nachdem sie ihren Sohn an sich gedrückt hatte.

Aiden senkte kurz beschämt den Blick.

»Ich bin froh, dass ihr geblieben seid.« Maggie schloss Katys Hände in ihre. »Ihr seid eine Bereicherung. Nicht nur für Jeff.«

Katy war so gerührt, dass sie vergaß, was sie sie alles hatte fragen wollen.

»Wie geht es ihm?« Maggie schickte ihrem Onkel, der sich noch immer nicht von den Sternen gelöst hatte, einen schwermütigen Blick.

»Mal so, mal so«, antwortete Aiden. Katy stimmte mit einem leisen Seufzer zu, dem sich Maggie anschloss.

»Keine weiteren Anfälle?«

»Nein«, antwortete Katy. »Aber dafür wirkt er erschöpfter als vorher.«

»Er hat ein hartes Los. Ich weiß nicht, was besser ist. Plötzlich zu sterben, dafür aber ein erfülltes Leben gehabt zu haben. Oder langsam zu vergessen, wer man einmal war.« Maggies Blick ruhte gedankenverloren auf ihrem Onkel. »Ich glaube, diese aggressiven Phasen lassen ihn Momente durchleben, in denen er sich verteidigen musste. Er war viele Jahre im Krieg. Hat Aiden das nicht erzählt?«

Katy bedachte Aiden mit einem ratlosen Blick. »Nein. Hat er nicht.«

»Wir wissen nicht viel über diese Zeit«, sagte Maggie schulterzuckend. »Weder wo er war noch was er durchstehen musste. Das wurde in der Familie gerne totgeschwiegen. Warum auch immer. Ich habe nie verstanden, wieso darum ein so großes Geheimnis gemacht wurde. Manchmal glaube ich, dass sich das nun rächt.«

Katy nickte mit zusammengepressten Lippen. Auch ihre Eltern hatten Geheimnisse gehabt. Selbst nachdem sie hinter die Affären ihres Vaters gekommen war und ihre Mutter darauf angesprochen hatte, hatte sie sich geweigert, darüber zu reden. Als hätte es jene Nacht nie gegeben, in der sie wegen ihm eine Überdosis Schlaftabletten geschluckt hatte. Da war Katy kaum zehn Jahre alt gewesen. Sie hatte den Notruf gewählt und war bei einer Nachbarin untergekommen, während ihrer Mutter auf der Intensivstation der Magen ausgepumpt worden war. Die Tatsache, dass sich ihre Mutter anschließend geweigert hatte, mit ihr darüber zu sprechen, dass sie fast gestorben wäre, hatte ihrer Beziehung geschadet. Und das zerriss Katy. Es isolierte sie von dem einzigen Familienmitglied, das ihr neben Mabel noch geblieben war.

»Ich habe ein paar Topfpflanzen für euch.« Maggie ging hinter den Verkaufstisch. Katy erkannte darunter Alpenveilchen, Orchideen und einen Philodendron. »Aiden meinte, ihr macht es euch wohnlicher?« Sie wickelte die Pflanzen in Zeitungspapier.

»Ein wenig, ja. Vielleicht könntest du mal vorbeikommen und uns ein paar Tipps geben?«

Maggie lächelte blass. »Ihr bleibt auch über den Feiertag in Aberdeen?«

Katy nickte nur. Dabei versuchte sie den Umstand auszublenden, dass sie niemand in London oder sonst wo erwartete. Nicht ihre Mutter, die mit ihrem neuen Lebensgefährten den ganzen Mai über in Thailand war, und auch nicht ihr Ex-Mann. Seit Wochen hatte sie nichts von Fred gehört. Genau genommen wusste Katy nicht einmal, ob er noch lebte, und ihre Wut flößte ihr ein, dass es ihr auch egal war.

Maggie musterte sie nachdenklich, dann nickte sie ebenfalls. »Nun ja, vor vielen Jahren hat die Stadt zum Early Mayday eine Art Jahrmarkt veranstaltet. Heute bleibt jeder eher für sich. Aber ... bei uns gibt es traditionell Cullen Skink.«

Katy schaute fragend zu ihr auf.

»Das ist eine Suppe aus geräuchertem Schellfisch und Kartoffeln. Jeff und Aiden können nicht genug davon bekommen. Aiden entscheidet jedes Jahr darüber, was es zum Dessert gibt, aber ... ich finde, in diesem Jahr sollten wir uns da nach Mabel richten.« Sie lächelte ihr zu, und Mabel strahlte.

»Was gibt es denn alles?«

»Hm, na ja, es gibt Pudding, Kuchen, zum Beispiel Black Bun oder Dundee Cake, oder magst du lieber Clootie oder Cranachan?«

»Hört sich alles lecker an«, sagte sie und kaute grübelnd auf dem Nagel ihres Zeigefingers herum.

»Ist es auch.« Aidens Lächeln traf Katy wie ein Blitz. Bis vor wenigen Minuten war sie davon ausgegangen, am Early Mayday mit Mabel allein zu sein. Dass Maggie sie so selbstverständlich eingeplant hatte, rührte sie.

»Es klingt wirklich alles sehr gut. Wir freuen uns darauf, egal, was es zu essen gibt.« Katy konnte ihre Dankbarkeit für Maggies Gastfreundschaft nicht zurückhalten. Ihr war nicht bewusst gewesen, wie sehr sie der Gedanke an ihre ersten Feiertage in Aberdeen beschäftigt hatte. Dass es für Mabel und sie in der neuen Umgebung ganz anders sein würde als zuvor, hatte sie verdrängt.

»Was meinst du, Mr Craig? Ich mag Kuchen und du?« Mabel drehte sich mit dem Lutscher in der Hand zu ihm um. Doch er war nicht mehr bei den Sternen.

»Oje.« Aiden schnaufte aus.

»Schon okay.« Seine Mutter kam ruhig um den Verkaufstisch herum. »Wir haben die Türglocke nicht gehört. Ich denke, ich weiß, wo er hingegangen ist.« Sie ging durch den angrenzenden Flur, der sich hinter der Treppe befand, die von oben ins Geschäft führte. In einem Zwischenraum band eine Angestellte Gestecke. »Vertrittst du mich kurz, Stacey?«

»Sicher.« Stacey betrat in einer Gärtnerschürze den Laden. Sie war um einen Kopf kleiner als Katy und hatte kurz geschnittenes regenbogenfarbenes Haar, das Mabel mit geöffnetem Mund staunen ließ.

»Hi, Aiden.« Staceys Wangen liefen knallrot an, als sie sich an ihm vorbeischob.

»Hi«, entgegnete er knapp.

Ein Kunde betrat das Geschäft und nahm Staceys Aufmerksamkeit für sich ein. Maggie führte Mabel, Aiden und Katy über den Flur, tief in das Haus hinein. Katy staunte darüber, wie verwinkelt und weitläufig das alte Gebäude war. Von außen sah es viel kleiner aus. Es verfügte über einen überdachten Innenhof, der zu einem Gewächshaus umfunktioniert worden war. Der Duft von eingefangener Sonne, Blumen und feuchter Erde lag in der Luft.

Begeistert hüpfte Mabel zwischen verschnörkelten Tontöpfen mit Rhododendron und Chrysanthemen-Büschen umher. Einige davon sahen aus, als wären sie schon eine Ewigkeit hier.

»Unser geheimer Garten«, raunte Aiden Katy über ihre Schulter zu, und sie spürte eine wohlige Gänsehaut.

»Du hättest das Gewächshaus früher sehen sollen. Es war das reinste Paradies. Meine Grandma hat viele Blumen noch selbst gezüchtet.«

»Ich finde, es ist auch so ganz wundervoll.« Katy wusste nicht, wohin sie zuerst sehen sollte. Es gab so vieles zu entdecken. Das Glasdach über ihnen schimmerte moosgrün. Auf einem Regal, das sie passierten, stand eine nicht unerhebliche

Sammlung himmlischer Begleiter. Engelsfiguren in sämtlichen Posen und Größen.

In einer Ecke, deren einstige Behaglichkeit Katy erahnen konnte, saß Mr Craig auf einem alten, modrigen Sofa. Sein Blick war auf das Brunnenbecken gerichtet, das sich vor ihm befand. Anstatt mit Wasser war es mit Erde gefüllt. Junge Pflanzen streckten sich von dort aus dem Tageslicht entgegen.

»Versprochen«, murmelte Mr Craig mit Blick auf die zarten Blumen. »Hab's versprochen ...«

»Onkel? Was denn? Was hast du versprochen und wem?« Aiden setzte sich neben ihn.

Sein Onkel antwortete nicht auf seine Frage. Er stand auf, beugte sich zu den Blumen im Brunnen hinunter und pflückte eine Blüte ab, die zwischen frischem Grün hervorblitzte. Leise zählte er ihre Blätter.

»Wie die in dem Buch.« Katy tauschte einen vielsagenden Blick mit Aiden.

»Wie in dem Buch«, wiederholte Aiden gedankenversunken.

»Was ist das für eine Blume?«, fragte Mabel Maggie, die sich zu ihr vorneigte.

»Paeonia – die Rose ohne Dornen.«

»Eine ... Pfingstrose?« Katy dachte laut.

»Ja. Diese hier habe ich gerade umgepflanzt. Eigentlich blüht sie erst im Frühsommer, aber ich denke die Bedingungen im Gewächshaus haben diese eine hier etwas durcheinandergebracht. Das kommt schon mal vor. Habt ihr gewusst, dass die alten Griechen glaubten, sie rette Leben?«

»Wow, eine Zauberblume. So ähnlich wie bei *Harry Potter*?« Mabels Augen funkelten.

Maggie konnte sich ein Grinsen nicht verkneifen. »So ähnlich. Im Christentum steht sie für Heil, Geborgenheit und Liebe.«

Katy nickte. »Mr Craig scheint ihre Bedeutung zu kennen.«

»Er hat eine getrocknete Blüte in einem Buch aufbewahrt«, sagte Aiden. »Weißt du davon, Mum?«

Maggie schüttelte bedauernd den Kopf. »Nein. Leider nicht.« Sie ging nah an ihren Onkel heran. »Hübsch, oder?«

Er sah zu ihr auf. Müde führte er seine Hand an ihre Wange. Für einen Augenblick schaute er sie intensiv an.

»Du bist es!« Ein hauchdünnes Lächeln umspielte seinen Mund, dann brach er in Tränen aus. Reflexartig trat Maggie einen Schritt zurück, als die Blüte zwischen sie auf den Boden fiel. Wimmernd und schluchzend saß Mr Craig da. Aiden legte seinen Arm um ihn, doch er war untröstlich. Gefangen in einer bitteren Traurigkeit, deren Ursprung ihnen ein Rätsel war.

KAPITEL ACHTZEHN

Normandie, 1944

Jeff folgte Roslyn den Strand entlang. Sie warf ihm einen Blick über ihre Schulter zu und lachte. »Komm!«, hörte er sie sagen. Immer wieder. Und er rannte ihr nach bis zum Pier, vor dem sie stehen blieb. »Komm mit mir«, sagte sie noch einmal. Er streckte seine Hand nach ihr aus, hatte sie beinahe erreicht. Weißes Licht blendete ihn, und ein leises Murren drang zu ihm vor.

Das Erste, was Jeff sah, als er zu sich kam, war die rote Katze, die über einen quer liegenden Balken balancierte. Sie wirkte so deplatziert, dass er den ziehenden Schmerz in seiner rechten Flanke zuerst nicht wahrnahm. Nach und nach drängte er sich ihm auf und zwang ihn zu realisieren, wo er sich befand. Er war unter einem Berg aus Schutt gefangen. Doch er lebte. Sein nächster Gedanke galt Hamish und den anderen. Jeff wusste nicht, wie lange er so dagelegen hatte. Stunden? Tage? Er hatte jegliches Zeitgefühl verloren. Die Straße, die er sehen konnte, schien verlassen. Er hörte nichts außer dem Miauen der Katze und dem Pfeifen des Windes, der den Staub der zerstörten Häuser umhertrug wie die Asche eines Toten. Obwohl sein ganzer Körper von Schmerzen erfüllt war, ging er davon aus, dass, wie durch ein Wunder, bis auf ein paar Rippen nichts gebrochen war. Unter dem Schuttberg konnte er seine Beine und Arme spüren, Zehen und Finger bewegen. Die Katze sprang von dem Balken auf einen Mauerstein direkt in seinem Blickfeld, als wollte sie seine Aufmerksamkeit. Er war froh, ein atmendes Wesen neben sich zu haben. In dieser trostlosen Umgebung symbolisierte die Katze für Jeff das Leben in seiner reinsten Form. Er holte so tief Luft, wie es sein geschundener Brustkorb zuließ, dann nahm er alle Kraft zusammen. Eisern schob er das Geröll von sich und befreite sich ächzend von dem Balken, der wie ein schützendes Dach über ihm gelegen hatte. Erschöpft sackte er daraufhin im Schutt zusammen, ertastete das getrocknete Blut in seinem Gesicht und die Wunde an seiner Stirn, die ihn aufzischen ließ, sobald er sie berührte. Zaghaft schickte er seinen Blick anschließend hinauf. Dort, wo das Wohnzimmer gewesen war, klaffte ein Loch. Tränen drängten sich in seine Augen, als ihm klar wurde, dass wahrscheinlich niemand die Zersprengung der Fassade überlebt hatte. Niemand außer ihm. Trotzdem klammerte er sich an die Hoffnung und sah sich um, stieg über Planken und Geröll hinweg. Doch keine Spur von Brad oder Hamish. Der junge Jamie aber lag am Fuße dessen, was von der Treppe übrig war, die blauen Augen glasig und weit aufgerissen starrte er zu den kreideweißen Wolken hinauf, von denen Asche wie Schneeflocken taumelnd auf ihn herabrieselte. Jeff atmete gequält aus. Er ging vor ihm in die Knie, strich ihm über den goldblonden Schopf. Er hatte sein ganzes Leben noch vor sich gehabt. Jeff schauderte. Die Brutalität, die Gnadenlosigkeit dieses Krieges sprengten sämtliche Grenzen. Er hatte keine Vorstellung davon gehabt, wie es wirklich werden würde. Mit einem Mal kamen ihm die Reden ihrer Rekrutierer über die Notwendigkeit des Krieges und die erstrebenswerte Teilnahme daran nur noch lächerlich vor. Es ging nicht um eine vaterländische Pflicht, sondern einzig ums nackte Überleben. Jamie war daran gescheitert. Er würde nie nach Inverness zurückkehren. Nie wieder Dudelsack spielen. Mit ersticktem Atem nahm Jeff seine Erkennungsmarke an sich und setzte seine Suche nach Hamish und Brad fort. Seine Schläfen pochten. Eine Nachwirkung seiner Kopfverletzung. Irgendetwas Schweres hatte ihn an der Stirn erwischt. Daran erinnerte er sich vage. Wie ernst es war, konnte er nicht einschätzen, brachte jedoch den Drehschwindel und die leichte Übelkeit, die er empfand, damit in Verbindung.

Ein leises Röcheln ließ ihn aufschrecken. Flüsternd, kaum hörbar, nahm er seinen Namen wahr.

»Hamish?« Jeff stieg hastig über Geröll und Mauerreste hinweg. Er fand seinen Freund mit dem Rücken gegen eine Wand gelehnt. Sein Gesicht war blutüberströmt, die untere Körperhälfte bedeckt von Schutt und Steinen.

»Du Teufelskerl!« Hamish keuchte. Er lächelte gequält, als Jeff sich vor ihn hockte.

»Bleib ganz ruhig. Ich hol dich hier raus.« Eine Mischung aus Erleichterung und Sorge klang in seiner Stimme mit. Sofort trug er das Geröll ab, das auf seinem Freund lastete. Mit jedem Stein kam er der unausweichlichen Tatsache näher, dass Hamishs Beine zertrümmert waren, beschwert von einem Pfeiler, der sich nicht bewegen ließ. Kurz verharrte er atemlos und wischte sich über die schweißnasse Stirn. Der Balken sah genauso aus wie der, der ihn vom Geröll abgeschirmt hatte. Welch morbide Ironie, kam Jeff in den Sinn. »Ich hole Hilfe!«

»Ist ... die Mühe ... nich' wert.« Hamish sprach abgehakt und mit rauer Stimme.

Jeff wägte ab. Rasend schnell, denn er ahnte, dass sein Freund keine Zeit mehr hatte. Er holte Luft, bündelte seine Kräfte und versuchte noch einmal, ihn von dem Gewicht des Balkens zu befreien. Verbissen blendete er den Schmerz in Kopf und Rumpf aus, den jede Bewegung mit sich brachte, doch der Pfeiler ließ sich keinen Zentimeter von Hamish weg bewegen.

»Du musst nach Hause ... Jeff«, flüsterte Hamish kraftlos.

»Nein.« Jeff schüttelte den Kopf. Er sah ihm an, dass er, der niemals aufgab, kapituliert hatte. Das machte ihn fertig. »Hamish, ich gehe nirgendwohin. Nicht ohne dich! Gib jetzt nicht auf! Denk doch an zu Hause. An deinen Dad, an Martha. Sie warten auf dich.«

Jeff ergriff seine Hand, drückte sie, in der Hoffnung, seine Kraft möge auf ihn übergehen. Ein Blutschwall rann aus Hamishs Ohr, und sein Blick wurde trüb. Ein letzter schwerfälliger Atemzug folgte. Dann wurde es still. Schluchzend brach Jeff vor ihm zusammen. Er konnte nicht fassen, dass sein bester Freund ihn verlassen hatte. Das darf nicht sein, ging es ihm durch den Kopf. Er weinte, verzweifelt rüttelte er an Hamish. Das, was geschehen war, fühlte sich so unendlich falsch an. Er schnappte nach Luft, fiel zurück und blieb wie betäubt liegen. Hatte er nicht versprochen, auf Hamish aufzupassen? Ihn nach Hause zu bringen, zurück zu seinem Vater? Niemals zuvor war Jeff verzweifelter gewesen, noch nie hatte er sich so hilflos gefühlt wie in diesem Moment. Der Schmerz, der ihn nun erfüllte, hielt sein Herz so fest umklammert, dass er glaubte, es würde seinem Freund in den Tod folgen. Lange, endlose Minuten verstrichen, in denen er sich nicht bewegte. Dunkle Gedanken drängten sich ihm auf. Wie einfach es doch wäre, jetzt aufzugeben und Hamish und den anderen zu folgen. Doch dann erspürte er Roslyns letzten Brief in seiner Brusttasche, und die Blume darin kam ihm plötzlich ungewöhnlich schwer vor. Er hatte Roslyn versprochen heimzukehren, wenn die Pfingstrosen blühten. Obwohl ihn die Trauer innerlich zerriss, rappelte er sich hoch. Sein Blick kehrte ein letztes Mal zu seinem Freund zurück, und er schluckte, weil ihn die Trauer erneut in die Knie zwingen wollte. Aber Hamish hätte ihm das nie verzeihen. Seine letzten Worte hatten ihm gegolten. Er hatte ihn daran erinnert, dass er noch eine Aufgabe zu erfüllen hatte.

Die Straße von Cagny, in der sie sich für ihren Vormarsch postiert hatten, war zu einem Friedhof geworden. Jeff suchte in einem Keller Schutz vor der einbrechenden Dunkelheit. Sein geschundener Körper brauchte Zeit zur Erholung, bevor er sich auf die Suche nach Verbündeten machen konnte. Roslyns Briefe hütete er dicht an seinem Herzen. Der größte Schatz, den er besaß, war die Erinnerung an sie. Sie ließ ihn durchhalten. Um bei Kräften zu bleiben, aß er, was er finden konnte, rohe Kartoffeln, Konserven, die er auf seinem Weg durch die zerstörte Ortschaft gefunden hatte. Der rote Kater war ihm gefolgt. Sie beide waren zurückgelassen worden, als wären sie die Letzten ihrer Art. Sie leisteten sich Gesellschaft, und Jeff spürte eine innere Verbundenheit mit dem Tier, das er Red nannte. Red bewahrte ihn davor, in der Einsamkeit und Hoffnungslosigkeit zu vergehen. Er war wie sein Schutzengel und blieb stets an seiner Seite.

Zwei Tage vergingen, in denen Jeff durchschlief, als hätte er Jahre nicht geschlafen. Als er sich endlich aufraffte, waren die Schmerzen weniger geworden. Langsam machte er sich auf den Weg Richtung Caen. Er ging fernab der Landstraße, um nicht versehentlich auf Deutsche zu stoßen. Der Kater begleitete ihn, schaute ihn in regelmäßigen Abständen aus großen grünen Augen an.

»Du weißt nicht zufällig, ob das der richtige Weg ist, Red?« Jeffs Blick glitt umher. Um ihn herum war das Gras so hoch, dass er Mühe hatte, sich zurechtzufinden. Er hatte sich am Flusslauf orientiert, aber in Wahrheit hatte er keine Ahnung, wo er war. Sie waren schon eine Weile unterwegs, als sich vor ihnen eine Scheune zeigte, die Jeff an die auf der Farm seines Vaters erinnerte. Er sah sich um, näherte sich ihr vorsichtig. Das Gebäude schien verlassen. Er ging hinein und fand nichts außer Stroh und Tauben in ihrem Verschlag vor. Die Anstrengungen der letzten Tage holten ihn so plötzlich ein, dass er in sich zusammensackte. Ihm war schlecht. Er übergab sich.

»Gib mir einen Moment. Gleich geht's weiter«, sagte er zu Red, der neugierig den Heuboden über ihnen erkundete. Jeff wollte nur für einen Moment die Augen schließen, wurde aber vom Schlaf übermannt. Er wurde erst wieder wach, als er ein grelles Licht wahrnahm, das jemand auf ihn richtete. Benommen blinzelte er, dann traf ihn ein Gewehrkolben im Gesicht. Wieder wurde alles schwarz, aber nur kurz. Ein Schuss fiel, der die Tauben aufschreckte. Jeffs Blick glitt hinauf zum Heuboden.

»Aufstehen!«, hörte er jemanden mit einem deutlichen deutschen Akzent sagen. Zwei von drei Wehrmachtssoldaten hatten ihre Waffen auf ihn gerichtet. Bereit zum Abdrücken. Doch in dem Moment sorgte er sich nur um Red. War er in Sicherheit?

»Deine Kameraden? Wo sind sie?«, fragte der Deutsche. Er war ungefähr einen halben Kopf kleiner als die anderen beiden und hatte dunkle, fast schwarze Augen.

Jeff hielt seine Hände vor sich. »Ich bin allein«, antwortete er.

Der Soldat mit den dunklen Augen übersetzte den anderen Jeffs Worte, woraufhin sie sich unschlüssige Blicke zuwarfen.

»Geh.« Er bedeutete Jeff aufzustehen.

Bevor er jedoch die Scheune verließ, schaute er sich noch einmal nach Red um. Keine Spur von dem Kater, dachte er erleichtert. Hoffentlich konnte wenigstens er entkommen. Die Gewehre in seinem Rücken spürend, ging er ins Ungewisse. Berichte darüber, wie schonungslos die Deutschen mit ihren Kriegsgefangenen verfuhren, drängten sich ihm auf. Das Genfer Abkommen, das eine menschenwürdige Behandlung gewährleisten sollte, war wirkungslos, wenn es niemanden gab, der dessen Einhaltung überwachte.

»Wo ist der Rest von euch?«, fragte der Deutsche wieder, nachdem er sich mit den anderen beiden unterhalten hatte.

»Es ist keiner mehr da. Ich bin allein«, schwor Jeff.

»Deserteur?«

»Nein.« Jeff schüttelte den Kopf und blickte die Soldaten kurz über seine Schulter hinweg an. »Sie sind ... alle tot.« Eine Gänsehaut durchfuhr ihn, als er das sagte.

Der Himmel im Westen war klar, wolkenfrei und von der Abendröte verfärbt. Ein seltsam friedvoller Anblick. Vielleicht, so dachte Jeff, war es das letzte Mal, dass er die Sonne untergehen sah.

Nach wenigen Minuten Marsch erreichten sie ein Bauernhaus. Jeff biss sich selbstgeißelnd auf die Zunge. Warum hatte er sich nicht richtig umgesehen? Wieso war er so leichtsinnig gewesen, in der Scheune zu rasten?

Einer der Soldaten stieß die Tür auf und schob Jeff unsanft hinein. Auf dem Holzfußboden der Wohnstube zählte er sieben Männer. Er traute seinen Augen nicht, denn unter ihnen befand sich Brad. Nie hätte er gedacht, dass er sich einmal so freuen würde, ihn zu sehen.

»Du bist am Leben?« Brad schien ebenso überrascht wie erleichtert.

»Ich dachte, ich wäre der Einzige, der da rausgekommen ist.« Jeff robbte in seine Nähe.

»Die haben mich aufgegriffen, ehe ich wusste, was passiert war. Dann brachten sie mich hierher, zusammen mit den anderen.« Er deutete mit dem Kinn auf die Männer, die zusammengekauert auf dem Boden saßen. Einige waren verletzt. Sie hielten ihre Blicke gesenkt. Hoffnungslosigkeit und Verzweiflung standen in ihren Gesichtern. Kanadier und Engländer, das erkannte Jeff an den Uniformen.

»Was haben die mit uns vor?«, erkundigte er sich leise.

Brad zuckte die Schultern. »Das hängt wohl ganz von deren Stimmung ab.«

Seine Antwort war niederschmetternd. Sie rief Jeff in Erinnerung, dass sie der Befehlsgewalt eines Wahnsinnigen ausgesetzt waren. Hitler hatte nie vorgehabt, die Hölle auf Erden zu verhindern. Er hatte sie gewollt. Was bedeutete da schon ein einzelnes Leben?

Noch am selben Tag wurden sie in einen Zug gesetzt, der sie weiter östlich in ein Kriegsgefangenenlager am Rande eines Truppenübungsplatzes der Wehrmacht brachte. Jeff wusste nicht, wo genau sie waren. Befanden sie sich überhaupt noch in Frankreich?

Die Felddusche war Luxus. Jeffs Muskeln zuckten unter dem eiskalten Wasser. Eine Mischung aus Dreck, Blut und Schweiß, die zu seiner zweiten Haut geworden war, versickerte im Boden. Erst nach und nach erkundete er das Gelände, auf dem sie untergebracht waren. Es war ungefähr so groß wie drei Fußballfelder, umgeben von einem meterhohen Zaun, der oberhalb mit Stacheldraht versehen war. Bewaffnete Soldaten schossen auf jeden, der versuchte, die Umzäunung zu überwinden.

In den ersten Tagen seiner Gefangenschaft hatte Jeff darüber nachgedacht, es trotzdem zu riskieren. Doch dann verlor ein junger Franzose, der in seiner Baracke untergebracht gewesen war, sein Leben, weil er sich unter dem Zaun hatte durchgraben wollen.

Die Versorgung im Lager war erbärmlich. Es gab nicht ausreichend zu essen für die rund dreihundert Männer. Unter ihnen Briten, Kanadier, Franzosen und Niederländer. Aus den unterschiedlichen Nationen wurde mit der Zeit ein Miteinander. Für die Deutschen war jeder von ihnen nur eine Nummer, doch untereinander kannte man die Namen und jeweilige Heimat, von der sie einander in so manchen Nächten erzählten.

Wenn man den Tod ständig vor Augen hatte, lernte man, jede Sekunde zu schätzen. Jeff wollte leben. Er musste diesen Ort verlassen, nach Schottland zurückkehren – zu Roslyn. Zeit spielte im Lager keine Rolle. Man trat morgens um halb fünf beim Appell an, arbeitete in der Küche oder machte sich sonst irgendwie nützlich. Der Willkür des Stärkeren ausgesetzt zu sein, machte etwas mit ihnen. Selbst Brad war demütiger geworden. Seit dem Tag in Cagny hatte er keine Witze mehr auf Kosten anderer gemacht. Er wirkte in sich gekehrt, fast schon melancholisch. Jeff hatte mehrfach versucht, mit ihm darüber zu reden, was passiert war, aber Brad hatte abgeblockt. Bis eines Nachts der Regen auf das Wellblechdach trommelte und sie vom Schlafen abhielt.

»Meinst du, er hat es gewusst?«, fragte Brad, der unter Jeff im Hochbett lag.

»Wen meinst du?«

»Hamish.« Er seufzte laut und zog die Nase hoch, als hätte er gerade geweint. »Ob er wusste, dass ich ihn eigentlich mochte?«

»Ja. Denke schon.« Jeff biss die Zähne aufeinander, um seine aufwallende Traurigkeit unter Kontrolle zu bringen. Der Moment erinnerte ihn zu sehr an die letzte Nacht in ihrem unterirdischen Versteck, in dem er mit Hamish ähnlich dagelegen hatte.

Wieder hörte er, wie Brad seufzte. »Und ... Jamie?«

»Der auch!« Jeff verbannte jedwede Zweifel aus seinem Ton.

»Weißt du was, Jeff?«

»Hm?«

»Ich bin verdammt froh, dass du mit mir hier bist. Irgendwie fühlt es sich doch wie ein Stück Heimat an, jemanden in dieser Hölle zu haben, den man kennt.«

»Hast recht.« Die Tiefsinnigkeit ihres Gesprächs ließ Jeff lächeln. Er drehte sich auf die Seite und schob seine Hand wie ein Kissen unter seinen Kopf. Eine Etage tiefer wurde es still, wenig später fügte sich Brads Schnarchen in das der anderen Männer, die mit ihnen in der Hütte schliefen. Jeff tastete nach Roslyns letztem Brief und der Blüte, die er immer noch in seiner Brusttasche verwahrte. Beinahe hätten die Deutschen sie ihm weggenommen. Dass er sie noch besaß, verdankte er einem mitfühlenden Wärter, der nicht redete, dafür aber Taten sprechen ließ, die wenig Aufsehen erregten, für die Gefangenen aber von großer Bedeutung waren. Mittlerweile war das Papier vergilbt und abgenutzt, vom vielen Falten und Auseinanderklappen. Es hatte Blutspuren abbekommen. Doch Roslyns sorgfältige Schrift, die er im gedämpften Licht einer Kerze entzifferte, lichtete das Chaos, das sich in ihm auszubreiten drohte. Es brachte ihn kurzzeitig wieder zu ihr zurück. Sicher fragte sie sich, warum er aufgehört hatte, ihr zu schreiben. Feldpost gab es hier nicht. Vielleicht irgendwann, wenn die Deutschen in der Lage waren, die Briefe nach kriegsrelevanten Themen durchzusehen, bevor sie ausgetragen wurden. Bis es so weit war, konnten die Insassen nur hoffen, dass die Heimat sie nicht vergessen hatte. Die fehlende Möglichkeit, der Familie mitzuteilen, dass man noch lebte, machte jeden von ihnen zu einem Verschollenen, dessen Stimme ungehört in einem tosenden Unwetter blieb.

Mit einem spitzen Stein ritzte Jeff einen weiteren Strich in das feuchte Holz der Barackenwand, an der er schlief. Er fürchtete sonst, an diesem tristen Ort seine Orientierung zu verlieren. Das Abzählen der Tage half ihm außerdem dabei, dankbar zu bleiben. Für sein Leben und die Chance, nach Hause zu kommen. Jedes Mal, wenn er die Sonne aufgehen sah, brachte ihn das Roslyn näher. Ob sie wohl spüren konnte, dass er noch am Leben war? Er wünschte es sich so sehr.

So oft, wie die Nacht über ihn hereinbrach, schickte er ihr kurz vor dem Einschlafen eine Botschaft. Gebündelte Gedanken, von denen er hoffte, der Wind würde sie über das Meer zu ihr tragen: Ich bin noch da, Ros. Ich bin noch da.

KAPITEL NEUNZEHN

Katy

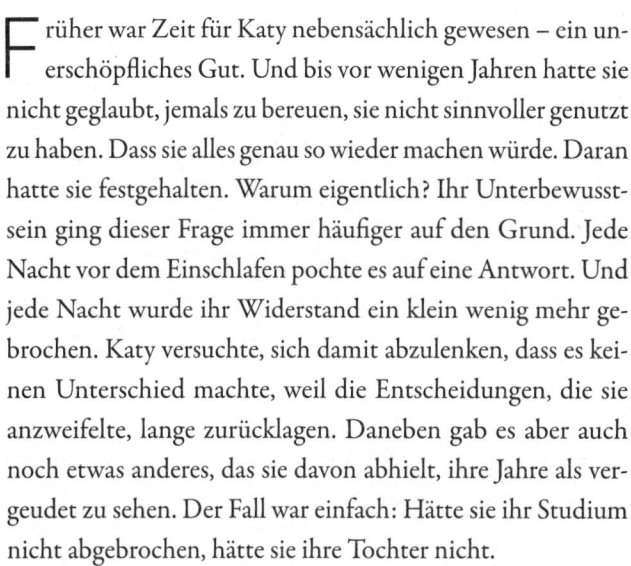

Früher war Zeit für Katy nebensächlich gewesen – ein unerschöpfliches Gut. Und bis vor wenigen Jahren hatte sie nicht geglaubt, jemals zu bereuen, sie nicht sinnvoller genutzt zu haben. Dass sie alles genau so wieder machen würde. Daran hatte sie festgehalten. Warum eigentlich? Ihr Unterbewusstsein ging dieser Frage immer häufiger auf den Grund. Jede Nacht vor dem Einschlafen pochte es auf eine Antwort. Und jede Nacht wurde ihr Widerstand ein klein wenig mehr gebrochen. Katy versuchte, sich damit abzulenken, dass es keinen Unterschied machte, weil die Entscheidungen, die sie anzweifelte, lange zurücklagen. Daneben gab es aber auch noch etwas anderes, das sie davon abhielt, ihre Jahre als vergeudet zu sehen. Der Fall war einfach: Hätte sie ihr Studium nicht abgebrochen, hätte sie ihre Tochter nicht.

Mabel lag ihr zugewandt in ihrem Bett und hielt Mausespeck fest im Arm. Gespannt lauschte sie *Alice im Wunderland*, was Katy ihr, wie so oft, vorlas.

»Wie wäre es, wenn du jetzt mal übernimmst?«, schlug Katy vor.

»Nö.« Mabel zog sich die Decke bis zu den Ohren. »Ich muss in der Schule schon genug lesen. Mrs Stoga meint, ich bin die Einzige, die richtig betont. Neben Sean natürlich.«

Katy hob die Brauen. »Er scheint ja echt cool zu sein.«

»Ist er.«

Seit einer Woche sprach Mabel beinahe täglich von ihm. Sie teilten nicht nur ihr Frühstück, sondern auch Interessen wie die Natur und Bücher. Mabel war wie ausgewechselt und Katy erleichtert zu wissen, dass sie jemanden hatte, der ihr ähnlich war.

»Kannst ihn ja auf dem Schulfest kennenlernen. Er spielt die Hauptfigur bei der Aufführung«, sagte Mabel nach einer kurzen Pause.

»Stimmt.« Katy schnaufte resigniert aus. Der Gedanke an den Basar reichte, um ihr die gute Laune zu vermiesen. Sie hatte acht Kuchen organisiert. Einen davon musste sie selbst noch backen. Mabel schien sich auf das Schulfest zu freuen. Neben bunten Verkaufsständen hatten die Kinder auch ein Theaterstück einstudiert, das die schottische Geschichte und Traditionen zeigen sollte. Mabel spielte die Maria Stuart. Zwar hatte sie keinen Text, dafür aber ein sehr individuelles Kostüm, so wie sie es nannte, das sie mit Maggies Hilfe angefertigt hatte. Diese würde es auch mit zur Aufführung bringen. Für Katy sollte es eine Überraschung werden.

»Bist du schon aufgeregt wegen morgen?« Katy schlug das Buch zu und legte es auf Mabels Nachttisch.

»Kein bisschen«, antwortete ihre Tochter wie aus der Pistole geschossen. »Das wird extraordinär.«

»Na dann.« Katy musste lächeln. Sie gab ihr einen Kuss auf die Stirn, stand auf und schaltete das Licht aus. Von der Decke schienen die Leuchtsterne, die sie dort angebracht hatten. »Schlaf gut.«

»Du auch, Mum.« Gähnend kuschelte sich Mabel in ihr

Kissen. Katy hoffte, dass sie diesmal in ihrem eigenen Bett bleiben würde. Aber so richtig glaubte sie daran nicht.

Unten war es dunkel und still. Mr Craig schlief bereits in seinem Zimmer. Aiden war noch nicht aus der Fischerei zurück. Er hatte ihr per Sprachnachricht mitgeteilt, dass es später werden würde. Zum Glück war Mr Craig an diesem Tag umgänglich gewesen. Sie hatte kaum Arbeit mit ihm gehabt, gleichzeitig hatte er aber auch weniger am Leben teilgenommen. Er war wortkarg und langsam geworden. Diese Entwicklung gefiel Katy nicht, weil es sie an die letzten Wochen ihres Großvaters erinnerte. Eine zunehmende Lethargie konnte ein Zeichen für eine aufkommende Leere sein. Dafür, dass sich der Mensch bereit machte zu gehen. Katy fürchtete den Moment. Sie hatte Mr Craig mit all seinen Eigenarten und Wunderlichkeiten in ihr Herz geschlossen. Sein Tod würde außerdem bedeuten, dass sie und Mabel weiterziehen müssten. Er wäre das Ende ihrer Freundschaft zu Maggie und Aiden. Unmerklich schüttelte sie diese Gedanken von sich und gab die Zutaten für ihren Apfelkuchen in eine Rührschüssel. Das Rezept stammte aus dem Internet und war das einzige gewesen, bei dem sie sich hatte vorstellen können, dass das Resultat nicht nach Sperrholz schmeckte.

Sie hörte, wie sich die Haustür öffnete und Aiden Stiefel und Jacke auszog.

»Hier wird gebacken.« Er rieb sich die Hände, als er zu ihr in die Küche kam.

»Freu dich nicht zu früh. Ich bin nicht gut in so was.« Mit dem Rührgerät vermengte sie das glutenfreie Mehl mit dem Wasser und dem Ei-Ersatz, bis der Teig eine klumpige Konsistenz hatte.

»Glaub ich dir nicht.« Er holte einen Teelöffel aus der Besteckschublade, tauchte ihn in die Masse und schob ihn sich in den Mund.

»Und?« Katy musterte ihn aufmerksam.

Er verzog das Gesicht und schluckte sichtbar. »Mhm ... lecker«, nuschelte er und spuckte den Teigklumpen in ein Taschentuch. »Ist das Gips?«

Jetzt kostete auch Katy vom Kuchenteig, brachte ihn aber ebenfalls nicht runter. »Schmeckt nach pürierter Pappe.«

»Ah, ja. Jetzt, wo du es sagst.« Aiden lachte. Auch Katy konnte sich nicht zurückhalten.

»Also ich kann mir beim besten Willen nicht vorstellen, dass jemand freiwillig für diesen Kuchen bezahlt. Der schmeckt furchtbar, den werden auch die Äpfel nicht retten können.«

Aiden stimmte ihr lachend zu. Katy stemmte die Hände in die Hüften. Das Glas mit der Aufschrift *Zucker* auf einem der Küchenregale flüsterte ihr förmlich zu.

»Eine Prise kann bestimmt nicht schaden«, sagte Aiden, der ihrem Blick gefolgt war.

»Penny bringt mich um, wenn sie das herausfindet.« Katy hatte ihm von deren ausdrücklicher Anordnung erzählt, auf die er lediglich mit einem Schmunzeln reagiert hatte. Abwägend biss sie sich auf die Unterlippe.

»Penny wird bestimmt keine Probe deines Kuchens von einem Labor analysieren lassen.« Unschuldig schob Aiden ihr den Zucker zu.

Er hatte gewonnen. Sie schraubte das Glas auf und fügte dem Teig eine nicht unerhebliche Menge Zucker hinzu, so dass sich die feinen weißen Kristalle darauf türmten. Nachdem sie alles verrührt hatte, kosteten sie erneut. »Besser!«, sagte Katy.

»Definitiv!« Aiden nickte zustimmend. Für einen Moment standen sie dicht beieinander. Zwischen ihnen befand sich nur der Teig mit der verbotenen Zutat.

Katy leckte ihren Löffel ab, dann ließ sie ihn sinken. »Du hast mich in Versuchung geführt.«

»Habe ich das?«, fragte Aiden unbefangen, und seine Hand streifte ihre.

Katy zuckte leicht unter seiner Berührung zurück. Ihr Herz klopfte wie wild. Es war seltsam, welch ungeahnte Wirkung das Wort *Versuchung* plötzlich auf sie hatte. Sie merkte, wie die Hitze ihre Wangen zum Glühen brachte. Aidens Blick war durchdringend auf sie gerichtet. Bewunderung lag darin und noch etwas anderes. Gleichzeitig gingen beide langsam aufeinander zu. Katy spürte Aidens Atem auf ihrem Gesicht. Er war ihr so nah, dass sie seinen maskulinen Duft wahrnahm, der ein ungeahntes Verlangen in ihr hervorrief. Ihr Blick tastete sich vorsichtig über sein Gesicht, dann über seinen Hals. Sie sah die nackte Haut, die die geöffneten Knöpfe seines Hemdkragens preisgaben, und schluckte. Verlegen sah sie daraufhin auf den Löffel, den sie immer noch festhielt – als könnte er ihr sagen, was sie nun tun sollte. Zum ersten Mal seit Fred hatte sie wieder Appetit auf mehr. Gleichzeitig riet ihr ihr Verstand aber zur Vorsicht. Er mahnte sie, keinen Schritt weiter zu gehen. Sich nicht dem Verbotenen hinzugeben, nur weil sie gerade einen schwachen Moment hatte. Doch es gelang ihr nicht, sich Aiden zu entziehen, dessen Hand nun erneut nach ihrer suchte. Diesmal entschlossener. Warm und beschützend lag sie wenig später über ihrer und

Katy entfuhr ein leiser Seufzer. Ihr Herz schlug noch schneller.

»Katy ... ich ...«, flüsterte Aiden, zog sie sanft an sich, und sie war nicht fähig, ihm zu widerstehen.

»Was macht ihr da?« Mabels Stimme trieb beide so schnell auseinander, dass Katy mit dem Rücken gegen die Kühlschranktür stieß. Mabel stand in ihrem Häschen-Schlafanzug im Türrahmen, hielt Mausespeck verkehrt herum im Arm und schaute ahnungslos zwischen ihrer Mutter und Aiden hin und her.

»Ich ... ich meine wir. Wir ... backen«, sagte Katy, die sich von ihr ertappt fühlte. »Das sieht man doch. Oder ... etwa nicht?«

»Ihr habt Zucker reingetan!«

»Nein.« Katy wechselte einen frommen Blick mit Aiden. Beide konnten sich ein leichtes Grinsen jedoch nicht verkneifen. Ungerührt zuckte Katy daraufhin die Schultern. »Du hast recht, haben wir. Aber ... Der Kuchen hätte sonst scheußlich geschmeckt, und niemand mag scheußlichen Kuchen. Wir sagen es einfach keinem. Es bleibt unser Geheimnis. Einverstanden?«

Mabel grinste. Sie hatte eine Schwäche für Geheimnisse, auch wenn sie sie nie lange für sich behalten konnte. Katy füllte den Teig in eine Springform, und Mabel durfte die Apfelscheiben darauf verteilen.

»Jetzt musst du aber wirklich schlafen, Schätzchen«, sagte Katy milde, nachdem sie den Kuchen in den Ofen geschoben hatte.

»Bringst du mich hoch?«, fragte sie.

Katy legte den Kopf schief.

»Nicht du, Mum. Ich habe Aiden gefragt.« Mabel schaute ihn aus großen, flehenden Augen an.

»Oh ... o-kay.« Katy blinzelte verwirrt. Aiden setzte ein überlegenes Lächeln auf. »Na, wenn du darauf bestehst.«

Mabel nickte strahlend. Sie ging zur Treppe, wartete aber auf der ersten Stufe stehend, bis Aiden zu ihr aufgeschlossen hatte. Katy sah den beiden nach. Überrascht darüber, wie schnell es ihm gelungen war, Mabels Herz für sich zu gewinnen. Einerseits war sie froh, denn ihre Tochter litt unter dem Verlust des Vaters. Obwohl sie nie darüber sprach, wusste Katy genau, dass es so war. Doch nun hatte sie auch Angst. Einmal mehr wurde ihr bewusst, in was für eine Lebenssituation sie ihre Tochter gebracht hatte. Zwangsläufig würde das Leben, das sie Mabel präsentiert hatte, nicht von Dauer sein, und sie würde wieder Menschen verlieren, die sie liebgewonnen hatte. Aiden, Maggie, Mr Craig. Eigentlich hatte Katy geglaubt, alles im Griff zu haben. Fast hatte sie vergessen, wie sich Fürsorge anfühlte. Wenn sich jemand anderes als sie um Mabel bemühte. Fred hatte sie mit der Erziehung immer allein gelassen. Anfangs hatte Katy noch gedacht, er könne lernen, ein guter Vater zu sein. Später hatte sie aber erkannt, dass ihm gar nichts daran lag. Deshalb hatte Katy irgendwann aufgehört, ihn zu bitten, Mabel vorzulesen oder etwas mit ihr zu spielen. Sie hatte ihre Tochter vor der Enttäuschung bewahren wollen, die diese empfunden hätte, sobald sie gemerkt hätte, dass ihr Vater kein Interesse an ihr hatte.

Katy spülte die Backutensilien unter fließendem Wasser ab und räumte die Küche auf. Sie schrieb in den Pflegebericht, wie der heutige Tag mit Mr Craig verlaufen war. Anschließend legte sie den Stift aufs Papier und rieb sich die müden Augen.

»Auftrag erfolgreich ausgeführt.« Aiden betrat die Küche. »Sie schläft. Und dabei wurde es gerade spannend. Wir waren beim Hutmacher.«

»Uh, der ist super.«

»Als Kind dachte ich das auch. Na ja, am sympathischsten ist und bleibt aber die Grinsekatze.«

Über Katys Gesicht huschte ein Lächeln. Es wunderte sie nicht, dass er die Geschichte kannte. Aber dass er sie Mabel freiwillig vorgelesen hatte, davor hatte sie Respekt. Selbst für sie stellte das oft eine Herausforderung dar, weil ihre Tochter penibel auf eine korrekte Betonung achtete. Aiden erwähnte nichts davon, dass Mabel ihn verbessert hätte. Hatte sie etwa Rücksicht auf ihn genommen? Katy betrachtete ihn nachdenklich.

»Mein Onkel hat mir die Geschichte oft vorgelesen«, sagte er weiter und setzte sich neben sie. »Irgendwann konnte ich sie so gut wie auswendig. Das war mir aber egal. Ich hab es geliebt. Das gehört sicherlich zu den Dingen, die ich am meisten vermisse.«

»Vielleicht sollten wir ihm daraus vorlesen?«, schlug Katy vor. »Es könnte doch sein, dass er sich erinnert.«

»Ja ... vielleicht. Möglich wäre auch ein anderes Buch, das ihm viel bedeutet hat.«

Ein langer Augenblick verging. Katy tauchte tief ein in das unverwechselbare Grün seiner Augen und wurde erneut von einem warmen Gefühl geflutet. Es platzierte eine ungeahnte Hoffnung in ihrem Herzen. Ein Teil von ihr hieß sie willkommen, ein anderer jedoch fürchtete sich davor, weil sie nicht wusste, ob diese Hoffnung überhaupt berechtigt war. Stand sie ihr denn zu?

»Tee?« Sie rutschte vom Stuhl und entkam somit Aidens Nähe.

»Gerne«, antwortete er leise. Sie spürte ihn hinter sich, als sie das Wasser aufsetzte, und versuchte, die Gefühle im Zaum zu halten, die er in ihr auslöste. War es, weil sie glaubte, bei ihm zu finden, was ihr so lange gefehlt hatte?

»Katy?« Beim Klang ihres Namens, den er mit so viel Feingefühl aussprach, erzitterte sie leicht.

»Ja?« Zögerlich drehte sie sich zu ihm um, hinter ihr krallten sich ihre Finger in die Arbeitsplatte. Aiden stand auf. Wieder hielt sie sein Blick gefangen, und ihr Herz pochte wild vor Aufregung.

»Ich befürchte, wir haben ...« Er näherte sich ihr unaufhaltsam.

»Haben ... was?«

Sein Mund öffnete sich leicht, und Katy sah seine wohlgeformten rosigen Lippen direkt vor sich.

»Wir haben den Kuchen vergessen«, hauchte er ganz beiläufig, ließ seiner Feststellung aber keine Handlung folgen. Auch Katy reagierte nicht darauf, sondern kam einem inneren Impuls nach. Ihre Hände schmiegten sich um sein Gesicht, seine Wangen fühlten sich warm und weich an, vorsichtig erkundeten ihre Finger seinen Dreitagebart. Er lächelte mit seinen Augen, legte seine Hand an ihre Hüfte und schloss ihren Mund mit einem zärtlich-leichten Kuss. Katy spürte, wie ihr Herz langsamer und schneller zugleich schlug. Die Erkenntnis, dass seine Lippen das gaben, was sie versprochen hatten, wurde nur durch die Tatsache übertroffen, dass er ein erstklassiger Küsser war. Jemand, von dem man nicht genug bekommen konnte. Wieder und wieder trafen sich ihre Münder, und Aiden blieb die ganze Zeit über behutsam. Nachdem sie sich langsam voneinander gelöst hatten, verblieben sie Stirn an Stirn für einen kurzen Augenblick.

»Verzeih mir, ich konnte nicht anders«, flüsterte er.

Katy deutete ein Kopfschütteln an. »Ich auch nicht.«

Beißender Rauch kroch Katy in die Nase und weckte sie aus ihrem gelebten Traum. Sie schnellte herum und riss den Ofen auf, Aiden das Fenster, damit der Rauch entfleuchen konnte. Mit einem Handtuch verjagte er den grauen Dunst anschließend aus der Küche.

»Upps.« Er verzog das Gesicht, als Katy den Rost mit dem verkohlten Kuchen herausnahm.

»Er hatte recht. Ich bin eine miserable Hausfrau.« Katy stand, die Hände in die Hüften gestützt, vor ihrer missglückten Schöpfung.

»Wer denn?«, fragte Aiden leicht amüsiert.

»Mein Mann. Ex-Mann, meine ich. Er hat mir das immer vorgehalten.«

»War er denn besser? So als Hausmann?«

Katy musste lachen.

»Also nicht?« Aiden grinste.

Sie schüttelte den Kopf. »Ganz ehrlich? Er war eine Katastrophe. Socken unterm Bett, Kaffeetassen verteilt im ganzen Haus.«

»Autsch. Die übelste Sorte also.« Er kniff kurz die Augen zusammen, dann lächelte er.

Für Katy war es, als spräche sie nicht zum ersten Mal mit ihm über die Katastrophen ihrer früheren Beziehung. Als würde er alle Einzelheiten kennen. Aiden strich ihr zärtlich eine Haarsträhne hinters Ohr, die sich aus ihrem Zopf gelöst hatte.

Katy fuhr sich unwillkürlich mit der Zunge über ihre Lippen, an denen noch der Geschmack seines Kusses haftete. Sie lauschte dem leisen Ächzen des alten Hauses, dem monotonen Ticken der Standuhr. Sollte sie ihn nun an sich ziehen? Mit ihm in sein Zimmer gehen? Wünschte er sich das? Obwohl sich alles in ihr nach ihm verzehrte, hielt sie ihre Vernunft zurück. Die Dinge würden nie wieder sein, wie sie gewesen waren. In dem Moment, in dem er sich auf sie zubewegte, hielt sie ihre Hand vor sich.

»Warte«, sagte sie leise und widerwillig.

Fragend blickte er sie an.

Katy legte den Kopf schief und betrachtete ihn bewundernd. Wie gerne hätte sie sich jetzt ihren Gefühlen hingegeben. Aber sie hatte sich geschworen, vorsichtig zu sein. Sich nicht in den Erstbesten zu verlieben – um Mabels willen. Andererseits, Aiden war nicht irgendjemand. Er war anders als alle Männer, die ihr zuvor begegnet waren. Trotzdem zwang ihr Verstand sie, sich zurückzuhalten. Unabsichtlich hatte sie sich ihm anvertraut. Aber was war mit ihm? Sie spürte das dringende Bedürfnis, ihn erst besser kennenzulernen.

»Wir sollten es langsam angehen lassen.« Katy versuchte, nicht in seine Augen zu sehen, aus Angst, schwach zu werden.

»Verzeih mir, wenn ich zu schnell war.«

»Nein. Du warst nicht ... ich meine, ich wollte es auch.« In ihr herrschte das reinste Gefühlschaos. »Es ist nur so, dass ich kaum etwas von dir weiß. Das ... würde ich gerne ändern.

Ich habe in der Vergangenheit schlechte Erfahrungen gemacht und möchte keine Fehler wiederholen. Immerhin geht es hier nicht um mich allein. Wenn ich mich für einen Mann entscheide, dann treffe ich diese Entscheidung auch für Mabel.«

»Klar. Natürlich.« Er räusperte sich. »Das ... verstehe ich absolut.« Er griff an ihr vorbei, nahm den Whisky aus dem Schrank und füllte zwei Gläser. »Kein Verhör, ohne was zu trinken.« Aiden setzte sich und bedeutete auch ihr, Platz zu nehmen. »Also ... Was willst du über mich wissen? Ich verspreche dir, ich werde schonungslos ehrlich sein. Aber ich muss dich warnen. Es wäre möglich, dass du hinterher schockiert bist.« Er grinste leicht und trank einen Schluck.

»In Ordnung. Fangen wir mit einer einfachen Frage an: dein Sternzeichen?«

»Krebs.« Er schwenkte sein Glas in der Hand. »Glaubst du daran?«

Sie zuckte die Schultern. »Ich lese Horoskope, aber eher aus Langeweile.«

»So wie jeder.«

»Ja«, sagte sie und zuckte die Achseln. Manchmal, wenn der Horoskop-Text etwas Positives transportierte, wollte sie ihm glauben. Obwohl sie wusste, dass er auf die breite Masse zugeschnitten war. Sie nahm einen Schluck Whisky und schüttelte sich leicht, weil er in ihrer Kehle brannte wie Feuer.

Hüstelnd ging sie zur nächsten Frage über. »Dein Lieblingsfilm?«

»*Braveheart*. Nationalheld eben.«

Sie hob angetan die Brauen. Den Film mochte sie auch.

»Dein erster Kuss?«

Er überlegte kurz. »Cindy McDow auf der Schultoilette, fünfte Klasse.«

Während er sich geduldig ihren Fragen stellte, schenkte er Katy und sich nach. Längst spürte sie die Wirkung des Alkohols. Ihre Beine waren wie Pudding. Wohingegen Aiden nichts zu merken schien. Die Stimmung der beiden wurde unbefangener. Katy rutschte auf ihrem Stuhl nach vorn und beugte sich zu ihm vor.

»Wann hast du dich entschieden, Fischer zu werden?«

»Mit ungefähr zehn Jahren. Mein Onkel hat mich jedes Wochenende mit auf den Kahn seines Freundes genommen, und irgendwie fühlte es sich an wie zu Hause.«

»Also wolltest du nie etwas anderes werden?«

Er grübelte kurz und schüttelte dann den Kopf. Ihr gefiel, wie sicher er sich war. Jemand, der tat, was ihn erfüllte, war weniger anfällig für Erkrankungen der Seele. Irritiert hielt sie bei diesem Gedanken inne. Warum kam ihr das ausgerechnet jetzt in den Sinn?

Aiden sah sie mit einem sanften Lächeln an. »Willst du sonst noch was wissen?«

Sie atmete kurz durch, dann wagte sie sich weiter vor. »Erzählst du mir, warum deine Frau dich verlassen hat?«

Katy glaubte, darin eine Gemeinsamkeit gefunden zu haben. Eine bittere Erfahrung in der Liebe, die sie beide teilten. Doch an seiner ernsten Miene merkte sie, dass ihre Frage unangebracht war, und sie bereute es, sie ihm gestellt zu haben. Zweifellos hatte der Whisky ihre Zunge gelöst.

Schnell versuchte sie, der unangenehmen Situation zu entkommen, in die sie sie beide gebracht hatte. »Du ... musst es mir nicht sagen. Lass uns bitte einfach so tun, als hätte ich das nie gefragt.«

»Nein, schon okay.« Er atmete hörbar durch. »Ich habe versprochen, dir all deine Fragen zu beantworten. Ich hatte dich ja gewarnt. Das eine oder andere ist vielleicht weniger schön.«

»Ich kann mit allem umgehen.« Sie machte sich darauf gefasst, dass er, wie sie, betrogen worden war – was sie veranlasst hätte, sich ihm noch näher zu fühlen.

»Ich weiß, es wird überall so erzählt, aber ... Beth hat mich nicht verlassen.«

Katy sah, wie seine Wangenknochen hervortraten.

»Ich war es. Ich war derjenige, der die Beziehung beendet hat. Sie trifft keine Schuld.«

Damit hatte sie nicht gerechnet. Verwirrt sank Katy an die Lehne ihres Stuhls. Eine unangenehme Stille trat zwischen sie.

»Du ... wirkst überrascht.« Er suchte ihren Blick, doch sie wich ihm aus.

»Nein. Nein ... Gar nicht. Ich dachte nur ... na ja, weil ... Ich meine, du wirst sicher deine Gründe gehabt haben.«

»Die hatte ich«, raunte er.

Katy erwartete, dass er seiner Antwort noch etwas hinzufügte, näher auf seine Gründe einging, doch das tat er nicht. Stattdessen wirkte er irgendwie reumütig auf sie. Schweigen hing im Raum. Katy spürte, dass das Gespräch in eine für beide unangenehme Richtung gegangen war, und beschloss deshalb, es zu beenden. Langsam stand sie auf, schob ihren Stuhl an den Tisch und trommelte mit ihren Fingern nervös auf der Lehne. »Ich ... denke, ich gehe jetzt schlafen. Es ist spät geworden.« Für heute Abend wollte sie es bei den Informationen belassen, die sie bekommen hatte. Zögerlich erhob auch Aiden sich und versenkte die Hände in den Taschen seiner Jeans.

»Du musst müde sein«, sagte er und ließ außer Acht, was die Stimmung zwischen ihnen hatte umschlagen lassen.

Katy warf einen flüchtigen Blick auf die Uhr und hob erstaunt die Brauen. Halb drei. Sie nickte. »Gute Nacht«, sagte sie und ging aus der Küche. Ohne einen weiteren Blick, ein weiteres Wort oder einen Kuss, den sie bis vor wenigen Minuten so gerne wiederholt hätte. Auf dem Weg in ihr Zimmer spürte sie eine Schwere auf ihrem Herzen. Was, wenn Aiden nicht der Mann war, für den sie ihn gehalten hatte? Hatte er etwa eine dunkle Vergangenheit? Hatte er Beth für eine andere sitzen lassen? Erneut schossen ihr Pennys Andeutungen durch den Kopf. Warum sonst sollte er ein Geheimnis daraus machen, wieso er seine Ehe beendet hatte? Seufzend fasste sich Katy an die Stirn, als ihr bewusst wurde, dass Fred aus ihr eine hoffnungslose Skeptikerin gemacht hatte. Von allen Möglichkeiten, die sie sich in Bezug auf Aiden ausmalte, wählte sie automatisch die schlimmste. Sie schloss die Tür hinter sich, sank auf ihr Bett und versuchte zu verstehen, was gerade in ihr vorging. In jedem Fall hatte Aidens Ehrlichkeit ihr gezeigt, wie verletzt sie noch immer war. Obwohl ihr Verstand ihr ohne Unterlass zuraunte, dass ihre Ehe ohnehin nicht gehalten hätte, war Fred dennoch ihre große Liebe gewesen – zumindest eine Zeit lang. Und das war eine Wahrheit, die sie nur allzu gern vergessen wollte. Sie wischte sich die Tränen aus den Augenwinkeln, schlüpfte in ihren Pyjama und legte sich hin.

Mit welcher Willkür der Kopf doch Erinnerungen hervorholte, dachte sie, als die Nacht sie umhüllte. Manchmal überwogen die schlechten, ein anderes Mal wurden sie jedoch von den positiven überstrahlt. Was sie zum Vorschein brachte, stellte die Wissenschaft immer noch vor ein Rätsel. Katy aber glaubte, dass Erinnerungen untrennbar mit starken Gefühlen verbunden waren. Je stärker eine Emotion, desto lebendiger waren sie. Momente wie jene, als Katy herausgefunden hatte, dass ihr Mann eine andere liebte, und als sie gefürchtet hatte, ihre Mutter könne sterben. Die tragischen Episoden in ihrem Leben hatten sie verändert. Sie hatten sie zu einer zurück-haltenden Version von sich selbst werden lassen, die sich schwer damit tat, Vertrauen zu fassen. Wie ein Fisch in einem verlorenen Fischernetz hielt die Vergangenheit sie am Grund eines dunklen Ozeans fest. Noch wusste sie nicht, wie sie ihr entkommen konnte.

KAPITEL ZWANZIG

Frühling 1945

Tagelang hatte Jeff eine Pflanze beobachtet, die zwischen den Pflastersteinen vor seiner Baracke gewachsen war. Er hatte sie mit Erdbrocken abgeschirmt, damit niemand auf sie trat, und sich gefragt, welche Art es wohl sein mochte. Doch noch bevor ihre Blüten ausgebildet waren, verließen die Deutschen überstürzt das Lager. Es war ein sonniger Morgen, und zuerst waren Jeff und die anderen Gefangenen verwirrt zurückgeblieben. Es hatte eine Weile gedauert, ehe sie begriffen hatten, dass ihre Aufseher nicht zurückkommen würden. Sie waren frei. Plötzlich und unerwartet.

Ausgemergelt marschierten sie anschließend Richtung Westen, wo sie auf Amerikaner stießen, die in einem Triumphzug durch das Elsass zogen. Sie sollten ihnen helfen, nach Hause zu kommen.

Als der Sommer kam, bestiegen Jeff und Brad ein Schiff in Calais, das sie nach Dover brachte. Von dort aus ging es für sie gen Schottland. Ihre Reise kam ihnen wie eine Ewigkeit vor. Sie konnten es kaum erwarten, wieder nach Aberdeen zu gelangen. Gleichzeitig fühlte Jeff jedoch auch eine Beklemmung in sich. In Brads Verschwiegenheit glaubte er, dieselben Ängste zu erkennen, die auch ihn davon abhielten, sich von Herzen auf die Heimat zu freuen. Der Krieg hatte beide verändert, und so stand die Frage unausgesprochen zwischen ihnen, ob es überhaupt möglich war, dort weiterzumachen, wo sie aufgehört hatten. Im Auffanglager der US-Army hatte Jeff Roslyn einen Brief geschrieben, in dem er ihr mitgeteilt hatte, dass er noch lebe und auf dem Weg zu ihr sei. Sie hatte nicht geantwortet, aber Jeff machte sich deswegen keine Sorgen. Die Post brauchte lange bis nach Schottland, und das Kriegsende hatte ganze Brieffluten in Gang gesetzt, die die Auslieferung zusätzlich verzögerten. Er würde sie überraschen, sobald sie Aberdeen erreichten.

Die Landschaft rauschte vor ihrem Fenster vorbei, und Jeff horchte in sich hinein. Ein Bus setzte die beiden am Hafen ab. Zaghaft folgte Jeff Brad hinaus. Im ersten Moment kam es ihm wie ein Traum vor. Er brauchte eine Weile, um zu realisieren, dass das, was er vor sich sah, die Wirklichkeit war.

»Wir sind da! Geliebte Heimat! Wie habe ich dich vermisst.« Brad fiel auf die Knie und küsste den Boden unter seinen Füßen. Jeff beobachtete ihn dabei mit einem Schmunzeln. In Windeseile sprang Brad auf und legte seinen Arm um ihn. Gemeinsam blickten sie auf das Wasser hinaus. Jeff nahm einen tiefen Atemzug von der salzigen Luft, die er so lange entbehrt hatte, und fühlte sich mit einem Mal so überwältigt von der Schönheit seiner Heimatstadt, dass eine Träne seine Wange hinunterkullerte. Auf der anderen Seite des Meeres hatte er nicht selten gedacht, er würde sie nie wiedersehen. Jetzt hier zu sein, am Hafen zu stehen, das plätschernde Wasser zu hören, das Geschrei der Möwen, und zu wissen, dass alles noch da war – genau so, wie er es verlassen hatte, – erfüllte ihn mit Demut.

»Da seid ihr ja!« Mr Porter kam auf sie zu. Er schüttelte Brads Hand und umarmte Jeff herzlich. Es fühlte sich merkwürdig an, von ihm gehalten zu werden. Schuldbewusst senkte er den Blick. »Es tut mir leid, dass ich nicht besser auf ihn aufgepasst habe«, sagte er, weil er plötzlich das Gefühl hatte, er müsse bei ihm um Absolution bitten. Jeff hatte auch ihm geschrieben. In einem langen Brief hatte er ihm die Umstände von Hamishs Tod geschildert. Selbstverständlich war er dabei nicht ins Detail gegangen. Er hatte ihm mitgeteilt, dass er an seiner Seite gewesen war, als es passiert war. Jeff hatte gehofft, seine Trauer dadurch mildern zu können, aber er wusste, das war nicht genug.

Hamishs Vater nahm ihn bei den Schultern und sah ihm direkt ins Gesicht. »Hör mir zu. Es war nicht deine Schuld, Jeff. Du hättest es nicht verhindern können.«

Jeff nickte matt, dann schluckte er schwer. In Mr Porters glitzernden Augen erkannte er seinen Freund wieder, und ihm wurde das Herz schwer. Die Gedanken an Hamish kamen und gingen. Sie waren wie die Wellen, die sich an den Felsen der Bucht brachen. Seit er das letzte Mal die Hand seines besten Freundes gehalten hatte, schienen sie den Gezeiten zu folgen, und es verging kein Tag, an dem er sich nicht fragte, warum er ihn nicht hatte retten können. Wieso er in die Heimat zurückgekehrt war und Hamish nicht.

Mr Porter schien seinen inneren Konflikt zu spüren. Er schien zu wissen, dass Worte allein, Jeff nicht darüber hinweghelfen konnten, was in Frankreich geschehen war. Nur die Zeit.

»Aye.« Mr Porter sog laut den Atem ein, dann klopfte er Jeff auf die Schulter.

»Wir sehen uns.« Brad drückte Jeff noch einmal fest die Hand, bevor er sich auf den Weg nach Hause machte.

Jeff blickte ihm nach, dann wandte er sich Mr Porter zu. »Meine Familie und Roslyn ... Ich werde ...«

»Warte, Junge.« Mr Porter stellte sich ihm in den Weg. »Ich weiß, du willst sofort zu ihnen, aber ... Ich würde gerne noch in Ruhe mit dir sprechen. Es dauert auch nicht lange. Versprochen.«

»In Ordnung«, antwortete Jeff zaghaft.

Mr Porter gab die Richtung vor, und Jeff folgte ihm. Er ahnte, dass er die ganze Wahrheit über Hamish von ihm fordern würde, die er ihm eigentlich hatte ersparen wollen, und der Gedanke daran zermürbte ihn. Andererseits, so dachte er, hatte Mr Porter ein Recht darauf zu erfahren, wie Hamish umgekommen war. Er würde ihm alles erzählen, wenn er das wollte.

Das kleine Fischerhaus der Porters war gemütlich wie eh und je. Das Foto auf dem Fensterbrett in der Küche, das Hamish und Colin beim Fischen zeigte, war mit einem schwarzen Band versehen. Davor brannte eine Kerze in einem Glas.

»Er wollte nach Orkney. Das war sein großer Traum«, murmelte Jeff wie zu sich selbst. »Ich sollte nicht hier sein«, raunte er, als er spürte, wie Trauer und Schuld seine Kehle zuschnürten.

»Hör auf!« Mr Porter drückte ihm eine Tasse Kaffee in die Hand. »Du bist hier, weil das Schicksal es so will. Du solltest dankbar dafür sein und dein Leben annehmen. Hamish hätte es so gewollt. Jetzt setz dich!« Sein Ton war mild, aber bestimmend. »Deine Eltern erwarten dich auf der Farm?«

»Das nehme ich an.« Er hatte auch ihnen geschrieben. Das erste Lebenszeichen seit seiner Landung in der Normandie, und sie waren nicht an den Hafen gekommen, um ihn abzuholen. Anders als Mr Porter.

»Ich bin sicher, sie wussten nicht genau, wann du eintriffst«, sagte dieser feinfühlig.

»Möglich.« Jeff blieb skeptisch.

»Sie haben sich sehr gesorgt. Auch dein Dad. Er hat ein weiches Herz unter einer harten Schale.«

Jeff schnappte nach Luft, weil er dieselben Worte wählte, die Hamish einst über seinen Vater gesagt hatte. »Mag sein, aber ... meine Eltern müssen ohnehin warten.« Er lächelte, in Gedanken bereits bei Roslyn. Hastig trank er seinen Kaffee aus und stand auf.

»Moment. Da gibt es noch etwas, das du wissen musst ... über ... Roslyn.«

»Geht es ihr gut?« Jeffs Herz polterte angsterfüllt.

»Ja, doch.« Mr Porter holte tief Luft, bevor er weitersprach. »Aber ... du warst lange weg. Niemand hat etwas von dir gehört. Es hieß, dein Trupp sei bei Cagny vollständig ausgelöscht worden. Wir alle haben gedacht, du wärst tot.«

Jeff nickte. Er glaubte zu ahnen, worauf er hinauswollte. »Es wird sicher schwer für sie sein, mich wiederzusehen, nachdem sie davon ausging, dass ich ...«

Mr Porter seufzte. »Sie ... sie ist verheiratet, Jeff.«

»Was?« Er glaubte, ihn nicht richtig verstanden zu haben.

»Mit ... Peter. Sie wohnen zusammen über dem Laden ihrer Eltern. Ich dachte, das solltest du wissen, bevor du hingehst.«

Jeff konnte nicht glauben, was er hörte. »Nein!« Er strich sich das Haar zurück und vergrub dann sein Gesicht in seinen Händen. »Das kann nicht sein.«

»Es ist aber so«, sagte Mr Porter bedauernd. »Tut mir echt leid, Junge.«

»Ich muss zu ihr«, flüsterte er fassungslos, sprang vom Stuhl auf und eilte zur Tür.

»Nein. Es würde nichts bringen. Tu dir das nicht an, Jeff.« Mr Porters Warnung prallte an ihm ab.

»Es geht nicht anders. Wenn sie mich erst sieht, dann ... dann wird sie ...« Er wusste selbst nicht, was er erwartete.

»Wird sie, was?« Mr Porter schnalzte kopfschüttelnd mit der Zunge. »Mein Junge, sie wird sich nicht von ihm scheiden lassen. Das ist Irrsinn. Das weißt du. Es ist besser, du beruhigst dich erst einmal, gehst nach Hause und hörst dir an, was deine Eltern dir zu erzählen haben.«

»Das ... das kann ich nicht.« Jeff zitterte am ganzen Leib. Nach allem, was er durchgemacht hatte, stand ihm ein Wiedersehen mit Roslyn zu. Er hatte das Glück verdient, bei ihr zu sein. Davon war er überzeugt. Denn danach hatte er sich all die Zeit gesehnt. Sie war in der Hölle von Frankreich immer bei ihm gewesen. Nur ihretwegen hatte er sie überlebt. Da war er sich sicher. Roslyn würde ihn nicht fortschicken, wenn sie ihn sah. Auf keinen Fall. Er schulterte seine Tasche.

»Lass es gut sein!«, rief Mr Porter ihm auf der Straße hinterher, aber Jeff hörte nicht hin. Seine Gedanken galten Roslyn. Er wollte die Wahrheit von ihr erfahren. Eilig machte er sich auf den Weg zum Blumenladen. Er hetzte den Hafen entlang und die Gasse hinauf. Schon als das Geschäft in Sichtweite kam, bemerkte er einen Mann, der vor der Tür stand und eine Zigarette rauchte. Jeff wurde speiübel, als er in ihm seinen Bruder erkannte. Peter sah anders aus. Er trug einen Schnurrbart, sein kastanienbraunes Haar war kürzer und straff nach hinten gekämmt.

Abrupt hielt er mit dem Inhalieren seines Tabaks inne, und seine Augen wurden groß. Er sah aus, als hätte er einen Geist gesehen.

»Du bist wieder da«, sagte er nüchtern, ließ seine Zigarette fallen und zerdrückte sie mit der Schuhspitze. »Ich ... ich bin echt froh, dass du lebst. Seit wann bist du zurück?«

»Seit gerade eben.«

Peter sog lautstark Luft ein, während er ihn unschlüssig betrachtete.

»Ist ... ist sie da?« Jeff versuchte, ruhig zu klingen. Innerlich jedoch war er wie ein Vulkan, der kurz davor war auszubrechen.

»Also, ich weiß nicht, ob das gut wäre, Jeff. Wir haben viel durchgemacht in der letzten Zeit.«

Seine Worte waren wie ein Schlag ins Gesicht. Jeff biss die Zähne zusammen. »Ich muss zu ihr.« Er wollte sich an Peter vorbeidrängen, aber der ließ ihn nicht durch.

»Ich fürchte, das kann ich nicht zulassen. Vielleicht ein anderes Mal. Wenn du weniger aufgebracht bist.« Peters Hand lag fest auf Jeffs Brust. Er spürte einen Zorn in sich aufwallen, über den er keine Kontrolle hatte. Die Brüder starrten sich in die Augen. Herausfordernd, warnend.

»Sie war meine Freundin«, raunte Jeff. »Mein Ein und Alles.«

Peter schaute ihn mit kalter Miene an. »Dann hättest du nicht einfach gehen dürfen.«

Blanke Wut kochte in Jeff hoch. Seine Faust verselbständigte sich und landete in Peters Gesicht. Sein Bruder ging zu Boden, schnaufte kurz, rappelte sich dann aber wieder hoch.

»Was hast du jetzt vor? Willst du mich umbringen?«

Jeff funkelte ihn an, während er darüber nachdachte, ob das eine Einladung war.

»Ich habe mich um sie gekümmert, als du es nicht konntest. Oder ... wolltest.« Peter stellte sich vor ihn, und Jeff war gewillt, ihn erneut zu schlagen.

»Was wäre aus ihr geworden, hätte ich es nicht getan? Hast du auch nur eine Sekunde darüber nachgedacht, kleiner Bruder?«

»Was soll das heißen?« Jeff konnte ihm nicht folgen. War das wieder nur eine seiner bedeutungsleeren Reden? Dann entdeckte er ein kleines Mädchen, das im Laden mit einer Spielzeugeisenbahn spielte. Rotblondes Haar. Etwa ein Jahr alt. Ein eiskalter Schauder erfasste ihn.

»Was du getan hast, war schändlich.« Peter wischte sich mit der Hand über die blutende Lippe. »Aber du denkst ja nicht nach, bevor du handelst.«

Mit schmerzhafter Deutlichkeit erinnerte sich Jeff an die Nacht im Gewächshaus, bevor er nach England gefahren war. Er hatte nicht damit gerechnet, dass sie Folgen gehabt hatte. Wie hatte er so dumm, so unverantwortlich sein können? Schockiert taumelte er einen Schritt zurück. Hinter Peter öffnete sich die Ladentür, und Roslyn trat hinaus. »Jeff?« Ihre Stimme war nur ein Flüstern. Sie selbst wirkte dünn und blass und betrachtete ihn so ungläubig, als wäre er ein Traumbild. Im ersten Moment wollte Jeff auf sie zugehen, sie in seine Arme schließen, doch dann fiel ihm ein, dass alles nun anders war. Peter stellte sich an Roslyns Seite und legte den Arm um sie. Er war wie ein Wolf, der sein Territorium verteidigte.

»Du ... bist hier?« Mit zitternder Hand umfasste Roslyn ihren Mund, und der Ehering blitzte an ihrem Finger. Tränen glitzerten in ihren Augen und Jeff merkte, wie sie auch seine Augen füllten.

»Du bist noch zu schwach, Liebes. Der Arzt hat gesagt, du sollst dich nicht aufregen.« Peter brachte sie hinein. Neben ihm wirkte Roslyn wie ein Kind. Jeff verharrte vor dem Laden stehend. Aufgewühlt und zutiefst bestürzt, dann ging er auf die Tür zu, die sich im selben Moment wieder öffnete.

»Du gehst jetzt besser«, sagte Peter, den Türgriff noch in der Hand.

»Was fehlt ihr? Ist sie ... ist sie krank?«

Peter schaute kurz zu Boden, ehe er ihm antwortete. »Sie ... sie hatte eine Fehlgeburt. Vor knapp einem Monat.«

Jeff schluckte und fuhr sich mit der Hand durchs Haar. Einem ... Monat, hallte es in ihm wider. Er dachte an den Brief, den er ihr geschrieben hatte, und er fühlte sich furchtbar. War er es gewesen? Hatte die Nachricht, dass er noch am Leben war, sie derart aufgewühlt, dass sie ihr Kind verloren hatte?

»Das ist schrecklich.« Jeff zog die Nase hoch und bemühte sich, taktvoll zu bleiben.

»Es ging ihr ziemlich schlecht. Sie hat viel Blut verloren. Zwischenzeitlich haben wir uns auf das Schlimmste vorbereitet. Jetzt geht es ihr langsam besser, aber es wird alles noch seine Zeit brauchen. Du verstehst also, warum ich dich nicht hineinbitten kann.«

Jeff nickte widerstrebend.

»Wir haben alle geglaubt, du seist tot«, sagte Peter mit ernster Miene. Warum musste er ihn daran erinnern?

»Mum hat sogar schon eine Art Gedenkstein für dich anfertigen lassen, nachdem die Nachricht kam, dass deine Division von den Deutschen ausgelöscht wurde.« Er lachte kurz auf, wurde dann aber wieder ernst. »Sie hat wohl geglaubt, dich dadurch irgendwie erreichen zu können. Roslyn hat Blumen darauf gelegt, jeden Tag. Sieh ihn dir an. Das Ding ist ein verdammter Altar. Er steht bei der alten Eiche auf der Farm.«

»Ich bin nicht tot!«, sagte Jeff leise vor sich hin, als müsste er sich daran erinnern.

»Eine Zeit lang warst du es.« Peter zuckte gleichgültig die Schultern.

»Ich konnte mich nicht melden!«, brachte Jeff durch zusammengebissene Zähne hervor. Warum war er so begriffsstutzig?

»Es war deine Entscheidung zu gehen, wenn ich mich recht erinnere. Und jetzt bist du wieder da und erwartest, dass dich alle mit offenen Armen empfangen?«

Peters Worte schmerzten, doch er hatte nicht unrecht.

»Das mit Hamish tut mir ehrlich leid. Wir hatten gehofft, es wäre ein Irrtum, als der Bote an Mr Porters Tür klopfte.«

»Es war keiner.« Jeff starrte bedrückt neben ihm ins Nichts.

Peter nickte mit einem Seufzen, dann tätschelte er unbeholfen Jeffs Arm. »Ja.« Mehr hatte er dazu nicht zu sagen. Er blieb kühl und unnahbar, so wie Jeff es von ihm gewohnt war. »Mum wird sich freuen, dich zu sehen. Und Dad auch.« Peter ging rückwärts durch die Tür. Jeff merkte, dass er ihn loswerden wollte, und gab nach. Für jetzt, für diesen Tag, weil er der Auffassung war, dass es das Richtige war, sich erst einmal zurückzuziehen. Peter schloss die Tür und hängte das *Geschlossen*-Schild ins Fenster.

Thig crìoch air an t-saoghal, ach mairidh gaol is ceòl.

Die Welt wird untergehen, aber Liebe und Musik werden fortbestehen.

Der Wind rauschte durch die Äste der alten Eiche, unter der Jeff stand. Es war merkwürdig, diese alte schottische Weisheit in Stein gemeißelt zu betrachten, zu wissen, dass die Worte ihm galten, und gleichzeitig Luft zu holen. Er war nicht tot, und doch gab es einen Teil von ihm, der gestorben war. Roslyn und Peter waren ein Paar geworden, nur wenige Monate nach seiner Landung in der Normandie. Das hatte seine Mutter ihm bei Tee und Himbeerkuchen erzählt, den sie auf dem Geschirr serviert hatte, das nur an Feiertagen hervorgeholt wurde. Jeff war es gelungen, nicht ausfallend zu werden. Trotz seines Vaters, der ihn beiläufig daran erinnert hatte, dass jeder Mensch seines eigenen Schicksals Schmied war. So etwas Ähnliches hatte Peter ihm auch gesagt. Wie schön, hatte Jeff zähneknirschend gedacht. Wenigstens waren sich die beiden darin einig.

Die Tage vergingen mit einer seltsamen Geschwindigkeit. Jeden Morgen, bevor Jeff seine Arbeit auf der Farm verrichtete, besuchte er den Stein, den seine Mutter hatte aufstellen lassen. Dabei starrte er verbissen auf den Spruch, und manchmal glaubte er, damit zu verschmelzen, denn seine Welt war mit Roslyns und Peters Hochzeit untergegangen. Hätte er die Wahl gehabt, er hätte anstelle von Hamish und Jamie in den Ruinen von Cagny für immer die Augen geschlossen. Doch er existierte noch. Im Körper eines Mannes, den er nicht kannte, in einem Leben, das er so nicht wollte.

KAPITEL EINUNDZWANZIG

Katy

Zeit zerfließt in unseren Händen, wenn wir sie nicht fest-halten.

Katy hatte sich immer schon gefragt, was ihr Großvater damit gemeint hatte. Seit sie auf der Craig-Farm lebte und arbeitete, dachte sie wieder häufiger darüber nach. Aus irgendeinem Grund hatte sie das Gefühl, dass sie nah dran war zu erfahren, warum er diesen Satz immer wiederholt hatte – bis zu seinem Tod.

Auf eine sturmumwehte Nacht folgte ein herrlich klarer Morgen. Katy hatte keinen neuen Kuchen für den Schulbasar gebacken. Sie hatte es aufgegeben zu versuchen, was ihr nicht gelingen wollte, und einen Cranberry-Pie in der Bäckerei besorgt, der nicht nur köstlich aussah, sondern bestimmt auch so schmeckte. Aiden hatte sich bereiterklärt, mit seinem Onkel mit in die Schule zu kommen. Das Theaterstück war ein großer Erfolg. Mabel trug ihr Kostüm aus violettem Tüll mit Überzeugung. Und sobald William Wallace wie Superman, in seinem feuerroten Cape, die Bühne betrat und sich strahlend und überschwänglich vor dem Publikum verneigte, konnte Katy Mabels Sympathie für Sean nachvollziehen. Im Anschluss an die Standing Ovations verwies Mrs Stoga auf den Schulbasar, dessen Einnahmen benachteiligten Kindern zugutekamen. Anschließend wälzte sich eine Welle aus Geschwisterkindern, Großeltern, Onkeln und Tanten über den Flur.

»Du warst fantastisch!« Penibel rückte Penny Bethanys Heiligenschein auf deren Kopf zurecht. Eine Nanny passte zu Hause auf ihre restlichen Kinder auf. Ihr Mann war noch nicht von seiner Geschäftsreise zurück. Das verriet sie Katy, als sie neben ihr aus der Aula ging.

»Wie schade, dass er die Vorstellung verpasst hat«, meinte Katy.

»Er kommt nach«, entgegnete Penny trotzig und ohne sie anzusehen. Sie wirkte niedergedrückt. Zum ersten Mal fühlte Katy ihren Verdacht bestätigt, dass bei Penny doch nicht alles so tadellos war, wie es den Anschein hatte, und Mitleid wallte in ihr auf, jedoch nur kurz.

»Du warst natürlich die Beste, Beth. Keiner hat so über-zeugend gespielt wie du«, sagte Penny so laut, dass jeder es hören konnte.

Katy und Mabel sahen einander an und kicherten. Sie gingen durch einen Teil des Flurs, der die Aula mit dem Foyer verband. An den Wänden hingen Fotos von ehemaligen Schülern und alte Zeitungsartikel aus der Region.

»Bist du auch hier irgendwo?« Mabel drehte sich zu Aiden um, der mit seinem Onkel hinter ihnen ging. Er suchte die Wand ab und wurde fündig. »Hier.«

Katy blieb mit Mabel vor dem Bild stehen, das ein Fußball-team zeigte.

Erster Platz Schulmeisterschaft 1993.

»Wer davon bist du?«, fragte Mabel.

»Vorne links. Der Hering mit der Zahnspange.« Aiden rümpfte die Nase.

Mabel plusterte die Backen auf und lachte. Katy unterdrückte ein Grinsen, dann weckte die Schwarz-Weiß-Aufnahme von ein paar Teenagern vor einer Jahrmarktkulisse ihr Interesse.

Sie las laut, was unter dem Bild stand. »Mayday-Feierlichkeiten, 1939.«

»Sieh mal einer an. Ich hatte ganz vergessen, dass das hier hängt.« Aiden nahm seinen Onkel vorsichtig an der Hand und zeigte ihm das Bild. »Erkennst du den gut aussehenden jungen Mann auf diesem Foto?«

Mr Craig ging nah an das Bild heran und legte die Stirn in Falten.

»Wer sind die anderen?«, fragte Mabel ihm zugewandt. »Freunde von dir?«

Mr Craig antwortete nicht.

»Rechts neben Onkel Jeff, das ist meine Großmutter«, erklärte Aiden.

Katy machte schmale Augen, denn sie erkannte den Mann neben Mr Craig von dem Foto in dessen Schlafzimmer wieder.

»Meine Grandma hat diese Fotografie der Schule zur Verfügung gestellt«, sagte Penny, die urplötzlich hinter ihnen stand. »Es ist ein bedeutsames historisches Dokument. Sie hat sich für die Wohltätigkeit in den Kriegsjahren eingesetzt. Auch nach dem Zweiten Weltkrieg hat sie sich zusammen mit meinem Großvater für die Kriegswaisen und -witwen stark gemacht. Was soll ich sagen, die Selbstlosigkeit habe ich wohl von ihr.« Begleitet von einem lang gezogenen Seufzer tippelte sie auf ihren Pumps über den Flur.

»Na, ganz bestimmt«, sagte Aiden nüchtern.

Katy löste Amanda am Kuchenstand ab, der sich zwischen bemalten Teelichtgläsern und bunten Papiersternen befand. Maggie gesellte sich zu ihr und half ihr beim Verkauf.

»Sie wirkt glücklich«, sagte sie und deutete zu Mabel und Sean hinüber, die kichernd am anderen Ende des Raums standen.

Katy nickte mit einem erleichterten Lächeln. »Danke, dass du ihr mit dem Kostüm geholfen hast.«

»Hab ich gern gemacht.« Sie legte den Arm um Katy und drückte sie kurz an sich, dann kehrte ihr Blick zur schnöden Gebäckauswahl zurück. Abgesehen von Katys Kuchen, liefen die Verkäufe schleppend. »Es fehlen die Muffins. Die Kinder lieben sie«, sagte Maggie zurückhaltend.

In dem Moment begutachtete Penny den Stand, und Katy verkniff sich eine Zustimmung. Sie reichte Aiden ein Stück Cranberry-Pie auf einem Pappteller. Immerhin hatte er ihr die Bäckerei empfohlen.

»Der Basar übertrifft schon jetzt den vom letzten Jahr.« Penny stellte sich unmittelbar neben ihn. »Das macht mich als Organisatorin natürlich sehr stolz. Wo es doch so viele benachteiligte Kinder in dieser Stadt gibt.« Ihr Blick glitt zu Mabel, die in diesem Moment an ihr vorbeihuschte. Neben Mabel hielt Sean sein Plastikschwert wie einen Zauberstab, als käme er nicht aus einer Highland-Kulisse, sondern aus Mittelerde. Nicht weit von ihr entfernt schwebte Bethany in ihrem Engelskostüm förmlich an ihnen vorbei, stolperte über ihre übertrieben lange Schleppe und richtete sich wutschnaubend vor Mabel auf.

»Du hast mich geschubst!«

»Hab ich nicht«, entgegnete Mabel.

»Hast du wohl. Außerdem ... warum durftest du überhaupt die Maria Stuart spielen? Die war Schottin. Das weiß doch jeder.« Sie hob ihr Kinn und stemmte belehrend die Hände in die Hüften.

»Na, und?« Mabel verschränkte die Arme vor der Brust und trat herausfordernd an sie heran. Bethany wich vor ihr zurück.

Bevor Katy einschreiten konnte, stellte sich Penny blitzschnell zwischen die beiden. »Bestes Benehmen«, erinnerte sie ihre Tochter in eine Art Singsang.

Bethany stampfte wütend mit dem Fuß auf. Dabei gab sie einen so schrillen, hysterischen Schrei von sich, dass sie alle Blicke auf sich zog. Mr Craig ließ vor Schreck fast den Kuchen fallen, den Aiden an ihn weitergereicht hatte.

»Benachteiligte Kinder ...«, murmelte er trocken und schaute gebannt zu, wie Penny ihre Tochter an der Hand in die Schultoilette zog. Katy zwinkerte Mabel mit einem Auge zu, dann tauschte sie amüsierte Blicke mit Maggie und Aiden.

Nach wenigen Minuten kehrte Penny an den Stand zurück. »Kinder ...« Sie zuckte die Schultern und lächelte übertrieben.

Katy fiel auf, dass ihre Wimperntusche verlaufen war. »Ist alles okay?«

»Alles bestens«, antwortete sie mit heiserer Stimme.

Eine Kundin gab ihr Kuchenstück zurück, mit der Aussage, es sei ungenießbar.

Penny platzte der Kragen. »Wie bitte?«, kreischte sie förmlich. »Dieser Kuchen hier ist absolut klimaneutral. Er ist ohne Gluten, ohne Zucker und enthält auch sonst keine schädlichen Inhaltsstoffe. Er ist perfekt.« Sie klang weinerlich.

Die Kundin schreckte verwirrt vor ihr zurück, drehte sich um und ging.

»Das ist doch nicht zu fassen.« Penny fächerte sich mit einer Hand Luft zu und inspizierte den Verkaufstisch und Katys inzwischen leere Tortenplatte. Penny nahm mit ihrem befeuchteten Zeigefinger Krümel davon auf und kostete sie. Katys Puls raste.

»Ist da etwa Zucker in deinem Kuchen?« Penny funkelte sie an. Die Besucher um sie herum hielten erschrocken inne.

»Ich hab's versucht.« Katy lehnte sich zu ihr vor und sprach in gesenkter Lautstärke. »Ich wollte mich an deine Anweisungen halten, aber es hat nicht funktioniert. Mein Teig hat scheußlich geschmeckt und ist dann auch noch im Ofen verbrannt. Ich hab wirklich mein Bestes gegeben.«

»Dein Bestes.« Pennys Mund zuckte. Sie ging nah an Katy heran. »Na, das hat dann wohl nicht gereicht«, zischte sie. »Wir haben dir die Chance gegeben, uns zu unterstützen, zu uns zu gehören. Ich habe dir die Hand gereicht, obwohl du dich in einer prekären familiären wie sozialen Situation befindest, wie wir alle wissen.«

Katy fuhr ein kalter Schauer über den Rücken. Sie fühlte sich plötzlich wieder so klein.

»Das reicht jetzt, Penny!« Aiden trat zwischen sie. Penny warf ihm einen vernichtenden Blick zu. Mittlerweile hatten sie die Aufmerksamkeit von allen Besuchern, Lehrern und Schülern, die sich im Foyer befanden. Katy spürte die bohrenden Blicke, die auf sie gerichtet waren. Sie sah Mabel an, wie peinlich ihr die Situation war, in die sie sie gebracht hatte, und sie fühlte sich schrecklich deswegen. Katy nahm ihren Mut zusammen und stellte sich Penny entgegen. »Es stimmt, ich bin nicht wie ihr. Mein Leben ist nicht perfekt, und ich bin es auch nicht. Wir sind es nicht. Aber deswegen sind wir nicht schlechter als ihr. Und ja, ich tue Zucker in meinen Kuchen. Ich mag Zucker.«

Penny sog zischend Luft durch ihren Mund ein. Für ein paar Sekunden stand sie einfach nur da und starrte sie fassungslos an. Offenbar war es das erste Mal, dass ihr jemand Widerworte gab. Katy hingegen fühlte sich nun leichter. Endlich war raus, was sie so krampfhaft versucht hatte zu verstecken. Aber ... war es richtig gewesen, frei heraus zu sein? Sie sah zu ihrer Tochter, dem einzigen Menschen, auf den es für sie ankam, und stellte erleichtert fest, dass Mabel lächelte. Katy nahm ihre Hand, drückte sie bestärkend. Ruckartig drehte sich Penny um und stöckelte davon. Verhaltener Applaus erklang, und Katy realisierte, dass sie nicht die einzige unvollkommene Mutter war.

»Der hast du es aber gegeben.« Aiden kam an ihre Seite.

»Ja. Schon. Irgendwie.« Noch war sich Katy nicht sicher, ob sie nicht zu grob gewesen war. Penny schien jemand zu sein, der die Wahrheit nur ungern hörte.

Die Leute zerstreuten sich wieder und ließen sich von der leisen Dudelsackmusik berieseln, die aus den Schullautsprechern tönte.

»Wo ist dein Onkel?« Katy sah sich besorgt um. Aiden suchte die Stände ab, durchforstete in Windeseile die Toilettenräume und die Aula. Maggie, Mabel und Sean halfen ihm dabei. Ohne Erfolg.

»Schon okay«, sagte Maggie gelassen, als sie im Foyer wieder zusammenkamen. »Ich denke, wir wissen alle, wo er hingegangen ist.«

KAPITEL ZWEIUNDZWANZIG

Aberdeen, 1947

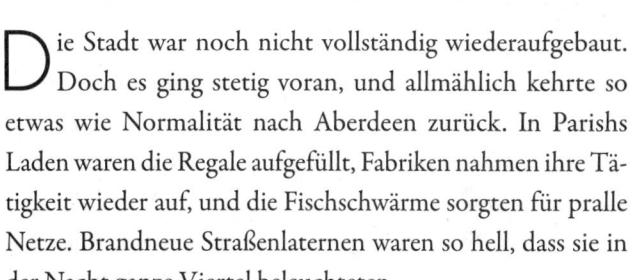

D ie Stadt war noch nicht vollständig wiederaufgebaut. Doch es ging stetig voran, und allmählich kehrte so etwas wie Normalität nach Aberdeen zurück. In Parishs Laden waren die Regale aufgefüllt, Fabriken nahmen ihre Tätigkeit wieder auf, und die Fischschwärme sorgten für pralle Netze. Brandneue Straßenlaternen waren so hell, dass sie in der Nacht ganze Viertel beleuchteten.

Jeden Morgen empfing der Hafen Jeff mit geöffneten Armen. Er gab ihm Beständigkeit, das Meer ließ ihn sich frei fühlen, und er dachte oft an Orkney. Daran, dass er wahrscheinlich mit Hamish dorthin gegangen wäre, um für dessen Cousin auf den großen Fischerbooten die Netze einzuholen. Wenn er nicht gerade auf der Farm arbeitete, dann fuhr er mit Mr Porter hinaus oder er half in Parishs Laden. Mr Parish hatte ihn ebenso warmherzig willkommen geheißen wie Hamishs Vater. Jeff hatte festgestellt, dass Rastlosigkeit das einzige Mittel war, das sein Gedankenkreisen zuverlässig durchbrach. Nur so entkam er den Erinnerungen – den schlechten sowie den schönen. Seit er Roslyn an seinen Bruder verloren hatte, hatten sie sich gewandelt. Manchmal waren sie so schmerzvoll, dass er glaubte, er müsse durch sie sterben. Eine Zeit lang hatte er versucht, eine Lösung für seine Vaterschaft zu finden. Dreimal stand er vor dem Blumenladen, wollte hineingehen, zu Roslyn und zu seiner Tochter. Er wollte ihnen sagen, wie sehr es ihm leidtue, gegangen zu sein und nichts von seinem Kind gewusst zu haben. Er hatte die verrückte Idee, dass sie mit ihm fortgehen würden. Irgendwohin, wo sie neu anfangen und die Vergangenheit hinter sich lassen konnten. Aber jedes Mal hatte ihn der Mut wieder verlassen, und eine Stimme in seinem Kopf hatte ihm gesagt, wie zwecklos es war zu hoffen. Sein Bruder hielt ihn vehement von Roslyn und seiner Tochter fern. Der Umstand, ihnen so nah zu sein, ohne sie je erreichen zu können, war so unerträglich für Jeff, dass er sich weitestgehend aus dem öffentlichen Leben zurückgezogen hatte. Einige nannten ihn deshalb einen Eigenbrötler. Gerüchte über ihn machten die Runde. Es hieß, er und Martha Broderick wären verlobt oder er hätte eine Affäre mit Mrs Lawrence, die er finanziell unterstützte, weil sie niemanden mehr hatte. Nichts von dem Gerede war wahr. Aber manchmal hoffte er, Roslyn würde etwas davon glauben. Er hatte Anfälle von Egoismus, in denen er sich wünschte, sie würde toben vor Eifersucht und etwas von dem Schmerz empfinden, der sein Herz fest umklammerte. Hin und wieder traf er sich mit Brad auf ein Pint im Pub. Manchmal leisteten ihnen Martha und Connie Gesellschaft. Dann ließen sie Hamish in ihren Gesprächen auferstehen. Und auch Jamie wurde in den Geschichten, die sie teilten, wieder lebendig. Jeff hätte nie damit gerechnet, wie sich alles einmal entwickeln würde. Der Krieg hatte Menschen entzweit, andere hatte er auf schicksalhafte Weise zusammengeführt. So war ausgerechnet Brad zu einem treuen Freund für ihn geworden. Er füllte, wenn auch nur teilweise, die Lücke, die Hamish hinterlassen hatte.

Ende April erstrahlte der kleine Fischerort in sämtlichen Farben. Frühblüher wie Primeln, Tulpen und Narzissen sagten dem Grau der zahlreichen Granitbauten den Kampf an. Sie hübschten Fensterbänke und Vorgärten auf, wuchsen vor Haustüren und entlang der Hafenmauer. Es war ein herrlicher Anblick, den Jeff jedoch nicht genießen konnte. Allzu sehr erinnerte ihn das Blumenmeer an Roslyn und ihren Plan, Aberdeen freundlicher zu gestalten. Zu sehen, dass sie es geschafft hatte, ließ ihn zwiegespalten zurück. Es war ihr gelungen, aber ohne ihn. Nicht er, sondern Peter war jetzt Teil ihres Lebens. Der Mann, der sie unterstützte, der ihr jeden Wunsch von den Augen ablas. Das hoffte er jedenfalls. Wann immer er am Blumenladen vorbeikam, blieb er kurz stehen und sandte eine lautlose Warnung hinauf zum Fenster des Obergeschosses: Mögest du dich als würdig erweisen, Bruder.

An einem Samstagmorgen konnte Jeff dem Schicksal aber nicht entgehen. Er hatte gerade in der Bäckerei Scones und Brot gekauft, als er am Pier Roslyn sah. Unentdeckt blieb er eine Weile hinter ihr. Der Wind verwehte ihr blondes Haar, das sie mit einem roten Tuch versuchte zu bändigen. Sie ging hinunter zum Strand, und Jeff folgte ihr unauffällig. Roslyn war nicht allein. Ihre kleine Tochter durchstreifte den Sand nach Muscheln und Steinen. Bei ihrem Anblick setzte Jeffs Herz einen Schlag aus. Sie zu sehen, aber ihr nicht nah sein zu dürfen, brachte ihn fast um den Verstand. Er wollte gehen, wollte sich das nicht länger antun, da drehte sich Roslyn plötzlich um. Als hätte sie ihn gespürt. Zögerlich stapfte sie durch den Sand auf ihn zu, und Jeff war unfähig, sich zu rühren. Sie war immer noch so umwerfend schön. Wie versteinert stand er an dem Punkt, zu dem ihn seine Füße gezogen hatten, aber er fand keine Worte.

»Du kommst erst jetzt auf uns zu?«, fragte sie.

Er blinzelte mehrmals, irritiert von ihrem vorwurfsvollen Ton.

»Tut ... mir ... leid. Ich wusste nicht, was ich sagen sollte.«

Sie schlug kurz die Augen nieder, nur um dann wieder zu ihm aufzuschauen. Eindringlich und schwach zugleich. »Weißt du es jetzt?«

Er nahm seine Mütze ab, hielt sie vor sich und knetete sie nervös mit seinen Fingern. Er konnte ihr keine Antwort darauf geben, denn er hatte keine. Nichts, was er sagen könnte, hätte Einfluss auf die Vergangenheit, Gegenwart oder Zukunft. Die Situation war verworren und hoffnungslos. Er wusste das, und sie wusste es sicher auch.

»Wie ... wie geht es dir?«, fragte er stattdessen.

Roslyn antwortete mit einem Schulterzucken.

»Sie ist bezaubernd.« Er deutete auf das kleine Mädchen, das mit einem Stock ein Netz aus Algen untersuchte, in dem sich Miesmuscheln verfangen hatten.

»Ja, das ist sie.« Roslyn klang nun milder, und er fühlte sich ermutigt, eine Frage zu stellen, deren Antwort er, aus Selbstschutz, zuvor nicht hatte wissen wollen.

»Wie ist ihr Name?«

»Margaret.« Sie sah ihn an. Obwohl sein Herz schmerzte, hielt er ihrem Blick stand. »Sie mag Tiere und spannende Geschichten. Sie liebt das Meer und die Blumen.« Roslyn lächelte ein leichtes, wehmütiges Lächeln.

Jeff unterdrückte ein Seufzen. Sein Blick fand ihre Augen,

und er glaubte, darin dieselbe Sehnsucht zu lesen, die auch ihn um den Verstand brachte.

»Gibt es denn für uns keinen Weg?« Es sprudelte nur so aus ihm heraus. Er wollte auf sie zugehen, sie am liebsten in die Arme schließen, hielt sich aber im letzten Moment zurück.

»Ich dachte, du wärst tot.« Sie schluchzte.

»Das bin ich jetzt – ohne dich.« Er korrigierte sich: »Ohne euch ...«

Sie hob eine Hand, drehte ihm den Rücken zu und schluchzte lauter.

Er ging um sie herum. »Ich ertrage es nicht zu wissen, dass du und ...«

»Hör auf! Du hast keine Ahnung, wie es für mich war, nachdem alle gesagt hatten, du wärst gefallen. Was hätte ich tun sollen?«

»Nicht das. Nicht ... Peter ...« Er konnte sich nicht mehr zügeln. Zu lange brodelten die Gefühle schon in ihm.

»Peter hat mich gerettet! Mein Vater wollte mich rauswerfen, als er erfuhr, dass ich ein Kind erwartete. Dein Bruder hat davon gewusst. Er wusste es und hat mich trotzdem zur Frau genommen.«

Jeff schluckte. Diesmal konnte er nichts erwidern. Sein Bruder, der Held, hatte erneut bekommen, was er wollte. Er rang um Fassung. »Ist er ... ist er gut zu ihr?« Mit seiner Mütze deutete er auf die kleine Margaret, die Muschel für Muschel aus dem Algennetz befreite, ohne von dem Mann Kenntnis zu nehmen, der sich mit ihrer Mutter unterhielt.

»Er macht keinen Unterschied«, antwortete Roslyn matt.

Jeff nickte knapp. Ein Teil von ihm war erleichtert, das zu hören, ein anderer wollte Peter immer noch wehtun.

»Vielleicht könnt ihr euch irgendwann mal kennenlernen. Du und sie.« Sie blickte in Richtung ihrer Tochter und wirkte auf eine Weise zufrieden, die sich Jeff nicht ganz erschloss.

»Das wäre schön«, sagte er.

Roslyn nickte. Bevor sie sich zum Gehen wandte, sah er, wie ihr Lächeln mit dem Wind verflog. Jeff ließ sie ziehen. Den Strand hinunter, den sie so oft gemeinsam entlangspaziert waren. Zurück auf dem Pier, traf er auf Roslyns Eltern. Eine unangenehme Begegnung, von der er gehofft hatte, sie hätte noch Zeit.

»Schön, dich zu sehen, Jeff«, sagte Mrs Hazard zurückhaltend, aber freundlich wie immer.

»Sie auch«, entgegnete er.

Mr Hazard musterte ihn, als wäre er eine Schabe, die schnellstens zertreten gehörte. Während seine Frau langsam weiterging, blieb er bei Jeff stehen, kam nah an sein Ohr. »Halt dich fern von ihr! Es tut niemandem gut, wenn du jetzt in die Familie hereinplatzt. Habe ich mich klar ausgedrückt?«

Er funkelte ihn aus grauen Augen an. Jeff nickte beklommen. Die Hoffnung, die er nach dem kurzen Gespräch mit Roslyn empfunden hatte, löste sich in Scham auf. Ihm wurde klar, was Mr Hazard ihm unterstellte. Er war überzeugt, er hätte sie absichtlich in ihrer Lage allein gelassen und sich aus der Verantwortung gestohlen. Was konnte er ihm entgegnen?

Als der Abend kam, saß Jeff mit seiner Mutter auf der Veranda, vertieft in Jules Vernes *Zwanzigtausend Meilen unter dem Meer*. Zufällig hatte er das Buch bei Mr Parish entdeckt und daran denken müssen, dass eine andere Ausgabe des Romans mit ihm in Frankreich gewesen war – am letzten Abend, den er mit Hamish, Jamie und Brad im Wohnzimmer über dem Kolonialwarenladen verbracht hatte. Jeff hatte gehofft, das Lesen des Buches würde ihn noch einmal das Gefühl von Gemeinschaft spüren lassen, das an jenem Abend grenzenlos schien. Hätte er damals nur gewusst, was der nächste Morgen bringen würde ... Hätte er den Lauf der Dinge ändern können? Seine Gedanken verselbstständigten sich, und Schuld und Trauer ließen die Buchstaben vor ihm verschwimmen.

Mit flinken Stichen vernähte seine Mutter letzte Stoffstücke in ihrem Quilt und summte dabei ein altes gälisches Wiegenlied. Jeff merkte, dass sie in regelmäßigen Abständen zu ihm aufschaute – als wollte sie sicher sein, dass er auch wirklich da war. Anders als sein Vater zeigte sie ihm jeden Tag, wie glücklich sie darüber war, dass er aus dem Krieg heimgekehrt war. Grillen zirpten im hohen Gras neben dem Haus, und ein orange leuchtender Vollmond schien wie eine Halloweenlaterne auf sie herab. Die Friedlichkeit dieses Augenblicks wurde jäh durchbrochen, als die Scheinwerfer eines Autos, das auf die Farm bog, sie blendete. Wenig später erkannte Jeff Peters schwarzen Chevrolet, und er ahnte, dass es kein Anstandsbesuch war.

»Geh bitte rein, Mum«, sagte er, klappte sein Buch zu und legte es hinter sich auf die Bank. Zögerlich tat seine Mutter, was er verlangte.

Peter stoppte direkt vor dem Haus, stieg aus und schmiss die Autotür zu. Er lehnte sich mit dem Rücken dagegen und verschränkte die Arme vor der Brust. Langsam ging Jeff die Verandastufen hinunter. »Abend, Pete.«

»Du hast echt Nerven!« Unverhohlen zeigte er mit dem Finger auf ihn.

»Wovon redest du?«

»Du hast ihr aufgelauert.«

»Ich habe ... was?«

»Tu nicht so scheinheilig. Tom hat es mir gesagt.«

»Ich darf doch wohl noch mit Ros reden!«

Peter sah an ihm vorbei zum Haus. Jeff tat es ihm nach und bemerkte seine Eltern, die sie vom Küchenfenster aus beobachteten. Peter kam nah an seinen Bruder heran. »Was hätte sie wohl an dir? Einen Nichtsnutz, der ihr nur Kummer bereitet. Du lässt sie gefälligst in Ruhe! Solltest du das nicht tun, wirst du es bitter bereuen.«

»Was hast du vor? Willst du mich umbringen? Oder sie?«

Peter brachte seine Hand an Jeffs Kehle und starrte ihm bedrohlich in die Augen. »Wer weiß. Du ahnst nicht, wozu ich fähig bin, Bruder.« Er stieß ihn von sich weg und ging rückwärts zu seinem Wagen. »Um ihretwillen. Halt dich fern!« Wieder zeigte er mit dem Finger auf ihn.

Jeff ballte so fest die Fäuste, dass sie kribbelten. Fassungslos sah er zu, wie Peter wegfuhr. Er musste nicht erst darüber nachdenken, was gerade geschehen war. Sein Bruder meinte es ernst. Für Jeff ließ das nur eine Schlussfolgerung zu: Peter ahnte, dass Roslyn noch Gefühle für ihn hatte. Und er schien zu wissen, dass sich das nicht ändern würde. Nicht, solange Jeff in derselben Stadt wohnte.

In der Nacht fand Jeff keinen Schlaf. Mr Hazards Schuldzuweisungen hallten in ihm nach, ebenso wie Peters Drohung. Beides verband sich in seinem Innern zu einer undurchdringlichen Barrikade. Vielleicht hatten sie recht, raunte ihm die Stimme in seinem Kopf zu, die nur darauf aus war, seine

Schuldgefühle zu füttern. Vielleicht war er ein Nichtsnutz. Womöglich war Roslyn besser dran ohne ihn. Manchmal war Liebe eben nicht genug.

Wenige Tage später hatte Jeff schweren Herzens einen Entschluss gefasst: Er würde den Plan seines Freundes in die Tat umsetzen und an Hamishs Stelle auf die Orkney-Inseln gehen. Mr Porter hatte seinem Neffen bereits geschrieben und Jeff angekündigt. Schon bald würde er weit weg von Aberdeen sein und von allen, denen er nicht genug war.

KAPITEL DREIUNDZWANZIG

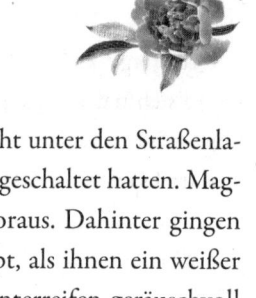

Katy

Mücken tanzten im warmen Licht unter den Straßenlaternen, die sich gerade erst eingeschaltet hatten. Maggie eilte mit Mabel an der Hand voraus. Dahinter gingen Aiden und Katy. Sie stoppten abrupt, als ihnen ein weißer Porsche Cayenne auffiel, dessen Hinterreifen geräuschvoll gegen den Bordstein schlitterten. Katy ging näher an das Fahrzeug heran und erkannte Penny hinter dem Steuer. Fluchend schlug sie die Hände aufs Lenkrad.

»Geht nur schon vor«, sagte Katy zu Maggie und Aiden. »Ich hole euch ein.«

Maggie und Mabel gingen weiter, doch Aiden blieb bei ihr. Katy klopfte gegen Pennys Scheibe, die sogleich herunterfuhr. Stöhnend schüttelte Penny den Kopf, als sie Katy und Aiden erkannte.

»Ist alles in Ordnung?«, fragte Katy. Ihr fielen Pennys gerötete Augen auf. Hatte sie etwa geweint?

»Ich wollte nur kurz umparken«, antwortete sie mit belegter Stimme.

»Willst du, dass ich dir helfe?«, fragte Aiden freundlich.

»Danke, nein. Das schaffe ich durchaus allein.« Jammernd sank sie mit dem Gesicht nach vorn aufs Lenkrad, so dass die Hupe ertönte. Aiden hob verwirrt die Brauen. »Stimmt etwas nicht, Penny?«

»Du kannst ruhig schon vorgehen«, sagte Katy mit gesenkter Stimme zu ihm. »Ich komme dann nach.«

Er bedachte Penny mit einem kurzen, besorgten Blick, vergrub die Hände in seinen Jackentaschen und ließ die beiden allein.

Katy ging um das Auto herum, öffnete die Beifahrertür und setzte sich neben Penny. Diese schnaufte. »Was machst du hier?«

Katy kramte ein Taschentuch aus ihrem Mantel und hielt es ihr hin. »Brauchst du vielleicht jemanden zum Reden?«

»Warum sollte ich ausgerechnet mit dir reden wollen?« Sie riss ihr das Taschentuch aus der Hand und schnäuzte sich kräftig.

»Ist Bethany noch in der Schule?«

Sie nickte schluchzend. »Sie weiß es. Ich hatte mich nicht unter Kontrolle, als er angerufen hat.«

»Malcolm?« Katy zählte eins und eins zusammen.

»Er kommt nicht nach Hause.« Penny schaute reglos durch die Windschutzscheibe. »Seine Arbeit ist ihm wichtiger. Wie immer. Ich bin mit einem Workaholic verheiratet, Katy. Weißt du, wie das ist, wenn man seinen Mann mit dessen Arbeit teilen muss?«

Katy schüttelte den Kopf.

»Es ist beschissen! Ich ... werde ihn verlassen. Die Kinder und ich, wir brauchen ihn nicht. Wir brauchen niemanden, der uns nicht wertschätzt. Der seine Zeit lieber mit Firmenverträgen und Golf spielen verbringt, anstatt bei seiner Familie zu sein. Wie ... wie ist es für dich, allein zu sein?« Sie drehte sich Katy im Sitz zu.

»Na ja, zuerst war es eine Umstellung, aber man gewöhnt

sich daran. Und dann ist es eigentlich nicht mehr so schlimm.« Katy behielt die nicht unerheblichen Unterschiede zwischen ihnen für sich. Obwohl sie Pennys Mann nie begegnet war, glaubte sie, dass er für seine Kinder das Beste wollte. Bestimmt würde Penny mit ihnen nicht aus der Villa ausziehen müssen, in der sie lebten. »Du schaffst das. Da bin ich sicher«, sagte sie nach einer Pause.

Penny nickte verhalten. Sie hatte aufgehört zu weinen und wirkte gelöster. »Das mit eben, das tut mir leid. Ich war widerlich und gemein. Dabei ist es mir total egal, was in den Kuchen ist. Diese bescheuerten Regeln. Ich pfeif drauf. Ist doch alles Mist, was ich tue.« Sie wischte sich die Tränen von den Wangen. »Und Mabel ist ein so liebes Mädchen. Ihr solltet noch nicht gehen. Wir wollten euch nicht vergraulen. Bethany ist verzogen. Ich werde da gleich wieder reingehen und ihr klarmachen, dass ihr Verhalten unmöglich war. Ich muss nur kurz durchschnaufen.«

Katy war überrascht von so viel Selbstreflexion. Das hätte sie ihr nicht zugetraut.

»Ihr habt es gerade schwer, und du leistest der Schule einen großartigen Dienst, und Aiden und seinem Großonkel auch«, sagte Penny. »Es braucht Menschen wie dich, die sich kümmern. Wenn auch nicht ganz so verbissen.« Sie lachte kurz auf.

Katy lächelte gerührt. »Danke.«

Penny nickte schniefend. »Kommt doch wieder mit rein. Wir könnten etwas zusammen trinken. Ganz ungezwungen.«

»Das würde ich gern, aber ... Wir müssen die Feier vorzeitig verlassen wegen Mr Craig«, sagte Katy. »Er ist uns mal wieder entwischt. Aus irgendeinem Grund geht er ständig in den Blumenladen seiner Nichte. Als würde er dort irgendetwas suchen. Es ist schwer, die Vergangenheit von jemandem zu verstehen, der an Demenz erkrankt ist. Dabei hätte er bestimmt viele gute Geschichten auf Lager. Eine davon erklärt sicher seinen Hang zu diesem Blumengeschäft.«

Für einen Moment schaute Penny nachdenklich vor sich hin. »Womöglich kann ich euch helfen. Meine Großmutter kennt ihn doch schon seit vielen Jahren. Immerhin waren sie auf diesem Bild in der Galerie zusammen. Sie und mein Großvater waren mit ihm befreundet. Vielleicht kann sie euch eure Fragen beantworten.«

Katy überlegte. »Ist sie ... ist sie denn ...«

»Sie ist fit wie ein Turnschuh, dank Yoga und Pilates, und das mit dreiundneunzig. Ich kann mir nicht vorstellen, dass ich mal so alt werde.«

»Es wäre großartig, wenn sie uns helfen könnte.« Katy war Feuer und Flamme. »Was denkst du, wann können wir sie sehen?«

»Schon in zwei Wochen. Dann kommt sie aus Glasgow zu Besuch. Wir könnten bei euch auf der Farm vorbeikommen, wenn ihr das wollt?«

»Das wäre schön!« Katy lächelte und legte die Hand an den Türöffner.

»Ach, und ... Katy?«

Sie drehte sich noch einmal zu Penny um. »Ich danke dir!«

»Dafür nicht.« Katys Lächeln wurde weich. Sie nickte knapp, dann stieg sie aus dem Wagen. Auf der anderen Straßenseite angekommen, sah sie sich noch einmal um. Penny war auf dem Weg zurück in die Schule.

Es hatte angefangen zu regnen. Der Wind wehte Katy das Haar ins Gesicht. Sie schob es zurück in ihren Nacken und setzte ihre Kapuze auf, als sie in die Gasse am South Square einbog. Das Schaufenster des Blumenladens war hell erleuchtet.

»Hallo?« Katy betrat mit einem mulmigen Gefühl das Geschäft und folgte einem inneren Impuls ins Gewächshaus. Langsam näherte sie sich daraufhin Aiden und Maggie, die mit ratlosen Mienen vor Mr Craig standen, der neben Mabel auf dem alten Sofa saß. Wie beim letzten Mal starrte er vor sich hin, eine rote Pfingstrosenblüte in der Hand haltend. Es war, als hoffte er, durch sie zurückkehren zu können, an einen Punkt in seinem Leben, an dem dieses eine folgenreiche Wendung nahm.

»Onkel?«, fragte Aiden ruhig.

Verlangsamt hob Mr Craig seinen Blick. »Wer sind Sie? Ich ... ich kenne Sie nicht! Keinen von Ihnen.«

Aiden beugte sich zu ihm hinunter, um mit ihm auf Augenhöhe zu sein. »Ich bin es doch, dein Neffe.«

Mr Craig schüttelte zerstreut den Kopf.

Maggie legte ihre Hand auf seine, doch das überforderte ihn nur noch mehr. Er stand abrupt auf und ging hektisch im Gewächshaus hin und her. »Ich muss ... ich muss zu ihr. Kann sie nicht finden.« Er wiederholte sich.

»Wen meinst du?« Aiden fasste ihn behutsam am Arm.

Sein Onkel stoppte, schaute aufgeregt umher, suchend nach Orientierung in Zeit und Raum.

»Wir finden sie. Das verspreche ich«, sagte Katy. »Aber jetzt bringen wir Sie erst einmal nach Hause auf die Farm, in Ordnung?«

Er nickte verdattert und ließ sich von ihr hinausführen.

KAPITEL VIERUNDZWANZIG

Aberdeen, Sommer 1969

Jeff hatte die Jahre nicht gezählt, in denen die Gezeiten das Wasser bewegt hatten. Am Pentland Firth, der Meerenge zwischen dem schottischen Festland und Orkney, befand er sich in einem der schwierigsten Seegebiete. Doch er versuchte weder die Strömung noch den Wind zu bändigen. Jeder Sturm auf dem Meer war ein gefährliches Abenteuer, in das er sich freiwillig stürzte. Es führte ihm die gewaltige Kraft der Natur vor Augen und ließ ihn spüren, dass er noch da war.

Nicht zum ersten Mal hatte er Wochen auf dem Meer verbracht, ohne Kontakt zum Festland. Manchmal war ihm die Isolation nur recht. Besonders wenn ihn die Erinnerungen an die Heimat heimsuchten, – an das, was er verloren hatte –, sehnte er sich regelrecht danach. Seine Lebensumstände erschwerten es Familie und Freunden jedoch, Kontakt zu ihm aufzunehmen. So kam es auch, dass ihn der Brief seiner Mutter zu spät erreichte, in dem sie ihm mitteilte, dass sein Vater gestorben war. Die Nachricht erschütterte Jeff. Er war nicht dagewesen, als es passiert war, und nun hatte er sogar schon die Beerdigung verpasst. In Jeff löste dieser Umstand tiefes Bedauern aus. Er hatte geglaubt, noch genügend Zeit zu haben – für ein Wiedersehen und die Aussprache, die er seit Jahren vor sich her geschoben hatte. Plötzlich musste er einsehen, dass diese Möglichkeiten für immer verloren waren.

Wehmütig dachte er daran, wie sein Vater ihm beibrachte, Heu zu machen, ihn das erste Mal auf ein Pferd setzte oder ihn auf seinen Schultern über den Jahrmarkt trug, als er noch klein war. Jeff konnte nicht sagen, was in ihm vorging, nun, da er wusste, dass er ihn nie wiedersehen würde. Nur in einer Sache war er sich sicher: Wo gute Erinnerungen waren, konnte nicht alles schlecht gewesen sein.

Er war nun über vierzig, und mittlerweile sah er vieles anders. War es seine Lebenserfahrung, die ihn nur an die guten Tage mit seinem Vater zurückdenken ließ? Er haderte mich sich, beschloss dann aber, dass es Zeit für ihn war aufzubrechen. Seine Mutter war nun auf sich gestellt, sie brauchte ihn.

Beim Anblick der Farm, die er wenige Tage später erreichte, wurde ihm klar, wie lange er tatsächlich fort gewesen war. Die Zufahrt zum Hof war verwildert und kaum mehr passierbar. Auf den Feldern stand das Gras hüfthoch. Die weiße Farbe bröckelte von der Hausfassade, der Garten war verwahrlost, die Scheune verwaist. Seine Mutter war sichtlich gealtert. Schlohweißes Haar blitzte unter dem Tuch hervor, das ihren Kopf bedeckte. Sie ging gebeugt und auf einen Stock gestützt.

»Endlich.« Sie hielt Jeff lange und fest in ihren Armen, und er spürte ihre bedingungslose Liebe und die Geborgenheit seines Zuhauses. Reue ummantelte sein Herz, weil er nicht schon früher zurückgekehrt war. Der Bentley seines Vaters stand neben dem Haus. Jeff strich mit den Fingern über die Kühlerhaube und atmete lang gezogen aus.

»All die Jahre.« Seine Mutter musterte ihn eingehend aus wässrigen Augen. »Er wollte, dass du ihn bekommst.« Sie lächelte traurig, dann gab sie Jeff den Autoschlüssel. Es fühlte sich seltsam an. Fast so, als hielte er das gesamte Vermächtnis seines Vaters in Händen, und mit einem Mal sah er die Farm mit anderen Augen.

»Ich bring das hier wieder in Ordnung.« Selten hatte Jeff eine solche Entschlossenheit in sich gespürt.

»Mein Junge.« Seine Mutter strich über seine Wange. »Du bist zurück. Das ist das Wichtigste.« Zufrieden hakte sie sich bei ihm unter, und gemeinsam gingen sie ins Haus. Bei Tee und Scones berichtete er von seinen Abenteuern auf der stürmischen See vor Orkney, von den Orcas, die ihr Schiff begleitet hatten, und den geheimnisvollen Steinkreisen an Land. Und sie ließ ihn erzählen. Für Jeff war es eine Erleichterung, wieder bei ihr zu sein. Ihm wurde bewusst, wie sehr er seine Heimat vermisst hatte. Hier, wo seine Wurzeln waren, fühlte er sich sicher und zugehörig.

Sie redeten über Peter. Er hatte endlich Fuß in der Politik gefasst und war zum Bürgermeister gewählt worden. Ein Umstand, der ihn dazu veranlasste, sich noch seltener auf der Farm blicken zu lassen. Mit Bedacht sprachen sie über Roslyn, die vor vier Jahren eine weitere Schwangerschaft mit dem Leben bezahlt hatte. Jeff zerriss es das Herz, davon zu erfahren.

»Nein! Das ... das ist unmöglich.« Er stand auf, ging im Zimmer umher, und die Verzweiflung, die ihn schlagartig überfiel, drohte ihn zu ersticken. Er hielt sich die Kehle, schnappte erstickt nach Luft, als würde sie ihm jemand zudrücken. Seine Mutter versuchte ihn zu trösten, doch er schob sie von sich weg.

»Ich wollte es dir früher sagen, aber nicht in einem Brief«, sagte sie. »Denn ich fürchtete, du würdest nie wieder zurückkommen, wenn du es erst mal wüsstest.« Ihre Stimme klang weinerlich, gebrochen. »Ich weiß doch, du hast sie so sehr geliebt. Mehr noch als dein Leben.«

Jeff schluckte, dann sah er durch einen Tränenschleier zu ihr auf. Er wusste, sie hatte recht. Die Nachricht von Roslyns Tod hätte ihn in Orkney wahrscheinlich dazu gebracht, sich ins Meer zu stürzen.

»Oh, Mum ...« Er weinte bitterlich, als ihn diese Erkenntnis überkam. Kraftlos sank er zurück auf seinen Stuhl, vergrub das Gesicht in seinen Händen und spürte die tröstende Berührung der Mutter an seiner Schulter. Was er auch versucht hatte, in all den Jahren hatte er Roslyn nie vergessen. Nichts hatte die Erinnerung an sie auslöschen und die Liebe zu ihr aus seinem Herzen vertreiben können. Die Isolation, in die er geflüchtet war, hatte ihn von allem abgeschirmt, außer von ihr. Roslyn war immer in seinen Gedanken gewesen, deshalb verstand er nicht, wieso er nicht gespürt hatte, dass die Frau seines Lebens für immer fort war. Er hatte in jedem Moment die allgegenwärtige Kraft gespürt, die seine Liebe zu ihr unsterblich machte. Sie war der Grund, warum er nie eine andere geheiratet hatte, es nie tun würde. Die Vorstellung von einer Welt, in der Roslyn nicht mehr lebte, erschreckte ihn. Und es gab Momente, in denen er darüber nachdachte, ihr doch noch zu folgen. Einfach im Meer zu versinken, ohne je wieder aufzutauchen. Aber dann erinnerte er sich, dass es noch etwas gab, wofür es sich zu leben lohnte. Er hatte eine Tochter, und er würde einen Weg zu ihr finden.

In den darauffolgenden Wochen machte er sich akribisch daran, die Farm wieder instand zu setzen. Jeff säte Weizen aus und schaffte Kühe und Hühner an, die sein Vater Jahre zuvor verkauft hatte. Abends genoss er die Ruhe auf dem Hof. Fernab des Straßenlärms sonnte er sich in der unbescholtenen Natur. Wenn er schlafen ging, erinnerten ihn seine schmerzenden Muskeln als Folge seiner harten Arbeit daran, dass er am Leben war.

Für eine Weile glaubte er, nicht mehr als das zu brauchen. Er hatte gehofft, er könne seine Vergangenheit hinter sich lassen, doch die Menschen, die nicht mehr da waren, verfolgten ihn in seinen Träumen. Mr Porter war nur wenige Monate nach Jeffs Fortgehen nach Orkney mit der Maria Stuart in einen Sturm geraten. Niemand hatte mehr etwas von ihm gehört oder ihn gesehen, aber es hieß, er sei zu neuen Ufern aufgebrochen und nun vereint mit seinen Söhnen und seiner Frau. Martha war nach Inverness gezogen, wo sie in einem Sanatorium für Lungenkrankheiten arbeitete. Mr Parish war vor fünf Jahren gestorben. Bis dahin hatten sie sich regelmäßig geschrieben. Er hatte ihm ein Buch geschickt. Das Zitat, das die erste Seite schmückte, war ein Versuch gewesen, ihn nach Hause zu holen. Aber Jeff war stur geblieben. Nun vermisste er Parishs Rat und die innige Freundschaft, die zwischen ihnen bestanden hatte. Verrückter alter Mann, hatte Jeff gedacht, als er erfahren hatte, dass er dessen Erbe war. Eine Zeit lang hatte Jeff die Urkunde für das Parish-Haus unter seinem Bett aufbewahrt, ohne zu wissen, was er damit anfangen sollte. Dann hatte er beschlossen, sie auf Mrs Lawrences jüngsten Sohn Andrew zu übertragen, der noch immer in dem mittlerweile baufälligen Mehrfamilienhaus zur Miete wohnte, und nach dem Tod seiner Mutter ohne eine Aufgabe dastand. Jeff hoffte, ihm damit eine Chance auf eine bessere

Zukunft zu geben. Er selbst hatte seine vor langer Zeit verspielt.

Wenn es ihn nach Gesellschaft verlangte, verbrachte er Zeit mit Brad, der in Connie seine große Liebe gefunden hatte. Beide waren glücklich verheiratet und Eltern zweier Kinder. Auch beruflich hatte Brad seine Bestimmung gefunden. Er hatte seine Stellung in der Bank aufgegeben und seine eigene Werkstatt eröffnet. Gemeinsam schraubten sie an Autos und machten Witze über die englischen Touristen, die Aberdeen für sich entdeckt hatten. Mit Peter verband ihn nichts mehr. Sein Bruder hatte endgültig die Seiten gewechselt und wollte keinen Kontakt zu ihm. Jeff hatte es mehrfach versucht, aber Peter hatte ihm deutlich gezeigt, dass er bei ihm nicht willkommen war.

Täglich besuchte Jeff Roslyn auf dem Friedhof. An einem kühlen Samstagmorgen brachte er ihr wieder einmal besonders schöne Muscheln mit, die er am Strand gefunden hatte. Sorgfältig legte er sie versteckt zwischen die Blumen, die dicht an dicht auf ihrem Grab wuchsen.

»Verzeih mir, Ros.« Er hatte das starke Bedürfnis, sie immer wieder um Vergebung zu bitten – dafür, dass er gegangen war, sie im Stich gelassen hatte. Und für das Versprechen, das er nicht hatte einhalten können. Mit den Fingerspitzen berührte er ihren Grabstein. Er sah dem ähnlich, der unter der alten Eiche auf seiner Farm an jemanden erinnerte, der von den Toten auferstanden war. Doch Roslyn würde nicht zurückkehren. In ihren Stein war kein alter gälischer Spruch eingemeißelt worden, sondern ihr Name. Ihr Geburts- und Sterbedatum. Das alles war endgültig. Vergangen. Verloren für ihn und den Rest der Welt. Nie zuvor hatte er einen größeren Schmerz gefühlt als den, der bei dieser Erkenntnis sein Herz ummantelte.

»Jeff?« Eine Stimme, die er lange Zeit nicht gehört hatte, ließ ihn erzittern. Langsam richtete Jeff sich auf und drehte sich zu Peter um.

»Hallo, Bruder«, sagte er leise, und sein Magen verkrampfte sich. Es war das erste Mal, dass sie einander auf dem Friedhof begegneten.

Peter hielt steif einen Strauß Nelken in der Hand und starrte Jeff an, als hätte der kein Recht, hier zu sein.

»Ich dachte, du würdest auf sie aufpassen.« Die Worte hatten sich unwillentlich aus Jeff herausgelöst.

Peter stieß ein Stöhnen aus. Bevor er jedoch etwas erwidern konnte, kam eine junge Frau über den schmalen gepflasterten Weg auf sie zu. Blondes Haar, braune Augen. Jeffs Herz klopfte auf einmal wahnsinnig schnell, weil er glaubte, einen Geist zu sehen. Mit einem freundlichen Lächeln kam sie neben Peter.

»Maggie, das ist dein Onkel Jeff«, sagte er.

»Onkel Jeff! Schön, dich endlich mal kennenzulernen. Du warst lange auf den Orkney-Inseln, oder? Wirst du jetzt in Aberdeen bleiben?« Sie lächelte freundlich.

»Ja«, antwortete Jeff und erwiderte ihr Lächeln.

Sie war ebenso so strahlend schön wie ihre Mutter, nur etwas größer. Das hatte sie von ihm, genau wie die dunklen Wimpern. Jeff spürte Stolz und Wehmut gleichermaßen in sich aufwallen. Weil sie seine Tochter war, ohne es zu wissen. Weil sie glaubte, Peter sei ihr Vater. Doch sie war das Einzige, was ihm von Roslyn geblieben war. Und in einem Moment der überschäumenden Gefühle überkam ihn das Bedürfnis, ihr die Wahrheit mitzuteilen. »Du weißt es nicht, oder?«

»Was weiß ich nicht?« Ihr Lächeln ging in Ratlosigkeit über.

»Es tut mir leid, dass wir uns nicht schon früher kennenlernen konnten.«

»Stopp!« Peter ging dazwischen. »Jeff! Es reicht. Wir gehen jetzt.« Er riss Maggie am Arm herum und zog sie über den Weg, über den sie gekommen waren.

»Warte. Bitte!«, rief Jeff ihnen nach, ohne zu wissen, wie ihm geschah.

Peter drückte Maggie die Blumen in die Hand, dann schnellte er zu Jeff herum. »Meine Warnung gilt noch immer«, sagte er leise, damit Maggie ihn nicht hörte. »Auch wenn sie tot ist. Das ändert gar nichts. Du wärst besser auf deinem Kahn geblieben. Oder in der Normandie.«

In der ersten Sekunde war Jeff geschockt und wie gelähmt von so viel Feindseligkeit, dann aber überwog sein Zorn, und er konnte ihn nicht länger bändigen. Viel zu lange hatte er ihn unterdrückt. Er holte aus und schlug Peter, so fest er konnte, ins Gesicht. Sein Bruder fiel zu Boden, jaulend wie ein Hund, dem man auf den Schwanz getreten hatte.

»Dad!« Maggie rannte auf ihn zu. »Was ist denn bloß los mit dir, Onkel?« Sie bedachte Jeff mit einem gleichermaßen enttäuschten wie fassungslosen Blick, dann half sie Peter aufzustehen.

»Verzeih mir.« Jeffs Entschuldigung galt allein ihr. Er wusste, er hatte einen Fehler gemacht. Erschrocken über sich selbst machte er einen Schritt zurück und betrachtete die Faust, die ihm Genugtuung verschafft hatte, für einen Moment.

»Ich habe dir ja gesagt, wie er ist«, zischte Peter.

In Maggies Blick erkannte Jeff daraufhin, dass er seine Chancen bei ihr verspielt hatte. Er war ihr egal. Was für sie zählte, war der Vater, den sie kannte. Sie stützte Peter und verließ mit ihm den Friedhof ohne ein weiteres Wort. Jeff blieb zurück. Erst im Nachhinein erkannte er, dass eine Zurschaustellung seines impulsiven Verhaltens genau das gewesen war, was sein Bruder gewollt hatte. Es sollte nicht sein, sagte er sich, um die aufkommende Verzweiflung einzudämmen, die dabei war, seine Kehle zuzuschnüren.

Niedergeschmettert kehrte Jeff auf den Hof zurück und schwor sich, nie wieder darüber zu sprechen, was hätte sein können. Die Hoffnung war eine gefährliche Sache, dachte er. Sie sollte ihn zum letzten Mal beeinflusst haben. Maggie war sein Geheimnis. Sie war das Wunder, das Roslyn und er erschaffen hatten. Und das Wissen um die Wahrheit konnte ihm niemand nehmen. Von allem anderen wollte er sich befreien und vergessen, was ihn gebrochen hatte.

KAPITEL FÜNFUNDZWANZIG

Katy

Der Mai schien die grauen Regenwolken endgültig vertrieben zu haben. Zum ersten Mal seit Katy in Aberdeen war, schien die Sonne von einem einnehmend blauen Himmel. Die Temperaturen waren angenehm, es ging nur ein leichter Wind – ideal für einen Ausflug aufs Meer. Katy stand am Steg, die Hände in die Taschen ihres Parkas geschoben, schaute sie unschlüssig auf das alte Fischerboot, das vor ihr lag. Die rote Farbe war abgeblättert, deutlich zu erkennen war aber noch der Schriftzug am Heck: *Isabell*.

Aiden schenkte ihr ein aufmunterndes Lächeln. Er reichte ihr seine Hand, bereit, ihr an Bord zu helfen. Irritiert sah Katy zu Mabel und Mr Craig, die bereits übergesetzt hatten und sie nun abwartend betrachteten.

Katy schluckte, dann nahm sie einen tiefen Atemzug. Sie konnte jetzt keinen Rückzieher machen. Als sie alle bei Maggie den Early Mayday verbracht hatten, hatte sie Aiden versprochen mitzukommen, wenn er das nächste Mal mit seinem Onkel fischen ging. Das bereute sie jetzt. Ihr war flau im Magen und sie fühlte sich wie benommen. Das hatte nichts mit ihrer Seekrankheit zu tun. Die war ohnehin nur eine Verdachtsdiagnose. Genau genommen beschränkten sich ihre Schiffserfahrungen nämlich auf eine einzige Themsefahrt. In Wahrheit bereitete ihr die Vorstellung, auf dem offenen Meer zu sein, Unbehagen. Hinzu kam, dass sie in Aidens Nähe zunehmend Herzklopfen verspürte. Nun war sie im Begriff, sich in eine Situation zu begeben, in der sie sich auf ihn verlassen musste. Sie würde keine andere Wahl haben, als ihm vollkommen zu vertrauen. Ein Schritt, den sie fürchtete – aus Angst, wieder enttäuscht zu werden.

»Mum? Kommst du endlich?« Mabels Stimme holte sie aus ihren Überlegungen.

Katy schaute Aiden an, der ihr immer noch geduldig seine Hand entgegenhielt.

»Es ist sicher«, sagte er mit sanfter Stimme. Kurz verlor sie sich in seinen tiefgründigen Augen, die ihr Herz auf einzigartige Weise schneller schlagen ließen. Sie gab sich einen Ruck.

»Na gut.«

Aidens Hand war warm und sein Griff fest. Er zog sie so schwungvoll an Bord, dass sie für einen Moment ganz nah bei ihm stand. Das Boot geriet leicht ins Wanken, schaukelte hin und her, doch an Aiden fand sie Halt.

»Nun, das war doch gar nicht so schlimm«, sagte er.

»Noch nicht.« Katy bemühte sich um ein Lächeln.

Aiden hielt noch immer ihre Hand, während sie sich ängstlich auf dem Boot umschaute – fast so, als fürchtete er, sie könnte es sich doch noch anders überlegen. Er führte sie zu einer Bank nahe der Reling, wo Mabel und sein Onkel bereits Platz genommen hatten. Nervös setzte Katy sich zu ihnen.

»Kann's losgehen?«, fragte Aiden daraufhin.

»Aye«, rief Mr Craig.

Mabel jauchzte vorfreudig. Katy nickte beklommen. Ein Teil von ihr hätte lieber gekniffen, aber dafür war es nun zu spät. Ihre Hände krallten sich an die Reling, als Aiden die Leinen löste und den Motor startete. Katys Puls schnellte nochmals in die Höhe, sobald das Boot ins Schaukeln geriet. Langsam fuhren sie aus dem Hafen hinaus aufs offene Meer, und hinter ihnen rückte die Stadt immer weiter in die Ferne. Mabel nahm ihre Hand und lächelte bestärkend. Zuerst hielt Katy sie noch versteift fest, doch dann lockerte sie ihren Griff. Mabel stand auf, und Katy folgte ihr zögerlich. Fasziniert beobachteten sie daraufhin, wie die Möwen aufgescheucht über ihnen aufstiegen und die Wellen gegen den Rumpf des Bootes klatschten.

»Sieh mal, Mum«, rief Mabel begeistert. Im nächsten Moment sah auch Katy die zwei Delfine, die sich rasant und spielerisch vor der Bugwelle durchs Wasser bewegten. Für Katy ein ergreifender Moment. Zwar hatte sie schon viel von Großen Tümmlern und anderen Delfinarten an der schottischen Küste gehört, sie nun hautnah zu erleben, sprengte aber ihre Vorstellung.

»Alles in Ordnung?« Aiden schrie beinahe, um gegen den Motorenlärm anzukommen.

Katy schaute ihn über ihre Schulter hinweg an und reckte einen Daumen hoch, dann wandte sie sich wieder dem Wasser zu.

»Sehen Sie doch nur, Mr Craig.« Mabel deutete auf die Delfine, die in perfekter Harmonie durchs Wasser glitten. Mr Craig hob leicht die Brauen, als die Tiere abwechselnd zu springen begannen, als hätten sie eigens für sie eine Choreographie einstudiert. Die beiden begleiteten sie bis aufs offene Meer hinaus, wo sie allmählich langsamer wurden. Aiden schaltete den Motor aus. Ruhig trieb das Boot auf dem Wasser, vor ihnen lag nichts außer die sichtbare Linie zwischen Meer und dem Horizont.

»Sind die Delfine immer da, wenn ihr rausfahrt?«, fragte Katy Aiden, als dieser beide Hände neben ihr auf die Reling stützte.

»Manchmal. Sie wissen, dass wir die Fische anlocken. Es verschafft ihnen einen Vorteil bei der Jagd. Uns aber einen Nachteil beim Angeln. Ist doch so, Onkel Jeff?« Er lachte und klopfte seinem Onkel auf die Schulter.

»Aye.« Grummelnd schob sich Mr Craig seine Pfeife zwischen die Lippen.

Aiden gab ihm Feuer. Anschließend lehnte er sich leicht über die Reling, um nach den Delfinen zu sehen, die nun das Boot umkreisten. »Wir warten noch etwas, ehe wir die Angel auswerfen. Sonst schnappen sie uns alle Fische weg.«

»Aye!«, murrte sein Onkel erneut.

Aiden musterte Katy fürsorglich. »Und? Wie fühlst du dich?«

Katy horchte in sich hinein. Verwundert stellte sie fest, dass es ihr, bis auf ein wenig Schwindel, gut ging. Sie fühlte sich sogar ... entspannt. »Mir geht's gut«, antwortete sie schließlich und blickte hinaus auf die von der Sonne glitzernde Oberfläche des Meeres.

Die Delfine blieben noch eine Weile in der Nähe, bevor sie endgültig abtauchten. Aiden klappte die Angelstühle auf. Katy sah verdutzt zu, wie Mr Craig Platz nahm und wie selbstverständlich seine Angel mit dem Köder bestückte und auswarf. Mabel setzte sich neben ihn.

»Willst du es auch mal versuchen?«, fragte Mr Craig sie.

»Ich ... weiß nicht, ob ich das kann.«

»Keine Sorge. Ich bring's dir bei.« Mr Craig zeigte ihr geduldig, wie sie die Angel richtig hielt und die Leine auswarf. Sie lachten gemeinsam, als der erste Versuch kläglich scheiterte und auch als der zweite gelang. Mr Craig lobte Mabel für ihre schnelle Auffassungsgabe. Ihr Lächeln, das darauf folgte, war für Katy unbezahlbar. Beim Anblick der beiden wurde ihr warm ums Herz, denn es erinnerte sie an ihre Zeit mit ihrem Großvater. Wie sehr hatte sie sich doch eine großväterliche Figur auch für Mabel gewünscht.

»Er macht das ziemlich gut.« Aiden kam an ihre Seite, ein sanftes Lächeln umspielte seinen Mund, während er Mabel und seinem Onkel beim Angeln zusah.

»Das finde ich auch«, antwortete Katy, ohne ihren Blick von den beiden zu nehmen.

»Ich glaube, er hat sich immer Enkelkinder gewünscht. Auch, wenn er das nie zugegeben hätte. Manchmal ist das Leben ungerecht. Er wäre ein wundervoller Großvater gewesen.«

»Hm«, machte Katy und betrachtete Aiden nachdenklich von der Seite. Die Art und Weise, wie er seinen Onkel ansah, zeigte ihr nochmals deutlich, wie viel er ihm bedeutete. Die Verbindung, die die beiden hatten, war außergewöhnlich. Enger könnte sie zwischen Großvater und Enkel nicht sein.

Eine Stille breitete sich aus, die nur vom Plätschern feiner Wellen durchbrochen wurde. Das Schweigen war nicht unangenehm, es umhüllte Katy mit Geborgenheit. Die Zeit verging wie im Flug, und Katy merkte, wie das flaue Gefühl verschwand. Misstrauen und Angst schienen plötzlich wie fortgespült zu sein. Zum ersten Mal seit einer Ewigkeit hatte sie das Gefühl, sich wieder öffnen zu können. Vielleicht nicht sofort. Aber bald.

Der Ausflug ans Meer hatte allen gutgetan. Doch nur einige Tage später baute Mr Craig zusehends ab. Er fiel in einen teilnahmslosen Zustand, die Nächte wurden unruhiger. Mabel hatte deswegen, nicht zum ersten Mal, freiwillig bei Maggie übernachtet. Katy war dankbar für deren Fürsorge. Sie wusste, dass ihre Tochter bei ihr gut aufgehoben war und sich sicher fühlte.

Auch in der vergangenen Nacht war Mr Craig wieder im Wohnzimmer umhergeirrt. Er hatte wirr gesprochen und letztlich versucht, das Haus im Schlafanzug zu verlassen. Aiden hatte deshalb auf dem Sofa Wache gehalten, und Katy hatte ihm Gesellschaft geleistet. Sie hatten es sich mit Kakao und Popcorn bequem gemacht. Katy hatte über mögliche Gründe für die Verschlechterung von Mr Craigs Zustand spekuliert. Sie fragte sich, ob sie ihm in der letzten Zeit womöglich etwas zu viel zugemutet hatten. Ihre Hoffnungen ruhten darauf, dass Pennys Großmutter ihm helfen konnte, sich zu erinnern. Doch sie und Aiden teilten die Sorge, dass es dafür bereits zu spät sein könnte.

Als Mr Craig gegen Morgen endlich in seinem Bett eingeschlafen war, suchte Aiden Katys Nähe. Seine Hand tastete nach ihrer, doch sie wich zurück. Sie sah die Enttäuschung in seinen Augen aufblitzen und wandte sich ab.

»Wir ... sollten versuchen, noch etwas zu schlafen«, meinte sie, um ihm zu entkommen. Seit ihrem Kuss hatten sie nicht darüber gesprochen, was zwischen ihnen geschehen war. Katy wusste, Aiden wollte Gewissheit. Etwas, das sie ihm jedoch nicht geben konnte. Noch nicht. Jedes Mal, wenn sie einen Blick in ihr Inneres wagte, fand sie Chaos vor. In den vergangenen Tagen hatte sie gemerkt, wie es sie verzehrte. Der Bootsausflug war wunderschön gewesen. Am Ende hatte er ihr aber auch vor Augen geführt, dass die Craig-Farm nur eine Zwischenstation für sie war. Der Gedanke, dass sie sie wieder verlassen mussten, ließ sie unkonzentriert und mürrisch werden – Effekte, die sie hasste, gegen die sie aber machtlos war.

Katy ging hinauf, ohne Aidens Reaktion abzuwarten. Sie legte sich hin und döste ein, bis der Wecker sie zwei Stunden später wieder zurück ins Erdgeschoss trieb.

Von draußen hörte Katy Geräusche und sah Aiden durchs Wohnzimmerfenster, wie er wie von Sinnen Holz hackte. Reumütig biss sie sich auf die Unterlippe. Sie war nicht fair ihm gegenüber, und es war falsch, ihm aus dem Weg zu gehen, nur weil sie Angst davor hatte, erneut enttäuscht zu werden.

Nachdem Mr Craig aufgewacht war, half sie ihm beim Waschen und Anziehen. Der gestrige Tag und die unruhige Nacht schienen seine Kraft erschöpft zu haben. Er sprach kaum, sah Katy nicht einmal an. Wie ferngesteuert folgte er ihren Anweisungen, setzte sich an den Tisch und schlürfte seinen Morgenkaffee.

Aiden nahm neben ihm Platz. »Heute bekommen wir Besuch«, sagte er und half ihm, das Frühstücksei von der Schale zu befreien.

Mr Craig gab ein Brummen von sich.

Aiden wechselte einen enttäuschten Blick mit Katy. »Es ist eine alte Freundin von früher.«

Sein Onkel zog seine Brauen hoch. Er schien angestrengt nachzudenken.

»Ich hoffe, es regt ihn nicht zu sehr auf«, sagte Katy leise.

»Wir werden vorsichtig sein, damit wir ihn nicht überfordern«, antwortete Aiden.

Katy biss sich auf die Lippe. Sie hatte den Drang, sich ihm zu erklären. Ihm zu sagen, wieso sie es nicht zulassen wollte, sich zu verlieben. Dabei war es längst passiert. Er betrachtete sie mit seinen smaragdgrünen Augen, und sie spürte wieder dieses Verlangen in sich, das ihren Herzschlag anschwellen ließ und ihr die Luft zum Atmen raubte. Er berührte ihre Hand, die die Kühlschranktür festhielt, als könnte sie daran Halt finden.

»Aiden ... ich ...« Sie zog ihre Hand unter seiner weg und drückte den Kühlschrank zu. »Ich bin verkorkst.«

Er lachte kurz auf, wurde dann aber wieder ernst. »Das bist du nicht. Du bist ... verunsichert. Das ist verständlich. Ich hätte dir gleich sagen sollen, warum das mit mir und Beth nicht funktioniert hat. Es ist doch so: Man weiß nie, was die Zukunft bringt – ob eine Beziehung hält. Aber das bedeutet nicht, dass man es nicht versucht. Und auf den Versuch kommt es an. Ich meine, die Liebe ist doch immer ein Risiko. Aber eins, das wir eingehen sollten.«

Sie hörte aufmerksam zu.

»Beth und ich, wir hatten andere Vorstellungen vom Leben. Sie wollte aus mir einen Akademiker machen, jemanden, auf den sie stolz sein konnte.«

»War sie das denn nicht? Stolz auf dich?«

Leise seufzend schüttelte er den Kopf. »Ich habe sie freigegeben, damit sie glücklich werden konnte.«

Katy begriff, worum es ihm ging. Seine Trennung war selbstlos gewesen. Sie hatte sich in ihm geirrt. »Und? Ist Beth glücklich geworden?«, fragte sie zaghaft.

»Nein. Soweit ich weiß, ist sie mittlerweile zum zweiten Mal geschieden.«

Kurz dachte Katy nach, dann wurde ihr etwas klar. »Es gibt wohl Menschen, die niemals zufrieden sind. Sie geben anderen die Schuld dafür, dabei sind sie selbst der Grund.«

»Wie wahr.« Er nickte voll Zustimmung und lächelte sanft. »Spulen wir noch mal auf Anfang?«

»Ja«, antwortete Katy, ohne darüber nachzudenken.

Als Penny am Mittag mit ihrer Großmutter eintraf, hatten sich die Wogen zwischen Katy und Aiden geglättet. Seit sie sich ausgesprochen hatten, sah er sie immer wieder mit diesem Blick an, der ihr eine Gänsehaut über den Körper jagte.

»Das letzte Mal, als ich hier war, gab es frisch gefangenen Aal«, sagte Pennys Großmutter, als sie ihre Runde durchs Wohnzimmer drehte. Sie war gertenschlank, hatte eine aufrechte Körperhaltung und trug eine elegante Kombination aus beigefarbener Hose und weißer Bluse. Das dezente Make-up unterstrich ihr gepflegtes Erscheinungsbild, und ihr Gesicht war weit weniger von Falten durchzogen als das von Mr Craig. Was sie anging, hatte Penny keineswegs übertrieben.

»Hallo, Jeff.« Sie nahm neben Mr Craig auf dem Sofa Platz und legte ihre Hand achtsam über seine. Langsam drehte er ihr den Kopf zu. »Es ist schön, dich wiederzusehen, mein alter Freund«, sagte sie.

Er schaute sie verdutzt an, legte den Kopf schief und fragte: »Connie?«

»Ja, ich bin's.«

Sofort löste sich jedwede Befangenheit in seiner Gestik. Er wandte sich ihr vollends zu, und seine Augen strahlten pure Freude aus. »Ist Brad auch da?« Sein Blick glitt suchend umher.

Connie seufzte, dann presste sie bedauernd die Lippen aufeinander. »Brad ist nicht mehr da, leider.«

Er holte tief Luft, bettete seine Hand über ihre und drückte bestärkend zu. Dabei nickte er, als hätte er sich soeben daran erinnert, dass sein Freund bereits vor vielen Jahren gestorben war.

Sie unterhielten sich eine Weile. Katy blieb mit Aiden und Penny im Hintergrund, um die beiden nicht zu stören. Von der Küche aus lauschten sie der Unterhaltung zweier alter Freunde über den Early May Day, die Lebensmittelknappheit im Zweiten Weltkrieg und die alles verändernde Nacht, in der die Bomben so zahlreich auf Aberdeen gefallen waren, dass sie auch jene Männer in den Krieg zwangen, die eigentlich nicht hatten gehen wollen. Jeff war orientiert und klar. Er schien sich in Zeit und Raum zurechtzufinden, doch niemand konnte sagen, wie lange das anhalten würde. Der Regen trommelte leise gegen die Fenster. Das Feuer knisterte im Kamin. Und dann, zwischen *Maria Stuart* und Deep Purple, war der Sand durch die Uhr gerieselt, und Jeff saß nur noch stumm da, vor sich hin starrend wie eine Figur aus Wachs. Connie streichelte wehmütig seine Hand und stand auf. Katy und Aiden gingen auf sie zu.

»Ich bin froh, ihn noch einmal gesprochen zu haben. Das war wie ein Geschenk«, sagte sie. »Ihr meintet, er sei auf der Suche nach etwas aus seiner Vergangenheit?«

Beide nickten. Katy schlug den Hemingway auf und zeigte ihr die getrocknete Pfingstrosenblüte. Connie nahm sie mit einem traurigen Lächeln an sich. »Ja ... Die ist zweifellos von ihr. Da bin ich sicher.«

»Entschuldigung?« Aiden machte einen Schritt auf sie zu. »Von ... wem?«

Sie schaute von der Blume auf und drückte sie ihm in die Hand. »Von Roslyn natürlich.«

Aiden runzelte die Stirn.

»Als junges Mädchen war ich schwer verknallt in Jeff, doch er hatte nur Augen für sie.«

»Soll das bedeuten, dass ...«

»Sie waren ein Paar. Ein Traumpaar. Wusstet ihr das denn nicht?«

Irritiert schüttelte Aiden den Kopf.

»Nichts konnte sich zwischen sie stellen, doch dann kam der Krieg und ... es hatte einfach nicht sein sollen.« Connie seufzte bedauernd.

Aiden hatte es die Sprache verschlagen. Entgeistert und grübelnd stierte er vor sich ins Leere.

»Es war nett bei euch. Achte gut auf ihn.« Connie berührte seinen Arm, dann verließ sie mit Penny das Haus. Auf der Veranda standen sie sich noch kurz gegenüber.

»Ich hoffe, es hat euch geholfen«, fragte Penny.

Katy nickte dankbar. »Ja. Ich denke, das hat es.«

Sie lächelte erleichtert. »Vielleicht treffen wir uns noch mal auf ein Stück Kuchen. Mit Zucker?«

»Das fände ich schön.«

Penny kehrte mit ihrer Großmutter in ihre Villa zurück.

Für Katy hatten sich die letzten Puzzleteile zusammengefügt. Connie verdankten sie die Wahrheit. Die Aufdeckung eines Geheimnisses, mit der sie nicht gerechnet hatten. Mit einem Mal schien alles einen Sinn zu ergeben. Jeffs Aggressionen, der Streit mit seinem Bruder, der beide entzweit hatte, seine Verbindung zum Blumenladen und zu Maggie. Wahrscheinlich suchte er immer noch nach Roslyn. Die Tragik dieser unerfüllten Liebe berührte Katy auf nie dagewesene Weise. Und plötzlich erschloss sich ihr der Leitspruch ihres Großvaters über die Zeit, die verrann, wenn sie nicht festgehalten wurde. Mr Craig und Roslyn war kein gemeinsames Leben vergönnt gewesen. Seine Krankheit hatte ihn ihren Tod vergessen lassen und ihn in eine Zeit zurückversetzt, in der ihre Liebe noch nicht verloren gewesen war.

Im Juni schickte der nahende Sommer erste Vorboten. Das Wetter war beständiger geworden, die Temperaturen milder. Insekten umschwirrten die Beete vor dem Haus, in denen die Pfingstrosen kräftige Blüten ausgebildet hatten.

Maggie und Mabel waren in der Küche damit beschäftigt, die Torte zu verzieren.

Während Katy den Tisch eindeckte, saß Mr Craig in seinem Sessel und döste. Seit Connies Besuch hatte er abgebaut, seine klaren Momente waren seltener. Es schien, als hielte ihn eine unsichtbare Kraft fest, die ihn daran hinderte, an dem teilzunehmen, was um ihn herum geschah.

»Es ist vielleicht sein letzter Geburtstag«, sagte Maggie, die ihn von der Küchentür aus beobachtete. Aiden, der neben sie gekommen war, tauschte einen vielsagenden Blick mit Katy. Sie hatten sich vorgenommen, nicht gleich mit der Tür ins Haus zu fallen, indem sie ihr sagten, was sie über seine Vergangenheit herausgefunden hatten. Draußen schien die Sonne, vor dem Wohnzimmerfenster schaukelten die Blätter der alten Eiche im Wind. Auf dem Teppich vor dem Kamin saß Mabel und spielte mit Caramel, dem sie ein Wollknäuel zurollte. Gekonnt schob der Kater es mit seiner Tatze von links nach rechts. Katy setzte sich im Schneidersitz zu ihnen.

»Connie hat uns besucht«, sagte Aiden zu seiner Mutter.

Unauffällig beobachtete Katy Maggies Reaktion. Sie sah Aiden verwundert an.

»Du kennst doch Pennys Großmutter?«, fragte er seine Mutter.

»Klar«, antwortete Maggie verzögert, ging zum Esstisch und machte sich daran, die Servietten kunstvoll zu falten.

»Sie hat uns etwas erzählt. Über ... Grandma«, sagte Aiden leise.

Maggie stieß ein Seufzen aus. Sie stützte die Hände auf eine Stuhllehne und betrachtete Jeff bedrückt. Aiden brachte ihr die getrocknete Pfingstrosenblüte. Maggie nahm sie an sich und schlug die Augen nieder.

»Hast du es gewusst?« Aidens Frage war forsch, doch sie traf ins Schwarze. Katy erkannte es an Maggies Miene, bevor diese sich einen Sessel zu Mr Craig heranzog.

»Ich habe es geahnt.« Suchend nach seinem Blick, setzte sich Maggie ihm direkt gegenüber, aber er blieb weit weg.

»Meine Mutter war immer so traurig. Manchmal, wenn ich mit ihr am Strand war, hat sie stundenlang aufs Wasser hinausgestarrt, fast so, als wartete sie auf jemanden.«

»Onkel Jeff war viele Jahre fort«, sagte Aiden.

»Ja.« Maggie nickte langsam.

»Ich bereue es, mir nie seine Version der Geschichte angehört zu haben, als es noch möglich war. Warum er und sein Bruder einander so gehasst haben. Wenn man alt wird, dann ergibt vieles Sinn, das zuvor nicht wichtig erschien. Ich denke, ich weiß nun, wieso mein Vater ihn von mir ferngehalten hat. Und warum sich meine Eltern so viel gestritten haben. Es ging irgendwie immer um ihn. Um Jeff.« Sie sog hastig und hörbar Luft ein, als schien sie in dem Moment die volle Bedeutung der Erinnerungen an ihre Familie zu begreifen.

»Ich bin im März fünfundvierzig geboren.« Maggies Gesicht war Jeff zugewandt. »Mum und du, ihr wart ein Paar bis du ein Jahr zuvor in den Krieg gezogen bist.« Ihr gefasster Ton verriet, dass sie nicht zum ersten Mal nachgerechnet hatte. Offensichtlich hatte sie schon früher einen möglichen Zusammenhang erkannt, ihn aber nie ausgesprochen. »Mum hat dich sehr geliebt.« Maggie legte ihre Hand über die von Jeff und drückte sie leicht. Langsam schaute er zu ihr auf, und es war, als wären die Ketten, die ihn gefangen hielten, gesprengt.

»Ros!«, flüsterte er, und seine Lippen verzogen sich zittrig.

Maggie lächelte und schüttelte den Kopf. »Nein. Ich bin's, Maggie.« Sie nahm einen tiefen Atemzug und fügte hinzu: »Deine Tochter.«

Er sah sie aus wachen Augen an. Tränen schossen über, und er weinte bitterlich, ließ Gefühlen freien Lauf, die Jahrzehnte versteckt in ihm geschlummert hatten. Maggie legte tröstend ihre Arme um ihn, und sie hielten einander fest. Nach all der Zeit hatten beide die Wahrheit endlich erkannt, und es gab niemanden, der sie daran hinderte, sie auszusprechen oder sie zu leben.

Für den Rest des Tages schien die unsichtbare Kraft, die Jeff in der Leere festgehalten hatte, bezwungen. Er teilte seine Geschichte mit ihnen. Erzählte, wie er und Roslyn einander kennengelernt hatten. Davon, dass es Liebe auf den ersten Blick gewesen war, und von den Umständen ihrer Trennung. Mit einer eindringlichen Klarheit sprach er auch über seinen Bruder: »Er hat Ros gerettet. Er war da, als ich es nicht sein konnte.«

Am Abend saßen sie zusammen im Wohnzimmer und sahen sich alte Fotoalben an, die Aiden mitgebracht hatte. Maggie sprach über ihre Kindheit, darüber, wie gerne sie neben dem Blumenladen immer auch am Meer gewesen war. Jeffs Geburtstag war wie ein Wunder. Er sprach glühend über Vergangenes und die Gegenwart und versetzte damit alle ins Staunen. In all ihren Jahren als Krankenschwester hatte Katy so etwas noch nicht erlebt, und sie war unendlich dankbar für diese Erfahrung.

Es war spät geworden. Sie räumte gerade die Spülmaschine ein, als Aiden zu ihr kam. »Ich hab da was für dich.« Er hielt ihr eine kleine weiße Schachtel hin.

Katy sah ihn verwundert an. »Wofür ist das?«

Er tat geheimnisvoll, zuckte leicht die Schultern. »Mach's einfach auf!«

Katy löste die silberne Schleife und hob den Deckel der Schachtel an. Ratlos betrachtete sie daraufhin den Inhalt. Zwischen roten Pfingstrosenblüten lag ein Schlüssel. Sie erkannte, dass es der vom Haus war. Den hatte sie schon öfter benutzt. Stirnrunzelnd schaute sie zu Aiden auf.

»Der gehört jetzt ganz offiziell dir.« Er betrachtete sie liebevoll. »Ich will, dass du bleibst.«

Katys Herz schlug schneller. »Aiden ... ich ... weiß nicht, was ich sagen soll.«

»Du musst überhaupt nichts sagen«, entgegnete er sanft. Er nahm ihre Hand und sah ihr direkt in die Augen. »Ich weiß, wir kennen uns noch nicht besonders lange, aber ... Jeffs Geschichte hat uns gezeigt, wie wertvoll jeder einzelne Tag ist. Dass Zeit ein kostbares Gut ist, und dass wir nicht warten sollten, wenn uns etwas auf der Seele brennt. Katy ... ich glaube, du und Mabel ... ihr gehört hierher.«

Für einen Moment standen sie sich gegenüber, gefangen im Blick des anderen.

Seine Worte hatten Katy die Sprache verschlagen. Meinte er es wirklich ernst? Rasch sortierte sie ihre Gedanken, wägte ab, schob die Skepsis beiseite, die sich erneut Raum verschaffen wollte. Ehe sie jedoch zu einem Schluss kommen konnte, schmiegte sich Mabel an sie. Maggie kam mit Jeff an der Hand ebenfalls zu ihnen in die Küche und betrachtete sie erwartungsvoll.

»Ihr beide seid für uns alle wie ein Geschenk«, sagte sie.

Katy schaute abwechselnd zu ihr, Jeff und Aiden, und Tränen traten ihr in die Augen. »Das heißt, wir sollen tatsächlich bleiben?« Sie hielt die Worte für sich fest, um daraus eine Tatsache zu machen. Während sie in ihr wirkte, schaute sie zu Boden.

»Für immer wäre schön.« Aiden ging auf sie zu und hob sanft ihr Kinn, um ihr ins Gesicht sehen zu können. »Was sagst du?«

Katy verlor sich in seinen tiefgrünen Augen. »Ja.« Ihre Antwort kam von Herzen. Noch nie war sie sich so sicher gewesen. Sie küssten sich und vergaßen dabei Zeit und Raum.

Katy war frei von Zweifeln. Zum ersten Mal seit Langem hatte sie ihre Skepsis überwunden, und ihr gebrochenes Herz, von dem sie dachte, es würde niemals heilen, schlug kräftiger denn je.

Bevor die Nacht zu Ende ging, sang Maggie das Liebeslied, das ihre Mutter ihr beigebracht hatte. Der Wind pfiff leise ums Haus, und sein Klang mischte sich mit den Tönen von *An Eala Bhàn*. Tränen der Rührung und Dankbarkeit rannen Jeffs Wangen hinab. Er hielt die Pfingstrosenblüte fest in seiner Hand, bewegte seine Lippen zum Text und sang lautlos mit, bevor er langsam ins Vergessen zurückglitt. Nicht aufbrausend oder rastlos wie zuvor, sondern befreit von der Last seiner Erinnerung.

EPILOG

Wilde Orchideen wuchsen zu den Seiten des gepflaster-ten Wegs, daneben erstreckten sich Geschichten – Zeugen der Vergangenheit, in Stein gemeißelte Namen – Erinnerungen, verborgen unter Blütenteppichen. Katy sog den einzigartigen Duft des Sommers tief in sich ein. Wie überall in Aberdeen war er auch an diesem Ort zugegen. Kurz schloss sie ihre Augen und reckte das Gesicht zur Sonne hinauf, die gerade zwischen den Wolken hervorkam. Mabel hakte sich bei ihr unter. Inzwischen war sie fast genauso groß wie ihre Mutter. Gemeinsam folgten sie dem Weg bis zu dem Meer aus roten und weißen Blumen. Ein kleines Mädchen hatte sich zu den Pflanzen hinuntergebeugt und legte emsig Muscheln zwischen die grünen Blätter wie Saatkörner in gepflügte Erde. Nachdem es alle verteilt hatte, sprang es jauchzend auf. »Hübsch, oder?«, fragte es.

»Sehr hübsch, Rose!« Aiden nahm seine Tochter an die Hand.

Katy kam mit Mabel neben die beiden. Sie legte den Arm um Aiden und strich ihrer Jüngsten liebevoll eine blonde Strähne aus dem Gesicht.

»Wer zuerst am Tor ist.« Mabel forderte ihre kleine Schwester heraus. Kichernd kehrten sie auf den Weg zurück, über den sie gekommen waren.

Katy ließ ihren Blick zufrieden über die blühende Pracht aus Pfingstrosen schweifen, die sie vor sich hatten. Deren kräftige Farben und ihr Duft setzten einzigartige Impulse frei, die das Gedächtnis beflügelten. Maggie hatte einen außergewöhnlichen Garten kreiert. Für ihre Mutter und ihre beiden Väter. Einen blühenden Ort, verwunschen und romantisch – für die Ewigkeit bestimmt. Katy ging davor in die Hocke und legte die Sonnenblumen, die sie mitgebracht hatte, unterhalb der nebeneinander stehenden Grabsteine ab.

»Das hätte ihm gefallen«, sagte Maggie, die zwischen Katy und Aiden gekommen war und gemeinsam mit ihnen auf die bedeutungsvollen Worte auf weißem Stein schaute.

Thig crìoch air an t-saoghal, ach mairidh gaol is ceòl –
Die Welt wird untergehen, aber Liebe und Musik werden
fortbestehen
Jefferson Thomas Craig
04. 06. 1921–24. 08. 2017

Der laue Wind schaukelte die Blumen. Er rauschte durch das Geäst der Esche, das sich über ihren Köpfen spannte.

Am Ende war Jeff doch wieder mit Roslyn vereint, die zwischen den Brüdern ruhte, die sie geliebt hatten. Eine Liebe, die in Maggie fortlebte, in Aiden und in den beiden Mädchen, zu denen sie nun aufschloss.

Aiden legte seinen Arm um Katy und zog sie an sich. »Fahren wir noch raus aufs Meer?«

»Unbedingt!«

Aiden küsste sie sanft auf den Mund. »Dann nichts wie los.«

»Gib mir eine Sekunde.«

Er nickte, dann folgte er seiner Mutter, Mabel und Rose langsam über den Weg zurück. Katy stand noch eine Weile vor den Gräbern. Zwischen all den Blumen darauf stach eine Pfingstrosenblüte hervor, die sie an jene erinnerte, die Jeff einst von Roslyn geschenkt bekommen hatte. Katy beugte sich zu ihr hinunter und strich vorsichtig mit den Fingerkuppen über die weichen roten Blütenblätter. Sie lächelte bei dem Gedanken daran, dass sie wiedergeboren war, um die Erinnerung an eine außergewöhnliche Liebe zu bewahren, die alle Zeiten überdauerte.